講談社文庫

虚空の糸

警視庁殺人分析班

麻見和史

講談社

目次

虚空の糸

警視庁殺人分析班

◉おもな登場人物

〈警視庁刑事部〉

如月《きさらぎ》塔子《とうこ》……捜査第一課殺人犯捜査第十一係　巡査部長
鷹野《たかの》秀昭《ひであき》……同　警部補
早瀬《はやせ》泰之《やすゆき》……同　係長
門脇《かどわき》仁志《ひとし》……同　警部補
徳重《とくしげ》英次《えいじ》……同　巡査部長
尾留川《びるかわ》圭介《けいすけ》……同　巡査部長
吉富《よしとみ》哲弘《てつひろ》……刑事部長
神谷《かみや》太一《たいち》……捜査第一課　課長
手代木《てしろぎ》行雄《ゆきお》……捜査第一課　管理官
鴨下《かもした》潤一《じゅんいち》……鑑識課　警部補
綿引《わたびき》護《まもる》……鑑識課　巡査
樫村《かしむら》伸也《しんや》……捜査第一課特殊犯捜査第一係　係長
広瀬《ひろせ》奈津美《なつみ》……同　巡査部長
河上《かわかみ》……科学捜査研究所　研究員

〈警視庁葛飾警察署〉

宮本《みやもと》……刑事課　課長
菊池《きくち》康久《やすひさ》……システムエンジニア
水沢《みずさわ》篤郎《あつろう》……中華料理店店主
中河原《なかがわら》……コンピューター販売会社課長
小田切《おだぎり》洋和《ひろかず》……家電販売店社長
後藤《ごとう》勝典《かつのり》……配送業者
横川《よこかわ》直弥《なおや》……食品メーカー社員
村越《むらこし》……主婦
平野《ひらの》庸次《ようじ》……元警視庁巡査部長
安斎《あんざい》隆伸《たかのぶ》……葬儀社社員

第一章　ナイフ

1

台所で洗い物をしていると、指先に痛みが走った。

岩槻昌子《いわつきまさこ》は顔をしかめ、右手の親指を見た。血は出ていないが、赤い引っかき傷が出来ている。

なんなのよ、と思いながらプラスチック容器を調べてみた。表面に少し飛び出た部分があって、そこで擦《こす》ってしまったようだ。

たいした傷でもないのに、指先はじんじん痛んでいる。

――嫌だな。今日はついてない。

親指に絆創膏《ばんそうこう》を貼ってから、ベランダに出た。

十一月七日、時刻は午前八時半を回ったところだ。空はよく晴れていた。岩槻は手すりを拭《ふ》くと、寝室から布団《ふとん》を運んできた。夫と自分、小学生の息子の分を、順番に干していく。

前方、数十メートル先には、同じ団地の九号棟が建っていた。

岩槻の家があるのは八号棟の十階で、ベランダから九号棟の共用通路がよく見える。息子と同じぐらいの小学生や、杖《つえ》をついて歩く七十歳ぐらいの男性、いつも慌《あわ》てて駆けていく二十代の女性など、何人かの顔は覚えていた。

ここは東京都江東《こうとう》区にある南砂《みなみすな》団地の一角だ。

十四階建ての大型マンションが何棟も並び、敷地内には保育園や小学校、中学校もある。商店会やスーパーなども揃っていたから、たいていの用事は団地の中で済ませることができた。もし外に出かける必要があれば、七分ほど歩いて東京メトロの東陽《とうよう》町《ちょう》駅に行けばいい。都心部にある大手町《おおてまち》駅までは、わずか九分だ。

ただ、いいことばかりでもなかった。エレベーターは棟の南と北に四基ずつ、合計八基あったが、この棟には五百戸以上が入居しているから、どうしても上り下りに時間がかかる。ごみを捨てに行くにも、五分や十分はかかってしまう有り様だ。それに集合住宅特有の、生活音の問題があった。どこの家かは知らないが、ときどき大きなボリュームで音楽を聴く人がいる。深夜などは、共用通路をかつかつ歩くハイヒールの音も気になる。

やはり集合住宅ではなく、戸建てのマイホームがほしい。彼女はそう思っているのだが、夫はこの団地が気に入っているようだった。会社員にとって通勤時間の短さは、何にも勝るメリットなのだろう。

貯金も少ないし、今は戸建てのマイホームなんて無理よね。岩槻は、そう自分に言い聞かせた。よけいなことを考えず、早く洗濯に取りかからなくては――。

そのとき、彼女は気がついた。

各棟の端《はし》には非常階段がある。岩槻のいる位置から見えるのは、九号棟の北階段だ。落下防止のためだろう、手すりから足下まで半透明の板で覆われているのだが、踊り場の部分に、何か黒い影が映っていた。誰かが座り込み、もたれかかっているように思える。

――あそこで何をしているんだろう。

岩槻は眉《まゆ》をひそめた。外部の人間が侵入したにせよ、住人が座り込んでいるにせよ、あんな場所でじっとしているのは不自然だ。

一階から順に数えてみた。人影が見えるのは、六階と七階の間にある踊り場だった。

岩槻は室内に戻った。鏡を見てからサンダルを引っかけ、玄関を出る。

隣家のチャイムを鳴らすと、「はあい」という声が聞こえた。

「香山《かやま》さん。岩槻ですけど、ちょっといい？」

ドアが開いた。隣家の主婦が顔を出した。

「おはよう。なに、どうかしたの？」

「九号棟の非常階段に、誰かいるみたいなのよ」

岩槻は先ほど見たことを説明した。香山はうなずきながら聞いていたが、ちょっと見てくる、と言って奥に引っ込んだ。三十秒ほどで戻ってきて、

「本当だ。誰か座り込んでるわね」

「どうしよう。一一〇番に電話したほうがいいかしら」

するとと、香山は意外なことを言った。

「行って確認しましょうよ」

「え……。でも、危ないんじゃない？」

「管理人さんに話して、一緒に行ってもらえばいいわ」香山は靴を履いて、玄関から出てきた。「私、立場上こういうことは放っておけないのよ」

彼女は八号棟管理組合の役員なのだ。早速《さっそく》、エレベーターホールへと歩きだしていた。仕方なく、岩槻はそのあとを追った。

ごみ置き場で管理人の男性を見つけると、香山は声をかけた。

「すみません。九号棟の非常階段に、誰かいるみたいなんです。ずっと動かないから、心配になっちゃって」

「何でしょうね。行ってみましょう」白髪頭の管理人は建物を見上げた。

エレベーターで九号棟の七階に上がった。管理人は足早に進んでいく。気が急《せ》いたのか、しまいには小走りになった。

やがて非常階段に到着した。踊り場を見下ろして、管理人は「うわ」と声を上げた。岩槻たちも階段に目をやった。そこでふたりは、はっと息を呑《の》んだ。

踊り場に座り込んでいたのは男性だった。右手で左の胸を押さえているようだが、その部分が血で真《ま》っ赤《か》になっている。

岩槻は両手で口を覆《おお》った。何があったのだろう。あの人は怪我《けが》をしているのだろうか。それとも――。

管理人はおそるおそる階段を下りていった。岩槻と香山も、あとに続いた。

男性は四十歳前後と見えた。黒っぽいズボンにチェックの長袖《ながそで》シャツ、その上に紺色のカーディガンを羽織《はお》っている。足は靴下だけで、靴は履いていない。

「あの……どうしました？」

管理人が問いかけたが、返事はなかった。彼は震える手を伸ばして、男性の肩を揺すった。

しかし、反応はない。

「息をしていないみたいだ」管理人のかすれた声が聞こえた。

岩槻は座り込んだ男性をじっと見つめた。恐ろしい。そう感じているのに、目を逸《そ》らすことができない。

「救急車を呼ばないと」

管理人は携帯電話を取り出した。だが、ボタンを押す前に、何か異変に気がついたようだ。

「これは、いったい……」

「どうしたんですか」横から香山が訊《き》いた。

「この人、ナイフを握っているんです。ほら、ここ」

岩槻たちは男性に歩み寄り、血の出ている部分を観察した。

管理人の言うとおりだ。男性は右手で左胸を押さえていたのではなかった。自分の心臓を狙って、ナイフの切っ先を突き立てていたのだ。

「自殺……なのかしら」

「そんなことってあるの?」岩槻は香山のほうを向いた。少し声が震えた。「自分で、自分の心臓を刺して死ぬなんて」

香山は困ったような顔をして黙り込む。

ふたりの横で、管理人が電話機を耳に当てていた。一一九番に通報したのだ。

「……救急車をお願いします。男の人が、胸から血を流しているんです。……いえ、息はしていません。亡くなっているみたいで……。とにかく、早く来てください」

五分ほどのち、甲高《かんだか》いサイレンの音が聞こえてきた。岩槻は踊り場から下を覗《のぞ》いた。

救急車が団地の敷地に入ってくるのが見える。歩いていた住人たちが、それを指差して何か言葉を交わしていた。

彼らは、せいぜい怪我人か病人が出たとしか思っていないはずだ。

岩槻にしても、つい先ほどまではそうだった。まさか自分の団地でこんな事件が起こるなどとは、想像もしていなかった。

――ついていないどころか、最悪の日だ。

無意識のうちに、岩槻は右手を握り締《し》めていた。傷つけてしまった親指が、かすかに痛むのを感じた。

2

如月塔子《きさらぎとうこ》は不安を隠しながら、相手の様子をうかがった。

テーブルを挟んで、向かいの席には鷹野秀昭《たかのひであき》警部補が座っている。ふたりの前にはコーヒーカップがあった。鷹野のほうはもう空に近いが、塔子はまだ一口も飲んでいない。

「やっぱり、窓際の席は気分がいいな」鷹野が言った。

塔子は窓の外に目をやった。眼下には東京の町が広がっている。この高さからだと、遠くまでよく見渡すことができた。

「東京の人口がどれぐらいか、知っているか」

「一千万人ぐらいでしたっけ？」と塔子。

「約千三百万人だ。昼間は通勤、通学者がいるから千五百万人を超えるらしい」

「……そんなにいるんですか」

「それだけの人を守らなくちゃいけないんだ。忙しいのも当然だな」

鷹野はコーヒーカップを手に取った。しかし、いくらも残っていないと気がつくと、そのままテーブルに戻した。会話が途切れてしまった。

どうしてだろう、と塔子は思った。店は空《す》いているというのに、鷹野と向き合っているこのテーブルだけ、なぜこれほど窮屈に感じるのだろうか。

「あの、鷹野主任」思い切って、訊いてみた。「今日は何か、特別なお話でも？」

「話か。そうだな……」鷹野は何か考える様子だったが、やがてこう尋ねた。「如月は将来について、考えたことがあるか」

「はい？」

「正直に言ってくれ。これから、俺との関係をどうしたいと思っている？」

「えっ。そ、そんなこと、急に訊かれても」どぎまぎしながら塔子は言った。「今はその、勤務中ですし……だ、大事なことは、よく考えてからお返事しないと……」

「待て。おまえ今、何か猛烈な勘違いをしているだろう」

「勘違い？」

鷹野は腕組みをした。

「俺は、この先まだコンビを続ける気があるか、と訊いているんだ」

——なんだ、紛《まぎ》らわしい。

私的な話かと思ってしまった。塔子はゆっくりと息をついた。

だが、すぐに腰を浮かせて、

「ちょっと待ってください。まさか、コンビ解消ってことですか？」

塔子が身を乗り出したので、鷹野は驚いたようだ。

「いや、そうじゃないんだ。如月はまだ一人前とは言えないから、もう少し指導が必要だと思っている。しかし十一係が、この先ずっと同じ体制で行くとは限らないだろう？　急ぐ必要はないが、将来のことは考えておかないとな」

塔子は元どおり、椅子《いす》に腰を下ろした。

「そういうことですか。……登庁して早々、コーヒーを飲みに行こうなんて言うから、何かと思いましたよ」

「配置転換とか職務の変更とか、そういうことだと思ったんだな」

「ええ……」

塔子は警視庁捜査一課に所属しているが、まだ半人前で、鷹野から指導を受けている身だった。見込みがないから捜査から外す、と言われても文句は言えない。

「考えすぎだ。俺にそんなことを伝える権限はないよ。まあ、係長に呼び出されたら、覚悟したほうがいいと思うけどな」

なるほど、と塔子は思った。納得すると同時に、別の疑問が湧《わ》いてきた。

「そうすると、私たちはなぜここにいるんでしょうか」

ふたりがいるのは、警視庁本部庁舎十七階にある喫茶室だった。午前九時を過ぎたばかりの今、客の姿は数えるほどしかない。

「たまには後輩をねぎらってやれと、上にも言われている。だからここにやってきた。どうだ、人に奢《おご》ってもらうコーヒーの味は」

「……すみません。まだ全然飲んでいなくて」

急いで砂糖を入れたが、冷《さ》めたコーヒーにはなかなか溶けそうになかった。

「一度事件が起これば、我々は毎日泊まり込みだ。待機番のときぐらい喫茶室を使っても、ばちは当たるまい」

鷹野の言うとおりかもしれなかった。だが経験も浅く、まだ一人前と認められていない塔子には、それを主張する勇気がない。

「勤務時間内ですし、こんな場所でサボるのはどうかと……」

違う、と言って鷹野はテーブルを指差した。

「我々はここで打ち合わせをしているんだ。行動予定表にもそう書いてきた」

「そうでしたね。じゃあ、何か打ち合わせらしいことをしませんか」

鷹野の顔に、複雑な表情が浮かんだ。やれやれ、という調子になった。

「おまえは捜査一課十一係のメンバーなんだ。堂々としていればいい」

「そうなんですけど、私の立場もなかなか難しいんですよ」

塔子は父の遺志を継ぐ形で、警視庁の刑事になった。だが、まだ二十六歳の新米だから、先輩たちには気をつかう。小さなミスでも「これだから女は」などと言われてしまうのが怖かった。

塔子がそんなことを話すと、鷹野は少し考えて、

「まだ先は長いんだ。細かいことを気にしていたら身が持たない」

彼はカップを手に取り、わずかに残っていたコーヒーを飲んだ。それを見て、塔子は素早く立ち上がる。

「コーヒーのお代わりを頼んできます」

「言っただろう。気をつかわなくていいって」

「いえ、鷹野主任のためじゃないんです」塔子は声を低めた。「長居しているので、お店の人に悪いと思って……」

鷹野はがらんとした店内を見回し、ため息をついた。

「わかったよ。もう出よう」

鷹野は捜査一課の中でも、少し変わった人物として知られている。

今三十二歳なのだが、飄々《ひようひよう》としていて、何を考えているのかよくわからないところがあった。好きなことには熱中するが、それ以外のことには無頓着《むとんちやく》で、世事《せじ》にはやや疎《うと》い。

だが、捜査能力は非常に高かった。鷹野の検挙率は、三百人を超える捜一メンバーの中でもトップクラスだと言われ、幹部たちからも一目置かれている。

そうなると、出る杭《くい》は打たれるというわけで、当然彼を妬《ねた》む者もいた。鷹野は陰で「昼行灯《ひるあんどん》」などと呼ばれているらしい。それでも本人は気にしない様子で、「まあ、競争のある世界だから仕方がない」などと、のんびりかまえているようだった。

塔子たちはエレベーターで六階に下り、廊下を進んだ。

捜査一課に割り当てられた場所は「大部屋」と呼ばれている。室内はかなり広いのだが、閑散《かんさん》としていることが多かった。ほとんどの係は所轄《しよかつ》署の特別捜査本部に出向いているし、めでたく事件解決となった係は休みをとっているからだ。

そんな中、塔子たち十一係は庁内待機を命じられていた。あらたな事件が起こったとき、すぐに臨場するための在庁番だった。

塔子が席に着くと、先輩の尾留川圭介《びるかわけいすけ》が、声をひそめて訊いてきた。

「何の話だった？」興味津々という顔だ。

尾留川は塔子と同じ巡査部長だが、年齢は四つ上の三十歳だった。刑事にしてはやや髪が長めで、仕立てのいいスーツを着ている。外見が良く、女性警察官の間では人気が高かった。

「この時期に異動ってことはないよな。それに、人事関係なら係長から話があるはずだし」

「特別な話はありませんでしたよ」塔子は答えた。「コーヒーを飲んできただけです」

「違うだろう」鷹野が口を挟んだ。「我々は、打ち合わせをしていたんだ」

「あ、そうでした。私たちは打ち合わせをしていたんです」

「なんだかなあ……」

尾留川は首をひねっていたが、やがて廊下へ出ていった。おそらく、飲み物でも買いにいくのだろう。

塔子は新聞を開いた。社会面には、今日も多くの事件が載《の》っている。カッターを手に取り、記事を切り抜き始めた。

「何か気になる事件があるか」鷹野が横から新聞を覗き込んだ。

うーん、と塔子は唸《うな》って、

「殺伐《さつばつ》としていますね。些細《ささい》なことで腹を立てて、人を傷つける事件が増えているみたいです。中には逆恨みのようなものもあるし」

「社会全体にストレスが溜《た》まっているのか……」鷹野は健康食品の広告を指差した。「だからこういうものが売れるんだろうな。栄養バランスが崩れると、いらいらが増える」

各種のサプリメントやにんにく、黒酢などの商品が載っていた。五十代後半のタレントが、若々しい姿で笑顔を見せている。

尾留川が戻ってきたのは、十分後のことだった。なぜか腰を屈《かが》めるような恰好《かっこう》で、塔子たちに近づいてきた。

「係長が向こうで話しているのを聞きました。何か、事件があったみたいです」

鷹野は尾留川の顔を見つめた。

「殺しか？」

「ええ、たぶん。じきに出動命令が出ると思います。……今回も、あまりのんびりできませんでしたね」

「待機番も仕事のうちだ。のんびりできると思うのが間違っている」

何が起こったのだろう、と塔子が考えていると、十一係の係長・早瀬《はやせ》泰之《やすゆき》警部が姿を見せた。

早瀬はもうじき四十六歳になる。有能な中間管理職だが、苦労が多いらしく、ずっと胃薬の世話になっているという話だ。

部下を呼び集めると、早瀬は眼鏡《めがね》の位置を正した。九名の捜査員を見回し、こう言った。

「江東区の南砂団地で殺人、死体遺棄事件が起こった。マンションの非常階段に、遺体が放置されていたそうだ」

塔子はポケット地図を取り出した。江東区南砂——あった。小さな建物は省略されている地図だが、南砂団地ははっきり記されている。かなり敷地が広いのだろう。

「これから現地に向かう。準備にかかってくれ」

十一係のメンバーは慌ただしく動き始めた。

塔子は仕事用のバッグを、肩から斜めに掛けた。背が低いから子供っぽく見えてしまうが、効率を優先するならこの恰好が一番だ。両手は常に、自由になっていたほうがいい。

午前九時三十五分、先輩たちとともに、塔子は大部屋を出た。

3

東京メトロ東西線・東陽町駅で電車を降りた。

片側三車線の永代《えいたい》通りを東に歩いていくと、歩道橋の向こうにマンション群が現れた。どれも外観が似ているなと思ったら、複数あると見えた建物は、つながってひとつの棟になっている。端から端まで、百五十メートル以上ありそうだ。そういう建物が、ここには九棟建っているということだった。

歩道橋の先にバス停があり、十人ほどの男女が並んでいた。標識には《江東運転免許試験場前》と記されている。東京都には府中《ふちゅう》、鮫洲《さめず》、江東と三つの運転免許試験場があったが、ここ江東試験場は都心からもっとも近くて便利だった。

団地の外周を進んでいくと、やがて立て看板が目に入った。棟の位置と、商店会のことが記された案内図だ。

「これは、想像以上の大きさだ」尾留川が感心したように言った。「よくこんなに、まとまった土地がありましたね」

「元は企業が持っていた土地らしい」眼鏡のフレームを押し上げながら、早瀬はメモ帳を見た。「部屋には賃貸と分譲があるそうだ。どちらも、管理しているのは東京都住宅供給公社となっている。駅から近いし、かなり人気の高い団地だろう」

「何人ぐらい住んでいるんですか」

「七千数百戸、約二万人と言われている」

「そんなに？」

九号棟は奥にあるとわかったので、敷地の中を歩いていった。

前方に、立ち話をしている人たちが見えた。救急車やパトカーが到着しているから、すでに事件の噂が広まっているのだろう。

公園の向こうに《9》と書かれたマンションがあり、野次馬が集まっていた。ほかの棟と同じく、そこも十四階建てになっている。建物から張り出すように外付けの非常階段が設置されていて、その階段のあちこちに鑑識課員の活動服が見えた。六階から七階までの部分だけ、ブルーシートで覆われている。

エレベーターホールは棟の南側と北側にあるという。塔子たちはその一方に向かった。車椅子用のスロープの先に、数百戸分の郵便受けが設けてある。ちょうどやってきたエレベーターに乗って、六階に上った。

ケージから降り、非常階段に向かうと人垣が目に入った。制服警官が立ち番をするそばに、事件を知った人たちが集まっている。中にはマスコミの人間もいるようだ。現場付近はブルーシートで隠され、彼らには見えないようになっている。

塔子は小走りに、制服警官に近づいていった。捜一の腕章と警察手帳を呈示する。

「捜査一課十一係です。ただいま到着しました」

警官は硬い表情で敬礼をした。野次馬たちの目を、かなり意識しているようだ。

「お、十一係か」

ブルーシートの隙間《すきま》から活動服の男性が出てきた。鑑識課の警部補、鴨下潤一《かもしたじゅんいち》主任だ。現場で一緒になることが多く、塔子たちとは顔なじみだった。

「厄介な事件は、たいてい早瀬さんのところに当たりますね」癖っ毛を撫《な》でつけながら、鴨下は言った。「死因はおそらく出血性ショックですが、どうも妙な状況になっています」

「妙な状況？」

「まあ、見てください」帽子をかぶり直してから、鴨下はみなを案内した。

写真撮影や指紋、靴跡の採取はすでに終わっているようだ。塔子たちは白手袋を嵌めて、非常階段を上っていった。

現場は踊り場だった。四十歳ぐらいの男性が、手すりの下に、背中をもたせかけるようにして座っている。普段着姿で、唇《くちびる》の周囲や顎《あご》に無精《ぶしょう》ひげが見えた。

夜の繁華街なら、酔っぱらいがへたり込んでいると勘違いする人もいるだろう。しかし彼がただの酔漢《すいかん》でないことは、シャツを見れば明らかだった。胸に赤茶色の染みが出来ている。男性は、右手でその部分を押さえているようだ。

いや、そうではない。塔子は気がついた。右手にはナイフが握られていたのだ。

「自殺ですか？」塔子は鴨下の顔を見た。

「いや、違う。自分で左胸を刺したように見えるが、血溜まりがないだろう」

鴨下の言うとおりだった。この踊り場にはわずかな血痕《けっこん》しかない。被害者はどこか別の場所で、大量に出血したのだ。だとすると、その状態でここまで歩いてきたとは考えにくい。

——殺人を、自殺に偽装したということ？

塔子は考え込んだ。

鴨下は遺体を指差し、説明を続けた。

「正確なところは解剖してもらわないとわかりませんが、そこ、頭にも傷があるでしょう。まず殴打《おうだ》され、動けなくなったところで胸を刺されたんだと思います」

「たしかに妙な状況だ。このナイフはいったい何を意味するのか……」と早瀬。

「偽装にしては、あまりにも稚拙《ちせつ》ですよね」

「そうだな。稚拙だ」早瀬はうなずいた。「……で、現場はわかっているのか」

「非常階段や共用通路に、わずかですが血痕が残っていました。たどり着いた先は七〇三号室です。浴室が血だらけになっていました。マル害はその部屋の住人、菊池《きくち》康《やす》久《ひさ》、三十九歳です」

「非常階段のすぐそばが七〇一だな。こちらから数えて三つ目か」

鴨下は指先でブルーシートの隙間を広げ、階段の外を示した。

「遺体に気がついたのは、向こうに建っている八号棟の主婦だそうです」

塔子のいる位置からも、シートの外がちらりと見えた。広大な敷地に、高い壁のようなマンションが建ち並んでいる。

犯人は周囲に多くの住人がいると知りながら、あえてこの場所に被害者を運んできた。しかも遺体に奇妙な細工をしている。その理由は何なのか。

塔子の隣で、鷹野がポケットを探っていた。小型のデジタルカメラを取り出し、遺体を撮影し始めた。

現場の写真は、鑑識課員がすでに撮影を終えているはずだった。それとは別に、鷹野は個人用の資料として現場を撮影する。過去、それらの写真が事件解決のヒントになったことがあって、早瀬係長公認の作業となっていた。

「菊池はフリーランスのシステムエンジニアだったそうです」鴨下が言った。「近所の住人の話では、毎日家に閉じこもって、ひとりで仕事をしていたようですね」

「部屋には入れますか？」

鷹野が尋ねると、鴨下は申し訳ないという顔をした。

「そっちはまだ鑑識作業中だ。もう少し待ってもらえないかな」

わかりました、と鷹野はうなずいた。捜一の人間が現場に入るのは、鑑識活動が終了したあとになる。大勢の人間が勝手に立ち入ると、指紋や毛髪などの証拠品が採取できなくなってしまうからだ。

背後で早瀬の声が聞こえた。携帯電話で誰かと話しているようだ。通話が終わると、彼は塔子たちに向かって言った。

「今、城東署《じょうとう》に特捜本部を設置しているが、準備が出来るのは午後になるそうだ。それまで所轄《しょかつ》や機動捜査隊とともに、周辺で聞き込みをすることになった」

特別捜査本部は、事件現場を管轄する警察署に設置されることになっている。ここ南砂団地は、城東警察署の管内にあるのだ。

鴨下に挨拶《あいさつ》して、塔子たちは現場を離れた。

エレベーターで一階に下りると、公園のそばに捜査員たちが集まっていた。いずれも目つきが鋭く、日中の公園にはまったく似合わない面々だ。マンションの住人たちが、遠くからこちらを見ているのがわかった。

早瀬係長は機動捜査隊の隊長と話をしていたが、やがて捜査員たちを整列させた。コンビニエンスストアでコピーしてきたのだろう、若手捜査員が資料を配り始める。受け取った紙に、塔子は目をやった。先ほど見た被害者の顔写真が印刷されている。画像の粗《あら》さからすると、これはたぶん免許証をコピーしたものだ。

資料の配付が終わったところで、早瀬が口を開いた。

「これから団地内での聞き込みを行います。事件の経緯は、資料に書いてあるとおりです。聞き込みのポイントとなるのは、第一に、マル害について知っていることはあるか。第二に、昨夜から今朝にかけて九号棟の七〇三号室付近、あるいは非常階段で、何かを目撃しなかったか。第三に、九号棟付近で不審な人物、車両を見かけなかったか、などです。

聞き込み中、不審人物を発見した場合は職務質問を行い、必要があれば、ただちに応援を呼んでください。くれぐれも無理はせず、複数人で対応するように」

塔子は遺体の様子を思い出した。犯人は被害者の腹ではなく、胸を刺していた。これは手がかりになるかもしれない。心臓付近を刺せば、比較的短時間で相手を絶命させることができるし、それほど返り血を気にする必要もない。犯人は、そうした知識を持っていた可能性が高い。

早瀬が組分けをした。

捜査員はふたり一組で行動する。一般的には警視庁本部の人間と所轄の人間が組むのだが、塔子の場合は常に鷹野と組むよう、早瀬から言われていた。捜査能力の高い鷹野から、技術を学べということだ。今回も塔子は「鷹野組」として活動することになった。

「本格的な聞き込み捜査は、会議のあとで行います。現段階では、とにかく広い範囲で情報を集めてほしい。では、お願いします」

捜査員たちは、それぞれの受け持ち区域へと散っていった。

鷹野組の担当は、敷地内の商業施設だ。手元の資料を見ながら、塔子は言った。

「スーパーはもちろん、クリニックや郵便局まで揃っていますよ。すごいですね」

「ちょっとした町に匹敵《ひってき》する規模だな」鷹野はデジカメで、辺りの様子を撮影し始めた。「いいね。じつに魅力的だ」

いつもより速いペースで、鷹野は写真を撮っている。この巨大マンションの何がそれほど魅力的なのか、塔子には今ひとつわからない。

そのうち鷹野はファインダーから目を離した。

「これだけ広いとなると、犯人は団地の中にいるかもしれないな」

「マンションの住人だということですか」

たしかに、その可能性はあった。

二万人もいる住人をすべて調べ上げるには、いったい何日かかるのだろう。その間、犯人はじっとしていてくれるだろうか。

塔子は顔を上げ、周囲を見回した。そこで、はっとした。

そびえ立つマンションに設けられた無数の窓、そしてベランダ。そこから何十、何百という目が、塔子たちをじっと見つめていたのだった。

一号棟の一階、中ほどの場所に商店や飲食店が集まっていた。近くに広場があって、買い物に来た主婦が立ち話をしている。夕方になれば、辺りはさらに賑《にぎ》わうことだろう。

塔子たちはメモ帳を片手に、店舗を回っていった。

商店会には話し好きな人が多かった。訊けばたいていのことは答えてくれるから、仕事は進めやすい。しかし、逆に向こうから、あれこれ質問を受けることもあった。

「さっきお客さんから聞きましたよ。殺人事件ですって？　非常階段で亡くなっていたそうですけど、なんでそんな場所でねえ。長く商売やってるけど、こんな事件、初めてですよ。どうなんです刑事さん、犯人の目星はついてるんですか。もし人相がわかっているんなら、店先に貼り出してもいいけど」

「いえ、それはけっこうですから、昨日の夜のことを教えていただけませんか」

商売をやっている人は、聞いた内容をそのまま客に話してしまうことがある。ここで重要な情報を漏《も》らしたら、その日のうちに団地中に知れ渡ってしまうかもしれない。犯人が潜んでいる可能性があるのだから、手の内を知られるのはまずかった。

「昨日の夜ですか。うちがシャッターを下ろしたのは七時ぐらいでしたから……」

ここでは、ほとんどの店が早めに営業を終えてしまうことがわかった。飲食店を除けば、遅いところでも午後九時ぐらいには店を閉めるという。

「犯行があったのはおそらく深夜ですよね」広場を歩きながら、塔子は鷹野に言った。「お店の人が何か目撃した、ということは考えにくいですね」

「まだわからないぞ」鷹野は顎をしゃくった。「向こうに飲食店がある。行ってみよう」

飲食店のブロックには和洋中、さまざまな店が軒《のき》を連《つら》ねていた。その中に居酒屋が一軒あった。夜十一時まで営業していると聞いて目撃証言に期待したのだが、個々の客には注意を払っていないらしい。閉店後、九号棟のほうで何か見なかったかと質問したが、そちらには行かなかったという。店の従業員はみな、仕事のあとは東陽町駅に向かうそうだ。九号棟は敷地の奥にあるから、わざわざ遠回りをする者はいないという話だった。

ほかの店でも、特別な情報は得られなかった。最後に塔子たちは中華料理店に入った。

カウンターの向こうで、店主らしい男性が料理の仕込みをしている。年齢は四十歳前後。調理で火傷《やけど》でもしたのか、右手の甲に絆創膏を貼っている。

「警視庁の如月と申します。ちょっとお尋ねしたいことがあるんですが」

警察手帳を見せながら塔子が言うと、店主はじろりとこちらを見た。塔子は背が低いから、自然に相手を見上げる恰好になった。

「あまり長くなると困るけどね」店主は言った。客商売をしているわりには無愛想だ。

「この団地で事件があったんですが、ご存じですか」

「聞いたよ。九号棟で人が死んでいたんだって？」

愛想はないが、こちらの質問にはきちんと答えてくれる。彼は水沢篤郎《みずさわあつろう》といって、十年ほど前からここで商売をしているそうだ。

「夜は何時まで営業していますか」

「十時で閉店だ。定休日は毎週日曜。……昨日は、九号棟のほうには行っていない」

「これを見ていただけますか」塔子はカウンターの上に資料を置いた。「この男性に見覚えは？」

水沢は作業の手を止め、写真を見た。少し目を細めるようにしながら言った。

「名前は知らないけど、うちの客だ」

「菊池康久という方です。昨夜、殺害されました」

「……この人が？」

顔見知りの人物が殺害されたと聞き、さすがに動揺しているようだった。

「驚いたな。いったい、どうして」

「菊池さんについて、何かご存じですか？」

「週に二、三回、来ていたんだ」右手の絆創膏を撫でながら、彼は言った。

「そのうち、ちょこちょこと世間話をするようになってね。何をしてる人ですかって訊いたら、自宅でコンピューター関係の仕事をしていると教えてくれた。忙しくて休む暇がないって、苦笑いしていたけど」

「この店に、誰かと一緒に来たことはありませんでしたか」

知り合いがいれば、そこから手がかりが得られる可能性がある。極端な話、その人物が加害者だというケースもあるだろう。

だが、水沢は首を振った。

「その人はいつもひとりだったね。最後に来たのは、一昨日だったかな」

「何か変わった様子は？」

「いや。いつもどおりだったよ。料理を残すこともなかったし」

ここで鷹野が口を開いた。

「水沢さん、食材は団地内のスーパーで買うんですか」

急に話が変わったので、相手は面食らったようだ。

「……いや、業者から届けてもらってるけど」

「調理器具はどうです？　たとえば包丁とか、ナイフとか」

水沢は怪訝《けげん》そうな顔をした。

「俺は、知り合いの店で買うよ」

「このへんでナイフを買おうとしたら、どうすればいいと思います？」

「さあねえ。普通のナイフなら、スーパーでも手に入るだろう」

水沢は仕事の続きを始めた。

礼を述べると、塔子たちは店を出た。

「菊池の胸に刺さっていたナイフが、やや小振りだったのを思い出したんだ」鷹野は言った。「まさに、スーパーで買ったような代物《しろもの》だったな」

凶器については今、鑑識が調べているはずだ。捜査会議で何か報告があるだろう。

「よし、次はクリニックに行ってみよう」

そう言って鷹野は歩きだした。

4

午後一時、塔子と鷹野は城東警察署の講堂にいた。

出入り口には《南砂団地システムエンジニア殺人・死体遺棄事件特別捜査本部》と

いう「戒名《かいみょう》」が貼り出されている。

講堂の中は、教室のようになっていた。前方に幹部たちの席が用意され、それに向かい合う形で、長机が何列も並んでいる。今、室内には五十名ほどの捜査員が集まっていた。資料を見る者、メモ帳に何か書き込む者、携帯電話で通話する者などさまざまだが、全員に共通しているのは、表情に緊張感があることだった。

塔子と鷹野は前から四列目の左端にいた。前の列には同僚たちの背中が見える。

定刻になると、早瀬係長が前に立った。起立、礼の号令のあと、彼は言った。

「それでは『南砂事件』の捜査会議を始めます。他の事案と重なったため、今回参加できていませんが、指揮系統のトップは捜査一課の神谷《かみや》課長となります。サブリーダーは手代木《てしろぎ》行雄《ゆきお》管理官です」

手代木が立ち上がり、みなに頭を下げた。元どおり腰を下ろすと、彼は講堂の中を見回した。以前は捜査の最前線にいたそうだが、五十三歳になった今、手代木はいくつかの係を束ねる立場にある。忙しく飛び回る神谷課長を補佐し、捜査本部の手綱《たづな》を締めるのが彼の役目だ。

「では、南砂事件の概要を説明します」早瀬は続けた。「被害者は菊池康久、三十九歳、南砂団地九号棟七階の七〇三号室にひとりで住んでいた。職業はフリーのシステムエンジニアで……」

資料を見ながら、早瀬は事件について手短に説明していった。

「……死亡推定時刻は本日午前零時から二時の間。犯人は被害者宅に入り、頭部を殴打して昏倒《こんとう》させたらしい。そのあと被害者を浴室に運んで、刃物で胸部を刺し、出血性ショックで死亡させている。

出血がおさまったあと、毛布などで遺体をくるみ、共用通路を経由して非常階段に運んだものと思われる。運搬時、若干《じゃっかん》の血液が通路に付着している。犯人は七階と六階の途中にある踊り場に、遺体を放置した。そして被害者の右手にナイフを握らせ、左胸の傷口にあらためて刃先を突き刺した。……自殺に見せかけたように思えるが、しかし不可解な点があります」

踊り場の血痕が少なかったことだな、と塔子は思った。だが、そのあとの話を聞いて驚いた。

「傷口と刃先とを比較したところ、このナイフは『殺害に使われた凶器ではない』ことがわかりました。菊池自身の指紋しか出ておらず、また同じ形のナイフが台所にあったことから、もともと菊池が家で使っていたものだと考えられます。……犯人は自分で用意した刃物で被害者を殺害したあと、台所にあったナイフを持ち出した。それを遺体に握らせ、踊り場でもう一度胸を刺したということです。だがこれは、傷口を調べればすぐにわかることで、偽装というにはあまりにもレベルが低い。なぜ犯人がそんなことをしたのかは、わかっていません」

塔子は隣の席を見た。鷹野は難しい顔で、何か考え込んでいる。

犯人は本当に偽装をする気があったのだろうか、と塔子は考えた。ナイフが違うことなど、調べればすぐばれるに決まっているではないか。

「なお、鑑識からの報告によると、菊池宅で不審なゲソ痕《こん》が発見されています」早瀬は資料をめくった。ゲソ痕とは靴跡のことだ。「靴底の形が残らない、特殊な上履きのようなものを使っていた可能性がある」

特殊な上履きとは何だろう。塔子は首をかしげた。その「不審なゲソ痕」は、自分も現場で確認したほうがよさそうだ。

「また、屋内を詳しくチェックしたが、犯人らしき者の指紋はまったく採取できませんでした。ドアノブや照明のスイッチからも出ていない。おそらく手袋を使用して犯行に及んだんでしょう。

最後に、犯人の出入りについて。団地の各棟には、エレベーターホールに防犯カメラが設置されています。昨夜の映像を確認してみたが、不審な人物の姿はなかった。犯人はあらかじめ防犯カメラのことを知っていて、非常階段で上り下りした可能性が高い。……と、ここまでが概況です」

早瀬からの説明が終わると、報告会になった。各組のメンバーが、これまでの捜査内容を順番に伝えていく。

「……では次に、鷹野組。何か成果はあったか」早瀬がこちらを見た。

鷹野組の報告は、塔子が行うことになっている。素早く立ち上がって、メモ帳を広げた。

「団地内の商業施設などで聞き込みを行いました。菊池は中華料理店の常連客で、自宅でコンピューター関係の仕事をしている、と話していたそうです。最後に来店したのは一昨日で、特に変わった様子はなかったということでした」

報告を終えて座ろうとすると、「待て」という声が聞こえた。手代木管理官だった。

「菊池が中華料理店に来ていた曜日は、わかっているのか」

「え？　そこまでは確認していませんが」

「菊池はその店で、どんな料理を注文していた？」

「……それも聞いていません」

手代木は黙り込んだ。そのまま塔子の顔をじっと見ている。これは、手代木が何かを考えるときの癖だった。

十五秒ほどたってから、彼は再び口を開いた。

「どういうタイミングで来店していたか、調べるべきじゃないのか。たとえば毎週火曜日の昼に来ていたとか、金曜日の夜に来ていたとか、何か法則性が見つかるかもしれない」

「菊池は自由業だったわけですから、気が向いたときに食べに行っていたんじゃないでしょうか」

「甘いぞ如月」手代木は蛍光ペンの先を、塔子のほうに向けた。これは人を責めるときの癖だ。「自由業といっても、取引先との打ち合わせぐらいはしていただろう。たとえば、毎月第二火曜に外食していたなら、その日に打ち合わせがあったのかもしれない。仕事でなかったとしても、買い物をする日とか、用事で出かける日に中華料理店に寄っていた可能性はある。そういうところから、生活パターンがつかめるとは思わないのか？」

「……申し訳ありません」

「子供の使いじゃないんだぞ。漫然と話を聞いていたんじゃ、何の役にも立たない。いいか、自分がこの事件を解決するんだという気概を持て」

「わかりました」

塔子は一礼して腰を下ろした。

会議の場で、手代木は毎回こういう話をする。捜査員を奮起させるための、儀式のようなものだった。普段は鑑識課の鴨下主任が叱責《しっせき》されるのだが、今日はたまたま塔子に矛先《ほこさき》が向いたというわけだ。

辺りの様子をうかがうと、所轄の捜査員たちはみな表情を引き締めていた。どうやら一定の効果はあったようだ。

報告を聞き終わると、早瀬係長は今後の捜査について説明した。現場周辺で情報収集を行う「地取り」、被害者の親戚や知人などから聞き込みを行う「鑑取り」、証拠品を捜査する「ナシ割り」。これら三つの班に、捜査員を割り振っていった。

自分たちの名前が出てこないな、と塔子が思っていると、早瀬はこう言った。

「尾留川はデータ分析班の指揮を執《と》れ。菊池の家に行って、資料の分析をするんだ。徳重《とくしげ》、鷹野、如月はそのサポートをしつつ、鑑取りも進めてもらいたい」

今回、鷹野組は鑑取り班に編入されたらしい。

塔子はメモ帳を閉じ、外出の準備を始めた。

非常階段を見上げると、すでにブルーシートは撤去されていた。

午後二時半、塔子と鷹野は南砂団地に戻ってきた。四名で資料を分析するようにと言われたが、雑事があって少し遅れてしまった。尾留川たちはもう、菊池の家に着いているはずだ。

七〇三号室のチャイムを鳴らすと、徳重英次《えいじ》巡査部長が顔を出した。彼は十一係で最年長の五十三歳、ずんぐりした体型で、性格も穏やかだ。

「さあ、部屋に上がって。……あれを見たら驚くと思うよ」

「何のことです？」

鷹野が尋ねると、徳重は手招きをした。

「見てのお楽しみですよ。鷹野さん」

徳重は長らく昇任試験を受けなかったため、階級はいまだに巡査部長だった。それをわきまえているから、警部補である鷹野のことは「さん」づけで呼んでいる。

彼の案内で、塔子たちは被害者宅に上がった。

間取りは3DKだった。母親が亡くなってから、菊池はひとり暮らしをしていたという。そのせいか、家の中は雑然としていた。和室のひとつは物置のような有り様で、段ボール箱が積み上げられている。その隣は菊池の寝室だったのだろう、ベッドのそばに衣服が散らかっていた。

三つ目の部屋は、ベランダに面した六畳間だった。入ってみて、塔子は驚いた。

室内にパソコンがずらりと並んでいたのだ。タワー型とデスクトップ型が七台、ノートパソコンが五台で、合計十二台もある。ノートパソコンはどれも新品のように見えた。

「なかなかのものでしょう」横で徳重が言った。

菊池が日常的に使っていたのは、ＯＡデスクに設置されたタワー型パソコンだと思われた。今そのパソコンの前には、尾留川が座っている。中にどんなデータが保存されているのか、確認しているようだ。

そのほかのパソコンは畳の上に直接置かれていた。電源ケーブルや信号ケーブルなどが縦横に伸びていて、うっかりすると足を引っかけそうだ。

「これだけあると、電気料金が相当かかりそうですね」と塔子。

徳重がこちらを向いた。

「菊池はシステムエンジニアだったというから、パソコンルームを持っていても不思議はないよね。商売道具だから、電気代は仕方がない」

鷹野はパソコンの写真を撮り始めた。シャッターを切りながら、つぶやいた。

「かなり古い機種もあるな」

「仕事だけでなく、趣味としてもパソコンを使っていたんでしょう」尾留川が、作業の手を止めて顔を上げた。「インターネットがまだ一般的でなかったころから、パソコン通信をやっていた形跡があります」

尾留川は以前から、パソコンを使った捜査がしたいと話していた。今回はそれが、うまく実現した形だ。

鷹野は壁際でフラッシュを焚《た》いた。本の背表紙を撮影しているようだった。

この部屋にはふたつの書棚があった。一方にはコンピューター関係の書籍や雑誌が収めてある。他方には大量のノートが並んでいた。

「菊池はメモ魔だったんでしょうね」徳重が説明してくれた。「仕事も趣味もひっくるめて、思いつくままノートに書き付けていたようです。これから解読しなくちゃならないんですが、早瀬係長によると、ノートの並び順にも意味があるらしくて……」

「なるほど。簡単には動かせないというわけですか」

一般には、手帳やアドレス帳から、関係者の連絡先を知ることができる。だが人間関係のトラブルなどは、日記やノート、メモ帳に小さく書かれていることが多い。だから、面倒でもそうした資料を読み解かなければならないのだ。

「パソコンのほうにも事情があるんです」尾留川が言った。「それぞれが複雑に接続されているから、移動させるのに手間がかかりそうなんですよ。それで、今日のところはパソコンもこのままでいい、という話になったみたいで」

「搬出は明日になるのかな」と鷹野。

「そうですね。じっくり調べるには、城東署に運んだほうがいいでしょう」

「早瀬係長からの指示を伝えるよ」徳重がメモ帳に目をやった。「あとで鑑識から応援人員が来るので、そちらと協力して、尾留川くんはパソコンを調べる。私と鷹野さん、如月ちゃんは、分担して外で鑑取り。夜の会議のあとには、ノート調べをする」

「ノートの調査は夜ですか」

通常の捜査のほかに、深夜、細かい作業をしなければならないようだ。今日は徹夜になるかもしれない。

「あとで予備班が、寝袋だか布団だかを届けてくれるってさ。ちょっとしんどいけど、大丈夫だよね？」

「もちろんです」塔子はうなずいた。

取り急ぎ、菊池のアドレス帳から関係者をピックアップした。リストを手にすると、塔子と鷹野は聞き込みに行くことにした。

パソコンルームを出て、ふたりで玄関に向かう。廊下の途中で、鷹野が足を止めた。

洗面所の隣に脱衣所があった。鷹野は黙ったまま、そこにしゃがみ込む。

「これか、不審なゲソ痕というのは……」

脱衣所の床に、血痕が多数残されている。バスマットの上だけでなく、防水加工された床にも認めることができた。

「早瀬さんの言うとおりだ。たしかに、妙な『足跡』だな」

「これは犯人の足跡ですね」塔子もその場にしゃがんだ。

「被害者のものではない、とする理由は？」

「非常階段の踊り場で遺体を見たとき、足の裏に血は付いていませんでしたから」

うん、と鷹野はうなずいた。

これらは犯人が残したものだと思われる。だが、それにしては不可解な点があった。普通の靴なら底の部分に凹凸《おうとつ》があって、それが床に付くはずだ。ところが、ここに残されているのはどれも平らな跡だった。土踏まずの部分までべったりと血が付いているのだ。

「靴底の凹凸が付かなかったのは、なぜだと思う？」

「犯人が、普通の靴を履いていなかったからですよね」

「そういうことだ」

だから鷹野は先ほど、「靴跡」でなく「足跡」と言ったのだ。

「指の跡がないから、裸足《はだし》ではなかっただろう。ただ、真っ平らになってしまっている理由が、俺にはわからない。これではまるで、スタンプでも押したみたいじゃないか」

たとえば、スリッパなどを履いていたら、こんな足跡が残るかもしれない。これを指して早瀬係長は、「特殊な上履きのようなものを使っていた可能性がある」と言ったのだろう。

鷹野はポケットからデジタルカメラを取り出し、足跡の写真を何枚か撮影した。それから、奥に続くドアを開けた。

塔子は息を呑んだ。

そこは浴室だった。クリーム色の壁、水色のタイル、そして浴槽《よくそう》。どこも血で真っ赤に染まっていた。

――ここで菊池康久が殺害されたんだ。

換気扇が小さな音を立てている。その音が、何かわざとらしいもののように感じられて仕方がなかった。

5

資料によると、菊池康久は大学を卒業したあとコンピューターの販売会社に就職していた。そこでシステムエンジニアとして経験を積み、今から五年前に退職。その後はフリーのSEになったというのだが、具体的に何をやっていたかはわからない。

塔子と鷹野は、菊池の元上司から話を聞くことにした。東京メトロからJRに乗り換え、田端《たばた》駅に移動した。

目的の会社は、線路が見える高台にあった。コンピューターの販売会社だというから、インテリジェントビルなのかと思ったが、見ればごく普通の雑居ビルだ。

事前に電話をしておいたので、話はすぐに通じた。応接室で待っていると、やがて五十代と見える男性が現れた。グレーの背広に赤茶色のネクタイを締め、銀色のネクタイピンを付けている。実直そうな印象だった。

「お待たせしました。中河原《なかがわら》と申します」

相手は名刺を差し出した。肩書きは《システム開発部　開発第二課　課長》だ。

「警視庁の如月です」塔子は警察手帳を呈示した。「お電話でもお話ししましたが、以前社員だった菊池康久さんの件でお邪魔しました」

「菊池くんがどうかしたんですか」

「今朝、遺体が発見されました。何者かに殺害されたものと思われます」

え、と言って中河原は眉をひそめた。唇を舌で湿らせてから、つぶやいた。

「殺人事件、ですか……」

「解決のため、ぜひご協力ください」塔子はメモ帳を開いた。「早速ですが、当時、菊池さんの勤務態度はいかがでしたか」

中河原は記憶をたどる表情になった。

「……特に問題はなかったと思います。無断欠勤などはなかったし、同僚とも普通に接していましたから」

「システムエンジニアだったそうですが、具体的にはどんな仕事をしていたんですか」

「うちの会社ではコンピューター販売のほかに、システム開発を請け負っているんです。お客さんから業務の流れを聞いて、システムの仕様をまとめるのがSEの役割です」

「仕事面での評価はいかがでした？」

「神経質なところがありましたが、細かいことに気がつく、優秀な人材でした。正直な話、辞めると言われたときには困りましてね。社の幹部が引き止めようとして、退職間際《まぎわ》にちょっと揉《も》めたんです。……幹部は少し感情的になってしまったようでした。うちのシステムの秘密を他社に売るんじゃないかと、疑っていたみたいです。最終的には、秘密を守るという誓約書にサインさせていました」

コンピューターシステムの設計内容は、会社の財産と言えるものだ。幹部が気にするのもよくわかる。

「菊池さんの家にはパソコンが十二台もありました。退職後にどんな仕事をしていたか、知りませんか」

それなんですが、と中河原は言った。

「じつは二年ほど前に、業界のイベントで菊池くんと会ったんです。そのとき、何と言っていたかな。……今の仕事では、パソコンでお客さんとやりとりをしている、と話していましたね」

過去の経験を活かし、パソコンで何かの業務をしていたわけだ。

「彼の実力なら、個人事業でも立派にやっていけたでしょう。学生のころからパソコンをいじっていたらしくて、その方面の知識は相当なものでしたよ。うちの社内でも、ハッカーとして有名でした」

塔子は驚いて、相手の顔を見た。

「菊池さんは、何かコンピューターウイルス的なものを……」

「ああ、すみません。一般的にはそういうイメージですよね。我々がハッカーと呼んでいるのは、コンピューターやネットワークに詳しい人物のことです。悪意を持って他人のパソコンを攻撃するような人はクラッカーと呼んでいます」

どこかで聞いたことがあったが、どうも塔子にはぴんとこない。

「コンピューターに詳しかったのなら、その気になればクラッカーになることもできたわけですよね？」

「まあ、それはそうですが……」

中河原も強く否定することはできないようだ。塔子は質問を変えた。

「当時菊池さんが人間関係のトラブルを抱えていたとか、何か困っている様子だったとか、そういう記憶はありませんか」

「いえ、トラブルの話は聞いたことがありません」

得られた情報はそれぐらいだった。あとは菊池の思い出を聞かされるばかりだ。適当なところで話を切り上げ、塔子たちは協力への礼を述べた。

道を歩きながら、塔子は考え込んだ。菊池は十二台ものパソコンを使って、いったい何をしていたのだろう。いや、その前に、そもそも菊池康久というのはどんな人物だったのか。

非常階段の踊り場で見た、菊池の顔を思い出した。

最後に彼が見たものは何だったのか、塔子には知るすべもない。


リストを元に、聞き込みを進めていった。そのうち、関係者のひとりが、小田切洋《おだぎりひろ》和《かず》という名を挙げてくれた。

「菊池さんの飲み友達で、親しい間柄だったと思います。たしか家電のお店をやっていたはずですよ」

「何という店ですか」

「うーん、覚えていないなあ。私も、何かのときに菊池さんから聞いただけなので。……ただ、小田切という名前が屋号に入っていたと思います」

「わかりました。調べてみます」

外に出たあと、塔子は携帯電話でウェブサイトを検索しようとした。だが、情報量が多くて時間がかかりそうだ。ふと思いついて、尾留川に架電してみた。

「はい、尾留川です」

「お疲れさまです、如月です。そこのパソコン、インターネットにつながりますよね」

「うん、つながるけど……。どうした？　調べものか」

「ひとつお願いしてもいいでしょうか。たぶん東京都内にあると思うんですが、屋号に小田切という名前が入った、家電のお店を探しているんです」

「ちょっと待ってて」

電話の向こうで、尾留川はキーボードを叩き始めたようだ。ややあって、返事が聞こえた。

「カタカナで『オダギリテクノス』という名前の店がある。江東区の住吉《すみよし》一丁目だ」

細かい番地と電話番号を教えてもらった。

尾留川との通話を終えると、塔子は小田切の店に電話をかけた。

「毎度ありがとうございます。家電のオダギリテクノスでございます」

「警視庁の如月と申しますが、小田切社長はいらっしゃいますか」

「私ですが」

「ああ、小田切さんですか。じつは今、ある事件の捜査をしていまして、ちょっとお話をうかがいたいんですが」

「……あなた、どこの如月さんですか？」

「警視庁の捜査一課です、桜田門《さくらだもん》の。ご存じですよね」

「何が目的なんです？」相手の声が刺々《とげとげ》しくなった。「振り込め詐欺《さぎ》？　それとも押し売り？　警察を名乗るなんて悪質ですよ」

　電話で事情を聞こうとすると、たまにこういうことがある。全国の警察で行っている、振り込め詐欺防止のキャンペーンが効果を表しているのだ。警視庁のウェブサイトでは「目黒《めぐろ》警察署の警察官を名乗った詐欺」の音声を公開したこともある。これでは、警察ですと言っても、なかなか信じてもらえないわけだ。

　そういうときは、警察署経由で確認してもらうのが一番だった。

「では小田切さん、お手数ですが城東警察署に電話していただけませんか。特捜本部を呼び出して、如月という女性捜査員が所属しているかどうか訊いてみてください。城東署の番号は……」

「いいですよ、自分で調べるから」

　電話は切れた。ふう、と塔子は息をついた。

「振り込め詐欺と間違われたか」鷹野が言った。「まあ、用心深いのはいいことだ」

　十分ほど待ってから、塔子はもう一度電話をかけた。相手の態度はすっかり軟化していた。

「どうもすみませんでした。最近、電話を使った詐欺が多いと聞いていたもので」

「いえ、気にしないでください」

「……それで、今日はどういったご用件でしょうか」

「菊池康久さんについて、お訊きしたいんです。お知り合いですよね？」

「うちの店のお得意さんですが」

「その菊池さんが亡くなったんです」

「え？」

電話の向こうで、息を呑んだ気配があった。数秒たってから、再び声が聞こえた。

「本当ですか。いったい、どうして」

「何者かに殺害されたものと思われます」

「事件ということですか。いや、しかしそんな……」

「小田切さん。これからお邪魔しますので、話を聞かせてもらえませんか。お店の場所ですが、江東区住吉一丁目の……」

所在地は、尾留川が調べてくれた場所で間違いなかった。塔子は腕時計を確認した。午後四時三十五分だ。

「三十分ぐらいで着くと思いますので」

「わかりました。たぶん、トラックに商品を積んでいるころだと思います。声をかけてください」

よろしくお願いします、と言って塔子は電話を切った。

都営地下鉄新宿線・住吉駅から徒歩数分で、住吉銀座商店街に到着した。

道路の左右にアーケードが設けられ、クリーニング店や青果店、精肉店などが並んでいる。カートを押したお年寄りが、花屋の主人と立ち話をしていた。

しばらく進むと、家電販売店が見えてきた。正面入り口の上に《家電・事務機・パソコン　オダギリテクノス》という看板がかかっている。「町の電器屋さん」ぐらいのものを想像していたが、それよりずっと規模が大きいようだ。

店は角地にあり、側面には業務用の駐車スペースが設けられていた。電話で聞いたとおり、配送用のトラックが停まっている。荷台部分が四角い箱型になったタイプだ。ジャンパー姿の男性が、電子レンジなどの段ボール箱を積み込んでいた。

「こんにちは。先ほどお電話した如月ですが……」

塔子が呼びかけると、男性は「え？」と驚いたような声を出した。箱の積み込み位置を直していて、手が離せないらしい。

「ああ、一段落したところでけっこうですので」

「すみません。ちょっと待っていてください」

男性は物流用のパレットの上に、電子レンジやファンヒーターの箱を並べた。よし、とうなずくと荷室から降りてきた。

「お待たせしました。何でしょう」

年齢は三十代後半というところだろう。このときになって、電話の声とは少し違っていることに気がついた。

「警視庁の如月と申します」塔子は警察手帳を呈示した。

相手は驚いた様子だ。

「え……。この近所で、何か事件でも？」

「いえ、少しお話をうかがいたくて、お店にお邪魔したんです。……こちらの従業員の方ですか？」

「ええ、従業員のようなものです。業務契約していて、商品の配送や設置、古い家電の引き取りなんかをしています」

男性は後藤勝典《ごとうかつのり》という、自営の配送業者だった。小田切本人に会う前に、塔子はこの人物から情報を得ることにした。

「お客さんで、菊池さんという方を知っていますか」

「お得意さんですよね。社長はよく一緒に、飲みにいくみたいですよ」

そろそろニュースが流れるころだが、後藤もまだ菊池の死を知らないようだ。

「後藤さんは、社長の小田切さんとは、よく話をなさいますか」

「ええ、仕事の指示はすべて社長から受けていますので」

「どんな方です？」

「しっかりしていて、お客さんからも信頼されていますね。一緒に配達に行くこともありますけど、私にもよく気をつかってくれるし、いい人ですよ」

「小田切社長が配達に行くんですか？」

「経費節減のために頑張っているみたいです。できるだけ自分が現場に出て、アルバイト代を節約するんだって話していました。今の時代、どこも大変ですよね」

「後藤さん、お客さんかい？」背後から声が聞こえた。

振り返ると、店の入り口から五十歳前後の男性がやってくるところだった。眼鏡をかけた、瘦《や》せ形の人物だ。薄いグリーンのジャンパーは、後藤が着ているものと同じだった。軽く頭を下げて、後藤は仕事に戻っていく。

塔子は中年の男性に、警察手帳を呈示した。

「小田切さんでしょうか。警視庁の如月と申します。……こちらは鷹野です」

「お待ちしていました」彼は名刺を取り出し、塔子に手渡した。「小田切です。電話では大変失礼なことをしまして」

「いえ、その件はもう……。それより、菊池さんのことをうかがいたいんですが」

小田切は大きくうなずいた。

「電話をいただいたあと、ニュースを見てびっくりしました。これまでのことを、あれこれ思い出していたところです」

「おつきあいの内容について、詳しく教えていただけますか」

「初めて菊池さんが来店したのは、二年ぐらい前だったと思います。それまで、パソコン関係の品は秋葉原《あきはばら》で買っていたそうですが、駅の広告を見てうちの店を知った、と話していました。……宣伝のため、あちこちに広告を出していましてね。けっこう効果があるんですよ」

東陽町駅から錦糸町《きんしちょう》方面行きのバスに乗れば、じきに住吉駅に着く。菊池にとっては秋葉原に出るより、かなり楽だと言える。あとは秋葉原と同等の品物が、そこそこの値段で手に入ればいい、という考えだったのだろう。

「オダギリテクノスさんは、パソコン関係にも強いんですか」

「家電が中心ですが、パソコンも豊富に取り揃えています。菊池さんが特に気に入ってくれたのは、型落ちのパソコンでしたね」

「型落ち？」

「新製品が出ると古いものは値下げしますよね。うちはそういった品を、数多く用意しているんです」

塔子は菊池のパソコンルームを思い出した。

「菊池さんの部屋に、新しいノートパソコンが五台あったんですが、もしかしたら、こちらのお店で買ったものかもしれませんね」

「型番がわかれば、調べることはできますよ」
「今、確認していただいてもいいですか」鷹野が口を挟んできた。菊池が使っていたノートパソコンの型番を読み上げてもらう。
鷹野の指示で、塔子はもう一度、尾留川に電話をかけた。菊池が使っていたノート
パソコンの型番を読み上げてもらう。

番号がわかったところで、それを小田切に伝えた。過去の売上記録から、五台のパソコンはいずれも、オダギリテクノスで販売されたものだとわかった。

「これらも型落ちの品ですか」と鷹野。

「ええ。菊池さんはたしか、こう言っていました。『性能は高くなくていい。インターネット接続とメールの送受信ができればそれで充分だから』って。……まあ、実際には発売して一年ぐらいの品ですから、かなり性能は高いものでした。会社で使うには能力不足かもしれませんが、普通にメールやネットで使うだけなら、かなりお買い得な商品でしたよ」

性能は求めていなかった、と聞いて少し意外な気がした。菊池はパソコンを使った仕事をしていたはずなのだ。台数を揃えることが重要で、個々の性能は問わない、ということだったのだろうか。

「菊池さんとは個人的なおつきあいもあった、と聞きましたが」塔子は話題を変えた。

「仕事の延長で、家電の展示会に誘われたことがありました。そのうち、二ヵ月に一

回ぐらいですかね、一緒に飲むようになって」

「菊池さんの仕事について、何か聞いていませんか」

「パソコンを使った仕事だというのは知っていますが、それ以上はわかりません。……自由業だから、生活は不規則だったようですよ。夜遅く、コンビニに行くこともしょっちゅうだと話していました」小田切は唸った。「しかし、信じられませんね。あの菊池さんが殺害されるなんて」

「誰かに恨まれていた、というような話はありませんでしたか」

「ちょっと神経質な人でしたけどね。一緒に飲んでいても、店員が料理を間違えたりすると、いちいちクレームをつけていたし……。それがわかっていたから、菊池さんが私の店に来たときには、ミスのないよう注意しました。そういうところを、菊池さんは気に入ってくれたんでしょう」

菊池が神経質だったという話は、先ほど中河原からも聞いている。

「でも、お店にクレームをつけたぐらいで恨まれるとは、考えにくいですよね」と塔子。

「……今思い出したんですが、菊池さんは神経質だったわりに、戸締まりには無頓着だったみたいですよ」

「というと？」

「ひとりで仕事をしていると、深夜だという意識が薄れてしまう。それで鍵をかけずにいることが多い、と話していました。会社勤めではなかったから、一般の感覚とは少し違っていたのかもしれません」

それが本当なら、犯人はごく簡単に部屋に侵入できたことになる。ピッキングをしたり、チャイムで呼び出したりする必要はなかったわけだ。

さらに質問を重ねたが、結局菊池がどんな仕事をしていたかは、わからなかった。謝意を伝えて、塔子たちは辞去した。

次はどこへ行こうかと考えていると、携帯電話が鳴った。液晶画面には、早瀬係長の名前が表示されている。時刻は午後五時五十分になっていた。

「はい、如月です」

「早瀬だ。状況はどうだ？」

「菊池の知人から話を聞いていますが、まだ手がかりはつかめていません」

「今、警視庁本部にいるんだが、至急、鷹野とふたりでこっちに来てもらいたい。聞き込みは中断していい」

「これから桜田門に行くんですか？」

急に警視庁本部に来いと言われたのも驚きだが、早瀬が城東署を離れていたというのも意外だった。何かトラブルでもあって、呼び戻されたのだろうか。

「少し厄介なことになった」早瀬は言った。「こっちに特捜本部が設置されているんだ」

「え……。何の本部です？」

「あとで説明する。とにかく、できるだけ早く桜田門に来てくれ。六階の会議室だ。部長も課長も、おまえたちを待っている」

「わかりました」

塔子は電話を切ると、今聞いたことを鷹野に伝えた。

「早瀬さんの指示にしては、要領を得ないな」鷹野も考え込んでいる。「しかし、来いと言われたら行くしかないだろう」

塔子は徳重に電話をかけた。一時聞き込みを中断することを伝えると、彼も驚いた様子だった。

「さっき特捜本部に電話したら、早瀬係長は桜田門に戻ったっていうからさ。変だなあと思っていたんだよ。なんで鷹野さんや如月ちゃんまで呼ばれるんだろう」

「とにかく、行ってみます。また連絡しますので」

すでに鷹野は、住吉駅に向かって歩き始めていた。携帯電話をしまうと、塔子は慌てて彼のあとを追った。

今朝出てきたばかりの警視庁本部に、塔子たちは戻ってきた。

6

エレベーターで六階に上がり、会議室に向かう。塔子は姿勢を正してノックをした。

ドアを開けてみて、おや、と思った。

普段はロの字形に配置されている長机が、ふたつずつ向かい合わせに置かれ、いくつかの島のようになっている。それぞれの机には電話機が用意されていた。壁際には特殊機材と段ボール箱。部屋の奥にはホワイトボードがあり、規模は小さかったが、特捜本部としての準備が整っていた。

室内にはすでに十数人が集まっている。それぞれ、資料を広げたり電話をかけたりと忙しそうだ。中にひとり、スーツを着た女性が交じっているのに気がついた。目が合ったが、面識のない相手だから、塔子は目礼するにとどめた。

「こっちだ」

会議用のスクリーンのほうから、声が聞こえた。眼鏡をかけた早瀬が、右手を挙げている。彼のそばに、ふたりの男性がいた。

色黒で、いかにも意志の強そうな顔をしているのが神谷太一《たいち》捜査一課長だ。三百人を超える部下を取りまとめ、毎日あちこちの特捜本部を回って捜査状況をチェックしている。ときには捜査員たちと議論し、みずから事件の筋読みをすることもあった。現場からの叩き上げで、幹部たちからの信頼も厚いと聞いている。

その隣に腰掛けているのは、神谷と違って、紳士的な印象の人物だった。キャリア組として警察庁に入庁し、今は警視庁の刑事部長となった吉富哲弘《よしとみてつひろ》だ。神谷より若いのだが、階級は上で、捜査一課だけでなく刑事部全体を管理している。

普通なら、末端の捜査員が刑事部長と話をする機会など、まずないだろう。しかし塔子の場合は「女性捜査員に対する特別養成プログラム」の関係で、吉富部長と何度か話をしたことがあった。

塔子と鷹野は、吉富たちの前に立った。

「遅くなりまして、申し訳ありません」塔子は頭を下げた。

「急に呼び出してすまなかった。だがこの事件には、君たち十一係の力が必要だ。状況は切迫している」

吉富は四十代後半だったが、スポーツマンのように引き締まった体つきをしている。決して声を荒らげたりしない人だが、さすがに刑事部のトップに立つだけあって、強い威圧感を放っていた。

塔子の横で、鷹野が口を開いた。

「部長。じつはまだ、詳しい事情をうかがっていないんですが」

「それはこれから説明する」神谷課長が太い声で言った。「樫村《かしむら》、来てくれ」

その名前を聞いて、塔子ははっとした。振り返ると、窓際からひとりの男性が近づいてくるところだった。

「如月くん、久しぶりだね」

樫村伸也《しんや》警部だった。やや長めの髪を、会社員のようにきっちり七三に分けている。年齢はたしか四十四歳で、鷹野より十二歳上ということになる。

塔子はぺこりと頭を下げた。

「ご無沙汰《ぶさた》しています。その節はお世話になりました」

以前、新橋《しんばし》の殺人事件で一緒に仕事をしたことがあった。犯人が特捜本部に架電してくるという特殊な事件で、樫村にはいろいろと助けてもらった。

樫村は捜査一課特殊犯捜査第一係の係長で、立てこもり、ハイジャック、企業恐喝などの犯罪を扱っている。塔子たちは特殊班と呼ぶことが多いが、一般には「SIT」という名前のほうが有名かもしれない。

その特殊班がここにいるということは、今まさに、何かの事件が進行している最中なのだ。

──でも、どうして私たちが呼ばれたんだろう。

以前樫村の手を借りた事案は、ごく稀《まれ》なケースだと言っていい。基本的には、特殊班と殺人班が同時に動くことはほとんどない。

彼らは人質事件なども扱うため、外部に対するガードが堅かった。また重大事件を担当するという自負もあって、特殊班の中には、殺人班を軽《かろ》んじる雰囲気もあるという。だから、両者の間にはほとんど交流がないのだ。

「みんな、一旦《いったん》作業の手を止めてくれ」神谷課長が捜査員たちに呼びかけた。「最新の状況を説明するから、しっかり頭に入れておけ。……樫村、頼む」

はい、とうなずいて樫村はスクリーンの前に立った。彼の部下なのだろう、先ほど見かけた女性が、捜査員たちに資料を配っている。塔子たちもそれを受け取り、椅子に腰を下ろした。

「特殊犯捜査第一係の樫村です。……この会議室は現在、特別捜査本部として機能していませんます。表に特捜の名前を出していないのは、秘密裏に捜査を進めなければならないからです。現在、この本部が扱っているのは『警視庁脅迫・恐喝事件』、略称『警視庁脅迫事件』です」

樫村が何を言っているのか、すぐには理解できなかった。警視庁本部に対する脅迫・恐喝事件？

言葉どおりに受け取れば、この警視庁が何者かに脅されているということだ。塔子は考えを巡らした。はたして、警視庁に弱みなどあるのだろうか。

「ぴんとこないかもしれません。順を追ってお話しします。本日、十一月七日の昼過ぎ、正確には十二時十三分、警視庁に不審なメールが届きました。ご存じのとおり、警視庁の運営するウェブサイトには、事件の情報提供を呼びかけるページがあります。何者かが、そのメールフォームを使って、脅迫状を送ってきたわけです。資料をご覧ください」

そこには、メールの文面がコピーされていた。

《私はおまえたちに煮え湯を飲まされた。このままでは絶対に終わらせない。今日から私は、一日にひとりずつ、東京都民を殺害することにした。おまえたち警察官の苦しむ姿を見るためだ。まず初日の分として、ある男をナイフで殺害した。江東区にある南砂団地を調べてみろ。九号棟七〇三号室の住人が、最初の犠牲者だ。殺害は明日以降も続く。事件を止めたければ、本日十五時までにこのメールに返信しろ。

東京都民、千三百万人が私の人質だ。おまえたちが誠意を持って対応しなければ、大量殺戮が起こるだろう。

今、東京都民は見えない糸で縛られている。彼らの命を握っているのは、この私だ。そのことを忘れるな》

樫村が読み上げる間に、塔子はその文面を二回黙読していた。信じられない、という思いがあった。

犯人は罪もない東京都民を殺害する、と言っているのだ。

警視庁に直接被害を与えるものではないかもしれない。だが明日以降、このメールのとおりに殺人が行われたとしたら、一般人は警視庁を強く批判するはずだ。多額の税金を使っているのに、殺人犯ひとり捕まえることができないのか。そういう意見があちこちから出るだろう。

――警視庁が脅迫されるなんて、聞いたことがない。

隣を見ると、鷹野も難しい顔をしていた。彼も、このような事件に遭遇《そうぐう》するのは初めてなのだろう。

「メールを見た担当者は、捜査一課の神谷課長に連絡しました」樫村は続けた。「その結果、現実に南砂団地で事件が起こっているとわかったため、吉富刑事部長にも報告。部長の指示により、この会議室に特別捜査本部が設置されました。中心となるのは我々、特殊犯捜査第一係ですが、南砂事件の特捜本部からも応援をいただくことになったわけです」

この事件があったせいで、神谷課長は南砂事件の会議を欠席していたのだ。神谷と吉富は対応を協議し、まず早瀬係長を呼んだ。そのあと実務担当者も参加させるという話になって、鷹野組が選ばれたのだろう。

「最初のメールを受信したあと、我々は犯人と二回、メールをやりとりしています。声を聞けば手がかりが得られるだろうと考え、特捜本部に専用電話を設置することが決まりました。すでに録音の準備を済ませ、NTTに発信元探知の依頼もしています。犯人には電話番号を知らせ、架電してほしいと伝えました。犯人から届いた最後のメールには、十九時ごろ電話をかけると書いてありました」

塔子は左手首に目をやった。父の形見の腕時計は、午後六時五十分を示している。あと十分だ。

「メールの送信者については調べたんですか」鷹野が尋ねた。

「フリーのメールアドレスだから、登録された個人情報は当てにならない。送信元のIPアドレスから都内のネットカフェを割り出したが、警官を派遣したときにはもう、送信者は店を出てしまっていた。一ヵ所に長く留まるのを避けているようだ。……ネットカフェに呈示した身分証は偽造したものだった。防犯カメラの映像を調べたが、眼鏡をかけ、顔を隠すようにしていたので人相は不明。わかっているのは、二十代から五十代の男性だということだけだ」

メールでさえそうなのだから、このあとかかってくる電話も短時間で切られてしまう可能性があった。最近の逆探知技術では、発信地点はすぐに特定できる。あとは、どれだけ早く現場に到着できるかが問題だった。

やがて、時計の針が七時を指した。樫村が電話機の前に腰を下ろした。

捜査員たちは口を閉ざし、息をひそめた。一分、二分。なかなか電話はかかってこない。樫村が一度受話器を上げ、耳に当てた。問題ないと確認して、元に戻す。

その直後、電話が鳴りだした。ワイシャツ姿の技術担当者が、別の電話でどこかに連絡を始めた。

呼び出し音が五回鳴ってから、樫村は受話器を取った。

「もしもし」

「ああ、通じたようだな」

スピーカーから相手の声が聞こえた。男性だろうが、ボイスチェンジャーを使っているらしく、通常よりもかなり低いトーンだ。この手の装置は、通信販売などでも簡単に手に入る。

「私が誰だかわかっているな？」相手は言った。

「メールをくれた人だね。ただ、あのメールには名前が書かれていなかった。君のことは何と呼んだらいいかな」

相手は黙っている。警戒しているのだ。それを察して、樫村はこう続けた。

「私は警視庁の樫村だ。これから君との交渉窓口になるので、よろしく頼む。……で、君の名前は？」

「ＭＨ」

「アルファベットで、ＭＨだね。これはイニシャルかな。まあ、本名は名乗りたくないだろうから、穿鑿《せんさく》しないことにしよう。ではＭＨ、互いの自己紹介をしないか。もちろん、言いたくないことは言わなくても……」

「時間稼ぎはやめてもらおう」ＭＨは樫村の話を遮った。「メールに書いたとおり、私は一日にひとりずつ東京都民を殺害する。この計画をストップさせる方法はただひとつだ。二日後の十一月九日、午後一時までに現金二億円を用意しろ。車輪の付いたキャリーバッグに詰めて、いつでも運べるようにしておけ」

「二億円？　無理だ。すぐには用意できない」

「それが東京都民、千三百万人の命の値段だとすれば、安いものだろう」

「警視庁にそんな金があると思うのか？」

「金をどこで調達するかは、あんたたちが考えることだ。どうにもならないというなら、都知事にでも相談して……」

と、ここで相手の声が途絶えた。

塔子は耳を澄ました。スピーカーから聞こえてきたのは、機械が唸るような騒音だ。かなり大きく、そのままでは通話に支障がありそうだった。

数秒ののち、騒音が小さくなった。だが完全に遮断できたわけではなく、通話を続けるには少し耳障《みみざわ》りに感じられる。

MHは早口になった。

「金を受け取った時点で、殺害計画は終了となる。だが、それまでに何人かの犠牲者が出るだろう。これはあんたたちへの罰だ。自分の蒔《ま》いた種だと思って、あきらめることだな」

「わかった、MH。金の準備ができるかどうか検討してみる。だからその間、殺害はやめてくれないか」

「変更の余地はない。……また連絡する」

唐突《とうとつ》に電話は切れた。

技術担当者が、顔を上げて報告した。

「発信元がわかりました。墨田区押上《おしあげ》一丁目付近。携帯電話からです」

「大至急、近くの警官を向かわせろ」有無を言わせぬ調子で、神谷課長が命じた。

「不審者がいたらどうします？　職質をかけさせますか」

これが人質事件であれば、迂闊《うかつ》に職務質問をかけるのは御法度《ごはっと》だった。もし相手が何人かのグループだった場合、ひとりが捕まった時点で、人質が殺害される可能性があるからだ。しかし今回は特殊なケースだった。「千三百万人が人質」などと話していたことを考えると、現在、特定の人質はいないのかもしれない。ならば職質をかけてもよいのではないか。

珍しく、神谷が躊躇《ちゅうちょ》しているようだった。犯人を捕らえるチャンスではある。だが、万一人質がいたとしたら、警察の行動によって危険が生じるおそれがある。

「神谷課長、無理はやめておこう」吉富部長が言った。

この場でもっとも階級の高い、刑事部長の判断だ。わかりました、と神谷はうなずき、技術担当者に目を向けた。

「周辺で不審者を探し、発見したらここへ連絡するよう伝えろ。その人物には絶対に『触らない』こと。尾行して、アジトを突き止めるのを最優先とする」

「了解」

技術担当者はノートパソコンを操作し、番号を確認してから電話をかけた。捜査員たちは神妙な顔をして、成り行きを見守っている。

「大きな音が聞こえましたね」塔子は鷹野に話しかけた。「機械の回転数が急に上がったような……。あれは何だったんでしょう」

「何とも言えないな」鷹野は短く答えた。

早瀬係長が険しい表情を浮かべていた。

「不特定の人命に対して、身代金が二億……。聞いたこともない事案だ」彼は樫村のほうを向いた。「人質がいない脅迫事件というのは、これまでにもありましたか？」

「企業恐喝がそれに近いと思います。店頭に並んでいる菓子に、毒が仕込まれたことがあったでしょう」

大手菓子メーカーなどが連続して脅迫された事件だ。店頭に「毒入り」のメッセージの付いた菓子が置かれ、実際に毒物が検出された。

無差別殺人、という言葉が塔子の頭に浮かんだ。今回の事件でも、ターゲットは「東京都民」としか伝えられていない。

──被害者は誰でもいいということ？

犯人にとって東京の町は、猟場《りょうば》のようなものなのか。たまたまそこにいた人物を、本日分の獲物として選ぶということだろうか。

塔子は犯人の人物像を想像した。慎重で、冷静で、しかし犯行に及ぶ際には、恐ろしいほど残虐になる男。おそらく彼は、他人を刺すことに何のためらいも感じない。溢れ出す血液にもまったく動じることがないのだろう。

「犯人は人質なしに、金を要求してきた。ここで問題になるのは、金を奪われなければこちらの勝ち、とは言えないところです」樫村は続けた。「むしろ金の受け取りに失敗したときの、犯人の行動が怖い。やけになって、何をしでかすかわかりません」

「だからこそ、この犯人はすぐに逮捕しなくてはならないんだ」

そう言ったのは、神谷課長だった。眉間《みけん》に皺《しわ》を寄せながら、彼は部下たちに命じた。

「表と裏の両面作戦でいく。犯人との交渉などは、樫村たち特殊班が担当する。その間に、鷹野たち十一係は、裏から犯人に近づいてほしい。南砂事件を調べていけば、警視庁脅迫事件の犯人に行き着くはずだ」

鷹野は思案していたが、やがて神谷に向かって言った。

「たしかに、捜査網を狭《せば》めていけば、いずれ犯人にたどり着くかもしれません。しかし、そうなれば相手を追い詰めることになります。犯人は暴走して、さらに大きな事件を起こす可能性がある。それを避けるのは、非常に困難なことです」

「わかっている」神谷は不機嫌そうな顔をした。「そこを、なんとかしろと言っているんだ」

「ご命令の趣旨は理解しています。ただ、今までにない捜査になりますから、私にも何が起こるか予想できません。そもそも特殊班と殺人班が同時に動いて、うまくいくかどうか……」

セクション間の風通しが悪いことを、鷹野は指摘しているのだ。

神谷は語調を強めた。

「いいか鷹野。今、捜査一課は――いや、この警視庁は、かつてない危機に直面している。警察組織が犯罪者に脅迫されるなど、前代未聞だ。この事件を解決できなければ、警察の存在自体が危ういものになる。そんなことは絶対にあってはならないんだ。違うか？」

「……おっしゃるとおりだと思います」

「だったら、この仕事に全力を尽くせ。失敗は許されないぞ」

鷹野は何か言いかけたが、言葉を呑み込んだようだ。現在の状況では、反論は難しいと悟ったのだろう。

「では、ひとつだけお願いがあります」彼は言った。「我々殺人班が集めた情報は、きちんとお伝えします。その代わり、特殊班で得た情報も随時、私たちに教えてください。そうしないと双方の動きがちぐはぐになって、まずいことが起こると思います」

「いいだろう」神谷はうなずいた。「鷹野組は今後、南砂事件と警視庁脅迫事件、ふたつの特捜本部に顔を出してくれ。今は鑑取りをやっているんだったか？　これからは『遊撃班』として筋読みをしろ。一刻も早く、犯人の身元を特定するんだ」

「わかりました」

そう答えると、鷹野は椅子に背中をもたせかけた。

塔子はそっと彼の表情をうかがった。鷹野は口をへの字に曲げて、天井を見上げている。事件の真相について、考えを巡らしているのだろう。

あの、という声が聞こえた。技術担当者が、受話器を手にして立っていた。

「本所《ほんじょ》警察署の刑事課から連絡が入りました。押上一丁目付近を数名で調べたそうですが、不審者は発見できなかったということです」

「よく調べたのか？」と神谷。

「本所署はそう言っていますが……」

「ちょっと貸してみろ」立っていって、神谷は受話器を受け取った。「捜査一課の神谷だ。状況を聞かせてくれ」

三分ほどのち、神谷は苛立《いらだ》った表情で電話を切った。それから吉富部長のそばに近づき、説明した。

「該当するエリアで、不審者は発見できなかったということです。引き続き、周辺で聞き込みをするよう命じました」

吉富部長は低く唸った。

「発信地がわかっても、現場に着くまで四、五分はかかる。それでは間に合わないということか」

その後、別の捜査員から報告があった。今回使われた携帯電話はヤミ転売されたものらしく、現在の使用者は不明だという。また、犯人は通話を終えたあと携帯電話の電源を切ってしまった。これでは、GPS機能で現在位置を特定することもできない。

時刻は午後七時四十五分になっていた。

神谷課長と話をしていた吉富部長が、椅子から立って、みなを見回した。

「すでに状況は理解していると思うが、犯人が指定した二日後の午後一時まで、あと四十一時間ほどしかありません。要求された金をそのまま用意するのか、渡すとしたらどんな準備をするのか、どんな人員配置で臨むのか、詳しいことはこれから上層部と相談して決定します。

諸君は犯人——MHに関する捜査活動に専念していただきたい。特殊班は犯人のプロファイリングを行い、次の交渉に備えること。十一係のメンバーは南砂団地に戻って、殺人事件の捜査を続けてほしい。なお、ふたつの事件については絶対に情報を漏らしてはならない。記者たちがつきまとってきても相手にしないように。……非常に難しい事件だが、我々には東京都民を守る義務がある。各人、常に一手先を考えて行動してください」

樫村係長の号令で捜査員たちは起立、礼をした。これで会議は終了となった。

塔子と鷹野が捜査の相談をしていると、早瀬が声をかけてきた。

「このあと樫村さんと打ち合わせをするから、おまえたちも参加してくれ。城東署の捜査会議は欠席していい」

向こうの会議のことは、手代木管理官に頼んであるのだろう。

「了解しました」

資料を整えながら、塔子は答えた。

「……じゃあ早瀬、あとのことは任せたぞ」

鞄を持って、神谷課長がそばにやってきた。吉富部長も一緒だ。

このふたりが並ぶと、かなり対照的に見える。神谷は、着るものにはあまり気をつかわないタイプだ。背広はおそらく量販店で買い求めたものだろう。一方の吉富は、糊《のり》の利《き》いたシャツにオーダーメイドの背広を着ている。

「如月くん、しっかり頼むぞ」

吉富部長にそう言われ、塔子は慌てて頭を下げた。

「はい。頑張ります」

「立て込んでくると、上の者がすべてコントロールするのは難しくなる。頼りになるのは君たち捜一のメンバー、ひとりひとりだ」

「このあと、どこか別の特捜本部に行かれるんですか」塔子は尋ねた。

警視庁では数多くの事件を扱っている。そのため、あちこちの警察署に特捜本部が設置されているのだ。

「大きな事件が重なってしまってね」吉富は表情を曇《くも》らせた。「高井戸《たかいど》署には、強盗殺人事件の特捜本部が出来た。タクシーの運転手が連続して殺害された事件だ。それから、三田《みた》署には企業恐喝事件の本部が設置されている」

「恐喝事件……。ということは、特殊班の事案ですね」

「食品メーカーのタカシマフーズに脅迫状が届いた。そちらは特殊犯捜査第二係が担当している。こういう事件に対応できる係はふたつしかないから、もう手一杯だ」

どんな組織でもそうだが、警視庁も限られた人員で仕事をこなしている。急に多くの事件が起こってしまった場合、どのように人を手配するかが問題となる。

「部長、車の準備が出来たそうです」神谷課長が声をかけた。

「それじゃ、鷹野くんも頑張ってくれ」

吉富は踵《きびす》を返した。塔子と鷹野は、姿勢を正して見送った。

幹部たちが廊下へ出ていくと、塔子はほっと息をついた。

「部長みずから特捜本部に行くなんて、珍しいですね」

「恐喝事件だからだろう」横から、早瀬係長が言った。「こっちの事件も大変だが、タカシマフーズは民間企業だから情報が漏れやすい。対応を急がないと、マスコミに嗅《か》ぎつけられるおそれがある」

「まったく、タイミングが悪いとしか言えませんね」

塔子はバッグを肩に掛けた。隣を見ると、鷹野はひとり眉をひそめている。

「どうかしたんですか」

「やっぱり如月は、部長に期待されているんだな」

「鷹野主任だって、頑張ってくれって言われたじゃないですか」

「『も』だぞ」彼はぼやいた。「鷹野くん『も』頑張ってくれ、と言われたんだ。たぶん部長は、おまえに声をかけるついでに、俺にも話しかけたんだよ」

「そんなことはないですよ」塔子は首を振る。「いつも事件の解決に貢献しているんですから、鷹野主任の実力は部長もよくご存じのはずです。そうでなければ、今日だってここに呼ばれたりしませんよ」

塔子が力説するのを聞いて、鷹野は口元を緩めた。

「からかって悪かった。……如月も、あちこちに気をつかって大変だな」

7

午後九時半、塔子と鷹野は南砂団地に到着した。徳重に頼まれて、途中コンビニエンスストアで弁当やサンドイッチ、飲み物などを買った。これが今日の夕食だ。

団地の中には街灯《がいとう》が見えたが、公園や建物の陰などは、ひとけがなく寂しい状態だった。商業施設はほとんど店じまいしていて、明かりが点《つ》いているのは飲食店ぐらいだ。

「案外、静かなものですね」塔子は、隣を歩く鷹野にささやきかけた。「これだけ人が集まっているから、もっといろいろな音がするかと思っていたんですが」

「人が集まっているからこそ、生活音には気をつけるんだろう」

ときどき食器を洗う音や、テレビの音が聞こえてくる程度だ。みんな息をひそめて暮らしているのかもしれない、と塔子は思った。

エレベーターホールでケージが来るのを待っていると、会社員らしい女性と一緒になった。鷹野と塔子の組み合わせに違和感があるのか、彼女はこちらの様子をうかがっている。塔子は女性に向かって軽く会釈《えしゃく》をした。相手は驚いたような顔で会釈を返してきた。

七階へ上がり、七〇三号室に入っていく。台所を覗くと、徳重の隣に、体格のいい門脇仁志《かどわきひとし》警部補が座っていた。

「おう、お疲れさん」門脇は塔子たちにうなずきかけた。

階級は鷹野と同じ警部補だが、門脇は今三十七歳で、十一係ではリーダー的な立場にある。上司にもきちんと意見を言ってくれるし、面倒見のいい性格だったから、若い捜査員から慕われていた。

「俺は地取り班なんだが、ノート調べを手伝えと命令された」テーブルの上には、菊池のノートが並んでいる。「こういうことには、向いてないんだけどな」

「さっきまで、予備班の人たちが手伝ってくれていたんですよ」徳重が口を開いた。

「このまま徹夜させるわけにもいかないんで、城東署に戻ってもらいました」

「……ということは、私たちは徹夜ですね」

塔子が尋ねると、門脇は首を振って、

「徹夜なんかしたら、かえって効率が悪くなる。交替で休もう。布団を用意してもらったから大丈夫だ。それより、食い物は買ってきたか」

「はい、ここにあります」塔子はレジ袋を掲げてみせた。

「よし、飯にしよう」

門脇は立ち上がり、パソコンルームに声をかけた。ややあって、ふたりの男性が台所に入ってきた。ひとりは尾留川、もうひとりは面識のない、二十代半ばの人物だ。

「そっちの彼は？」

鷹野が問いかけると、尾留川が応じた。

「鴨下主任が連れてきてくれた、鑑識課の綿引護巡査《わたびきまもる》です。綿引くんはコンピューター関係に詳しいんですよ。今、一緒にパソコンのデータを調べているところです」

「よろしくお願いします」綿引は頭を下げた。「みなさんのことは、いつも噂で聞いています。『無敗のイレブン』と呼ばれているんですよね」

「なんだって？」鷹野はまばたきをした。

「このところずっと、お宮入りした事件がないんでしょう？　それで無敗のイレブン、と」

「初めて聞いたな。そんなふうに呼ばれているのか」

「とにかく、一緒に仕事ができて光栄です」

鷹野は複雑な表情をしていたが、門脇はまんざらでもない様子だった。門脇は体育会出身だから、謙虚な後輩が好きなのだ。綿引に向かって、こう言った。

「何でも好きなものを選んでいいぞ。……といっても、あるのは弁当とサンドイッチぐらいだけどな」

「いえ、嬉しいです。僕、サンドイッチが大好きなんですよ」

調子を合わせているのか、それともこれが彼の本心なのか。塔子にはよくわからない。

台所のテーブルは四人掛けなので、数が足りない。塔子は隣の部屋から椅子をふたつ運んできた。

六人揃っての夕食となった。

ほかの者がコーヒーや紅茶のペットボトルを選ぶ中、鷹野だけはトマトジュースの缶を手に取った。一口飲んで「この味だ」とうなずいている。彼はトマトが好きなのだ。

質素なものだが、ようやくまともな食事にありつけた、と塔子は喜んだ。今日の昼は時間がなくて、パンを立ち食いしただけだ。それ以来、塔子と鷹野は休憩らしい休憩をとっていなかった。

門脇があらためて、同僚たちを綿引に紹介した。尾留川、徳重、鷹野ときて次は塔子の番になった。

「最後に、この小さいのが如月だ。身長は百五十二センチで……」

「百五十二・八センチです」塔子は訂正した。

「ああ、そうだったな。……だいぶ慣れてきたが、如月はまだ独り立ちはせず、鷹野とコンビを組んでいる。ちなみに親父《おやじ》さんも捜査一課の刑事だった」

「聞いたことがあります。親子二代の刑事ということで、取材を受けていましたよね」

「……あまり目立ちたくなかったんですけど、広報担当から上司に話が来たもので、断れなくなってしまって」

塔子が釈明すると、綿引は押しとどめるような仕草をした。

「選ばれたのは、実力のせいですよ。最近は女性警察官を積極的に採用しているし、その女性の中でも、刑事を目指す人が増えているでしょう？　これから先、如月さんはみんなの目標になると思うんですよね」

今までそんなふうに言われたことがなかったから、何か裏があるのでは、と勘ぐりたくなる。しかし綿引は、明るい表情でこちらを見ていた。単純というか、屈託がないというか、とにかく社交的な性格らしい。

「如月をそんなに褒《ほ》めたって、何も出ないぞ」

門脇が言うと、綿引は真面目《まじめ》な顔になった。

「いえ、僕、如月さんのファンなんですよ。応援してるんです」

「そ……それはどうも」塔子は頭を下げた。

「おっと、もうこんな時間ですね。僕は仕事に戻ります。何かあったら呼んでください」

綿引は廊下に出ていった。徳重はその背中を目で追っていたが、

「なんというか、あまり見たことのないタイプですね」

苦笑しながら、そうつぶやいた。

鷹野と尾留川は、深くうなずいていた。

食事が一段落すると、鷹野は塔子を促《うなが》した。

「如月、あの話を……」

「わかりました」

塔子は警視庁脅迫事件について、門脇、徳重、尾留川に説明した。三人はひどく驚いた様子だった。

「この南砂の殺人が、そんな大規模な事件の一部だったなんて……」徳重は表情を曇らせた。「これから、我々はどう動けばいいんです？」

彼の気持ちはよくわかる。塔子の中にも戸惑いがあった。今までは、怨恨《えんこん》による殺人事件だと思っていたのだ。実際、これがもしＭＨによる無差別殺人なら、いずれ捜査方針を見直す必要があるかもしれない。

「当面、俺と如月が連絡役を務めることになりました」鷹野が答えた。「脅迫事件の特捜本部と南砂事件の本部、二ヵ所を行き来します。その間に、自分が担当する捜査も進めます」

「同時進行となると、鷹野さんたちも大変ですね」

「しかし、やるしかありません」

なるほどな、と門脇が言った。

「さっき早瀬さんから電話があって、パソコンもノートも全部このまま、菊池の部屋で調べろと言われたんだ。なんで城東署に運ばないのかと思ったら、時間がないからだな」

「犯人は一日にひとりずつ、都民を殺害すると予告しています」鷹野はジュースの缶をテーブルに置いた。「一刻も早く、犯人の身元を特定しろ、というのが神谷課長の命令です」

「まったく、厄介な事件だ」門脇はこちらを向いた。「よし、如月。『殺人分析班』の出番だぞ。問題点、疑問点を洗い出そう」

殺人分析班というのは、門脇が個人的に付けたチーム名だ。食事をしながら事件の情報を整理し、意見交換するのが恒例となっている。

塔子は捜査ノートをテーブルの上に広げた。聞き込みで使うメモ帳とは別に、いつもノートを持ち歩いているのだ。

門脇と相談しながら、現在明らかになっている問題点を列挙していった。

■警視庁脅迫事件
（一）犯人が警視庁を恨んでいる理由は何か。

（二）一日にひとりずつ殺害するとしたのはなぜか。
（三）すでに次のターゲットを決めているのか。
（四）単独犯か、複数犯か。ＭＨとは何の意味か。
（五）七日、十九時の電話で、背後に聞こえていた音は何か。
（六）金の受け取りはいつ、どこで行うつもりなのか。

■南砂事件
（一）殺害後、遺体を非常階段に運んだのはなぜか。
（二）殺害後、遺体の右手にナイフを握らせたのはなぜか。
（三）菊池を殺害したのはなぜか。

「警視庁脅迫事件のパーツとして南砂事件が存在する、という構造だな」門脇はノートの文字を目で追った。「となると、外側にある脅迫事件から考えるべきだろう。まず項番一。単純に考えれば、犯人――ＭＨとかいう奴は、以前警視庁に捕まったか、何かの容疑をかけられたんじゃないだろうか。それを逆恨みして、こんな事件を起こしたんだ。異論はないよな？」

塔子はうなずいた。鷹野や徳重も同じ意見のようだ。

「項番二だが、これは項番四と関係していると思う。一日にひとりずつ殺害するというのは、犯人が複数ではなく単独だからじゃないか？　昼間は脅迫電話をかけて、夜は殺人事件を起こす。これならひとりでも実行可能だ。項番三の、次のターゲットについては、ちょっとわからない。しかし、金の受け渡しまであと二日あるから、奴はもうふたり、都民を殺害するつもりなんだろう」

「警視庁を恨んでいるのなら、警官を襲えばいいような気がしますけど……」

尾留川が疑問を差し挟むと、門脇は首を振った。

「その場合、警官が被害者ということになる。普通、世間の人間は被害者に同情するから、このケースでは警察に肩入れする形になるだろう。犯人にとっては面白くないことだよな。……だが東京都民、千三百万人が人質となり、一日にひとりずつ殺害されているとわかったらどうか。警察は何をやっているんだ、と強い批判が起こるに違いない。警視庁の幹部たちにとっては、そのほうがよほどこたえるだろう」

「そうか。社会全体を巻き込んで、警察を苦しめようとしているわけですね」尾留川は納得したようだ。

「ただ、奴は計算高い人間だ。今すぐ警視庁脅迫のことを、マスコミに明かしたりはしないだろう」

「というと？」

「犯人が不特定の人間を襲うとわかれば、みんな警戒するはずだ。そうなると、奴も事件が起こしにくくなってしまう。だから、金の受け渡しが終わるまでは、マスコミを利用することはないと思う」

ここで、鷹野が話に加わった。

「南砂事件のほうに行ってもいいですか？　項番一ですが、遺体を非常階段の踊り場に運んだのは、住人に早く発見させるためですよね。警視庁脅迫事件で犯人は、南砂団地で人を殺したとメールしてきましたから……」

「そのとき、すでに遺体が見つかっていれば、話は早いわけですな」と徳重。

「それを踏まえた上で、項番三です。犯人が菊池を殺害したのはなぜか。菊池は自由業でしたから、深夜に仕事をすることも多かった。オダギリテクノスの社長によると、玄関のドアが施錠されていなかった可能性があるそうです。この団地はオートロックではないから、犯人は自由に出入りすることができますよね。そうすると、かなり気味の悪い状況が頭に浮かんでくる。

犯人は誰かを殺害したかった。九号棟に入って、ドアの空いている部屋がないか、探していった。最初に調べたのは、七階ではなかったかもしれません。順番にドアを確認していって、やがてたどり着いたのが七〇三号室だった。犯人にとって、菊池という表札は何の意味もなかったのではないか。ただ、刺し殺せる相手がいれば、それでよかったのではないか……」

殺意をみなぎらせた人間がマンションの中をうろついていた、ということだ。犯人の手には、すでにナイフが握られていたのかもしれない。その様子を想像して、塔子は慄然《りつぜん》とした。

「無差別殺人……いや、通り魔的な殺人というべきか。とんでもない話だ」

門脇は眉間に皺を寄せた。彼はこうした卑怯な犯罪を、誰よりも嫌っているのだ。

ややあって、尾留川がノートを指差した。

「脅迫事件の項番五ですけど、電話でどんな音が聞こえたんです？」

「何かの回転速度が上がったような音でした」思い出しながら、塔子は答えた。「近くに、大きな機械でもあったんでしょうか」

「それについては、科捜研で調べてくれるそうだ」鷹野が言った。「あそこには音響関係の専門家がいるから、結果に期待しよう」

音の正体がわかれば、電話をかけていた場所が特定できるかもしれない。それが犯人の手がかりとなることを、塔子は祈った。

「あとは項番六ですね」徳重が鷹野に話しかけた。「二億円の受け渡しはどうなるのか。一万円札は一枚一グラムですから、二億で約二十キロになります」

「二十キロか。ちょっと見当がつきませんが……」鷹野は、塔子のほうを向いた。

「如月の体重は何キロだ？」

「な……なんで私に訊くんですか」

「五人の中では一番小さいから、比較しやすいかと思って」

「その質問には答えられません」塔子は口を尖らせた。

手を伸ばして、門脇が鷹野をつついた。

「おまえ、怖いもの知らずだなあ。そういう話は、ひとつ間違えばセクハラだぞ」

「胸や腰のサイズを訊いたわけじゃありません。どれぐらい重いのか、訊いてみただけです」

「いや、私、重くないですから」塔子はムキになって抗議した。

にやにやしながら聞いていた徳重が、思い出したという顔で尾留川を見た。

「パソコンのデータ分析はどうなってるの。何かわかったかい？」

「そうでした」尾留川は居住まいを正した。「文字データなら簡単に検索できるんですが、菊池は重要な情報の大部分を、画像で保存していたようなんです。ファイル名だけでは何のデータかわからないので、いちいち開いて確認しなければならない状態です」

「なんで、そんなことになっているんだ」門脇が不機嫌そうな表情で訊く。

「几帳面《きちょうめん》で、慎重な性格だったんでしょう。他人にデータを見られるのを嫌っていたんだと思います」

「調べるのはいいが、もしこれが通り魔的な事件だとしたら、犯人と被害者は関係ないんじゃないのか？」門脇は首をかしげた。

「しかし、すべての可能性をつぶせというのが手代木管理官の方針ですから」と徳重。

「手代木さんで思い出した。……如月、菊池が中華料理店に行った日に、何か法則性はあったんだっけ？」

尾留川が尋ねてきた。塔子は首を横に振る。

「電話で確認したんですが、特に曜日の偏《かたよ》りはなかったそうです。ただ、土曜だけは一度も来たことがないという話でした」

ふうん、と言って尾留川は考え込んだ。

「じゃあ、仕事を続けましょうか」徳重がみなを見回した。「たとえ通り魔的な事件でも、犯人と被害者が無関係だったとは限りません。犯人は、このマンションの住人と関わりを持っていたかもしれない。だとしたら、どこかで菊池とすれ違っていた可能性もありますからね」

徳重の言うとおりだった。塔子たちは、散らかったテーブルの上を片づけ始めた。

パソコンのほうは尾留川組に任せて、門脇、徳重、鷹野、塔子の四人は、菊池の手帳やメモ、ノートを調べ始めた。菊池の携帯電話は見つかっていないということだから、今は紙の資料に頼るしかない。

ノートには、本人にしかわからないような記号、略号が多数使われていた。読み解くには推理とひらめきが必要だ。また、前後の記録とも比較しなければならないから、どうしても時間がかかる。

台所のテーブルに資料を積み上げ、付箋を貼ったり、メモをとったりしながら作業を進めた。

ときどき誰かの携帯電話が鳴り、静かな部屋の中に通話の声が響いた。門脇は地取り班、徳重は鑑取り班の責任者を務めている。部下となった所轄署員が、報告書の記載内容や明日の予定について、問い合わせをしてくるらしい。

ふと思い立ち、塔子も携帯電話を取り出した。もう午前零時を回っているが、先方もまだ仕事を続けているに違いない。登録しておいた番号をプッシュした。

「はい、樫村です」相手は警視庁六階にいる、特殊班の樫村係長だ。

「お疲れさまです、如月です。そちらの状況はいかがですか」

何かあれば連絡するとは言われていたが、今日一日の最後に、情報を得ておきたいと思ったのだ。

「変化なしだね」樫村は言った。「十九時に電話があったあと、犯人からの連絡は途絶えている。メールを何度か送っているが、まったく応答がない」

彼の背後で内線電話が鳴っていた。こちらはマンションの一室だが、向こうは警視庁の本部だ。この時刻でも内線で連絡があるのだろう。

「そっちはどうかな」樫村が尋ねてきた。

「今は南砂団地で、マル害のノートを調べているところです。パソコンの中にもデータが残っているそうで、選任のチームが確認しています」

「何か出てきそうな気配は？」

「まだ、見当もつきません」

「無差別殺人だとすれば、何も出てこないかもしれないが……」樫村も、門脇と同じことを懸念しているようだ。「しかし、調べてみてくれ。どんな小さなことでもいい、手がかりがほしい」

頑張ります、と言って塔子は電話を切った。

門脇が煙草《たばこ》を切らしたというので、塔子は一度コンビニに出かけた。細かい作業で疲れていたから、これはいい気分転換になった。

午前二時を回ったところで、門脇が「先に寝るが、いいか？」と訊いてきた。彼がそう言ったのには訳がある。下の者は遠慮をするから、自分から「食べる」「寝る」「帰る」といったことは口にしづらい。それを察して、リーダーである門脇が先に動いてくれたのだ。もちろん必要なときには徹夜もするが、可能であれば少しでも体を休めるべきだ、というのが門脇の持論だった。

ふたりずつ交替で、仮眠をとることになった。布団は予備班の人間に用意してもらっている。空いていた部屋に寝床を作って、門脇と徳重が横になった。

尾留川と鑑識課の綿引も、交替で眠るそうだ。彼らはパソコンルームの隅に布団を敷いていた。

しんとした台所で、塔子と鷹野は仕事を続けた。ときどき、隣の部屋から門脇のいびきが聞こえてくる。あれで横にいる徳重は寝られるのだろうか、と不思議に思うのだが、慣れてしまえばどうということはないらしい。

「今まで気がつきませんでしたけど」塔子は鷹野に話しかけた。「警視庁が恨まれているということは、私たちだって恨まれている可能性がありますよね」

鷹野は顔を上げ、塔子を見た。ネクタイを緩めながら、

「メールには《私はおまえたちに煮え湯を飲まされた》とあった。過去の出来事が原因だというのなら、最初は特定の警察官を恨んでいたんだと思う。だが、時間がたつにつれ、犯人の中で怒りが膨らんでいったんだろうな。その結果、奴は警視庁全体を敵視するようになった。今、犯人が思い浮かべている『敵』というのは、顔がなくなってしまった警察官なのかもしれない」

顔のない警察官というイメージは、何かとても禍々《まがまが》しいもののように思えた。制服を着て、制帽もきちんとかぶっているのに、顔の部分だけが真っ暗なのだ。表情がなく、感情もなく、言葉を発することもない。そんな異形《いぎょう》のものを、塔子は想像した。

「一日にひとり、とMHは宣言している。日付が変わって、もう十一月八日になってしまった。また、あらたな被害者が出るおそれがある」

鷹野はこめかみに手を当て、何かを考え始めた。

塔子は廊下のほうに目をやった。玄関の手前には浴室がある。そこには今も、赤茶色の血痕が残されているはずだった。

MHは今、ナイフを持って夜の町をさまよっているのかもしれない。罪もない東京都民が襲われ、また、あらたな血が流される。その可能性があるとわかっていながら、塔子たちには何ひとつ打つ手がない。

——これは、史上最悪の脅迫事件かもしれない。

菊池の顔写真を見つめて、塔子は唇を噛んだ。

8

携帯用のテレビを手に取り、電源を入れる。

最初に映ったのはバラエティー番組だった。お笑い芸人らしい男性が、若い女性タレントにあれこれ質問をしている。テロップが出ないため、どちらの名前もわからない。ほかの出演者が、女性タレントを何度か愛称で呼んだ。そのまましばらく見ていたが、結局女性の名前ははっきりしなかった。

まあいい、と男は思った。

あの女性タレントが、俺の人生に関わってくることはないだろう。それより、この先自分がどのようにマスコミをコントロールするか、そのことを考えなくてはならない。

男がチャンネルを替えると、ちょうどニュース番組が始まるところだった。テレビをテーブルの上に置いて、彼は画面をじっと見つめた。

政治の話題のあと、南砂団地で発生した殺人、死体遺棄事件が取り上げられた。被害者は自由業・菊池康久。アナウンサーは遺体が非常階段で発見されたこと、右手にナイフが握られていたことも伝えた。よし、それでいい。男はひとりうなずく。

そのままテレビを見ていたが、警視庁脅迫事件については一言も報じられなかった。これは放送局がどうのという問題ではなく、おそらく警視庁がマスコミに公表していないせいだろう。

——やはり、隠し通すつもりだな。

事前に予想していたとおりだった。

自分の保身しか頭にない、警視庁の幹部たち。その幹部に取り入ろうとする、中間管理職の連中。こういう奴らのせいで、警視庁は腐った組織になってしまった。いざ犯罪が起こったときにも、まともな捜査などできはしない。真相を見誤り、不正を隠し、責任を問われれば必死に逃げようとする。

それが警察官の姿か？　おまえたちに、東京都民を守るという覚悟はあるのか？　ないだろう。おまえたちにはもう、事件を解決する能力も気概もない。

だからだ、と男は思う。だから俺は、おまえたちに鉄槌《てっつい》を下す。この事件によって、警視庁のふがいなさを社会に見せつけてやるのだ。

今のところ計画は順調に推移している。昨日の昼前、彼は南砂団地を再訪した。念のため、殺人を犯したときとは髪型を変え、眼鏡をかけていった。

付近には制服の警官や、刑事たちがいたが、男に注目する者はひとりもいなかった。それはそうだ。南砂団地には二万人もの住人がいて、そのうちの百人から二百人が九号棟の周囲をうろついていたのだから。警官には、野次馬をいちいちチェックする暇などないのだ。

写真を撮ったり、噂話をしたりする人たちに交じって、彼は捜査の状況を観察していた。そのうち、通りかかった中年女性から、何があったんですかと訊かれた。

男は不安げな表情を作って、

「さあ、何なんでしょう。心配ですね」と答えておいた。

あれはいい演技だったと思う。煙草を買いに出てきたら、たまたま事件に出くわしてしまった。そんな顔をしてみせたのだ。

やがて刑事たちは分担を決め、団地内のあちこちで聞き込みを始めたようだった。

——ご苦労なことだ。犯人は、ここにいるのにな。

男はひとり、笑みを浮かべていた。

捜査状況がおおむね把握《はあく》できたので、彼は引き揚げることにした。一号棟のほうに歩いていくと、三十メートルほど先の飲食店前に、捜査員らしい男女が見えた。男性のほうは、ひょろりとして背が高い。一方、女性は背が低く、バッグを斜めに掛けていて、まるで学生のようだった。それでも、ふたりで何か言葉を交わしているから、あれは刑事のコンビなのだろう。

用心のため、男は飲食店ブロックに近づくのをやめた。少し迂回《うかい》してから、団地の外に出た。あんな女まで投入しているのだから、警視庁も人員のやりくりには相当苦労しているに違いない。いいざまだ、と思った。これから先、もっと振り回してやろう、と彼は考えた。

これは奴らへの復讐《ふくしゅう》だ。警視庁に対する、最初で最後の復讐なのだ。

男は壁に貼ったメモ用紙を見つめた。

そこには、絶対に忘れてはならない過去が記してある。彼は毎日それを読み、自分を奮い立たせる材料にしてきた。当時の状況を思い浮かべることで、屈辱感と強い怒りを心に留《とど》めることができた。

奴らは、大事な報告をどう取り扱ったのか。

――事実であるにもかかわらず、強い力で握りつぶした！

奴らは、そのあと何をしたのか。

――捜査員に罪を押しつけ、将来をめちゃくちゃにした！

奴らは、どんな言葉を吐いたのか。

――おまえはおかしい、おまえは警察の敵だと罵《のの》った！

鼓動が速くなっていた。首筋が熱を持ったように感じられる。呼吸を整え、メモ用紙を凝視《ぎょうし》した。

男は特殊警棒を手に取った。怒りにまかせて壁を殴る。三回、四回とそれを続け、部屋の中を歩き回ってから、荒い息をついた。

大丈夫だ、と彼は思った。俺はこれだけのエネルギーを持っている。瞬間的に感情を高ぶらせ、敵を憎悪することができる。心配することは何もない。必ずこの計画を完遂《かんすい》させてみせる。

数分後、男はテレビを消して、テーブルに歩み寄った。

興奮はもう、すっかりおさまっていた。むしろ落ち着きすぎているぐらいだ。おそらく、先ほど急激に気持ちを高ぶらせた反動なのだろう。一転して彼は今、暗い感情の底に沈んでいた。

テーブルの上には鞄があった。ファスナーを開き、中身を確認する。そこには、この事件のために準備した品々が入っていた。脅迫電話をかけるときに使うボイスチェンジャー。返り血を浴びることを想定したレインコート。手袋などの小道具。

そしてナイフだ。昨夜使ったあと、きれいに血を拭《ぬぐ》ってある。

男はそれを手に取り、畳《たた》んであった刃を開いた。照明を受けて、ナイフはきらりと光った。

その光を見つめるうち、胸の内にざわざわと波が立った。

体の奥底から込み上げてくる衝動――。

左腕をテーブルの上に乗せ、シャツの袖をまくった。腕時計の下から肘《ひじ》まで、二十センチほどの間に、いくつもの切り傷があった。古いものには、固いかさぶたが出来ている。だが新しいものは、まだ完全にはふさがっていない。

男は右手にナイフを持ち、その切っ先を左腕に当てた。ぶるぶると唇を震わせながら、ナイフをすっと手前に引く。肌の上に、赤い筋が一本描かれた。じわりと血が滲《にじ》み出る。それから、じんじんする痛みがやってきた。

この体に刻まれた新しい傷。その痛みが、彼の存在をたしかなものにしてくれる。今、自分はここにいる。あのころとは別の時間を生きている。こうして痛みを感じることで、過去を打ち消し、前に進むことができる。

ナイフをテーブルの上に置き、男は深いため息をついた。

前に進むのだ。ためらうことなく、復讐のために進むのだ。

《東京都民、千三百万人が私の人質だ》

脅迫メールの文章を、口の中で繰り返した。

警視庁の連中も、この言葉には驚いたことだろう。

すべての東京都民は、細くて頑丈な糸で縛られているのだ。その糸は虚空《こくう》を走り、彼の手元に集まっている。どれか一本を選んで引けば、都民ひとりが死亡する。千三百万人のうち、誰もが殺人事件の被害者となり得る状況なのだ。

傷口にガーゼを当て、テープでとめると、男は立ち上がった。

これから夜の町に出かけるのだ。

一日にひとりずつ東京都民を殺害する。その犯行計画を、第二段階に進めなくてはならなかった。

第二章　タブレット

1

どこかでドアの閉まる音がした。しんとした空気の中、靴音が聞こえてくる。こつ、こつ、こつ。音は一定のリズムで続いたが、やがて遠くへ離れていった。

——もう、出かける人がいるんだ。

塔子は布団に横になったまま、左手首を見た。そこには、父の形見の腕時計がある。男女兼用とはいえ、腕の細い塔子にはややサイズが大きかった。それでもずっと使い続けているのは、この時計を嵌めていると安心感が得られるからだ。人に話せば笑われそうだが、塔子の中には、この時計に守られているという実感があった。

多くの警察官はゲンを担《かつ》ぐ。この科学捜査の時代に、捜査一課の大部屋にはまだ神棚がある。それと同じことだ。

　自分は父に守られている。そう信じることで勇気が出る。事実、塔子は今まで、この腕時計にずいぶん助けられてきた。だから容易に手放すことはできないのだ。

　腕時計の針は、五時四十五分を指していた。起床予定は午前六時だ。携帯電話のアラームが鳴る前に、目が覚めてしまったようだった。

　塔子はごそごそと布団から抜け出した。仮眠をとるのに、いつもバッグに入れていたスウェットが役に立った。

「何時だ?」鷹野の声が聞こえた。

「五時四十五分です。まだ少し時間がありますけど」

「起きるよ。十五分というのは、どうにも中途半端だ」

　鷹野は布団の上に体を起こした。彼はワイシャツ姿のままだった。

「皺になったんじゃないですか」

「大丈夫だ。あとで着替える」言ったあと、鷹野はひとつくしゃみをした。「この布団、薄くなかったか。あとで予備班に頼んで、もう一枚毛布を持ってきてもらおう」

　脱衣所で塔子は着替えをした。床はビニールシートで覆われている。

　鏡に向かって軽く化粧をし、ミディアムボブの髪を整えた。そうしている間にも、浴室のことが気になって仕方がなかった。支度《したく》が済むと、塔子はそっとドアを開けてみた。浴室の血はまだ残っている。換気扇の音が耳障りだった。

「おはようございます」台所に行って、門脇と徳重に挨拶をした。

「如月ちゃん、どうかしたかい」徳重が声をかけてきた。「顔色が悪いようだけど、よく眠れなかった？」

「すみません。お風呂場の中を覗いてきたもので……」

「ああ、あれな」門脇が顔を上げた。「いずれ業者が掃除をするはずだが、あとに入居する人は複雑だろうな」

じきに鷹野もやってきた。昨夜と同様、四人で菊池のノートを調べ始めた。

午前七時になったところで、塔子は買い物に出かけた。出勤する会社員たちに交じって東陽町駅に向かうと、昨夜とは別のコンビニが見つかった。飲み物とサンドイッチ、おにぎりなどを、人数分より少し多めに買った。残っても、いずれ仕事中に誰かが食べるだろう。

帰りは東に向かって歩くことになった。朝の陽光に目を細めながら、道を進んだ。団地の敷地に入ると、あちこちの建物から子供たちが出てくるのが見えた。これだけ住居が集まっているから、友達の家はすぐそばだ。たちまち小学生のグループが出来上がり、わいわい言いながら学校のほうへと歩きだした。

ふと見ると、女の子ふたりが乗用車を指差して何か話していた。通りすがりに、塔子もその車に近づいてみた。中には誰もいない。フロントガラスに紙が貼ってあり、

《ここは駐車禁止です。すぐに車を移動させてください》と書かれていた。ドライバーは安易な気持ちで停めたのだろうが、どこにでもルールにうるさい人はいるものだ。住戸の密集する団地内なら、なおさらだろう。

そんなことを考えていると、携帯電話が鳴った。

「はい、如月です」

「桜田門の樫村ですが」

「おはようございます。何かありましたか？」

「さっき――午前七時過ぎに、ＭＨから電話がかかってきた」

「え……。こんなに早く？」

「電話の内容は録音してあるから、あとで聞いてほしい。……如月くん、今日の予定はどうなっている？　どこかのタイミングで、こっちに来られるか」

「聞き込みを始めるのは九時過ぎですから、その前にお邪魔しましょうか。そうすれば、時間が有効に使えます」

「わかった。八時ごろに顔を出してくれ」

「了解しました」

塔子は電話を切った。

急いで菊池の部屋に戻り、今の電話について先輩たちに伝えた。

「……となると、桜田門へ行ったあと、そのまま聞き込みだな」鷹野は言った。「関係者のリストを持っていったほうがいいだろう」

「最新の情報はここにまとめてあります」徳重がA４判の紙を差し出した。

「朝から大変だな」門脇がレジ袋を指差した。「せめてサンドイッチぐらい食べていけよ」

塔子と鷹野は慌ただしく朝食をとった。それから、パソコンルームを覗いた。

昨夜遅くまで仕事をしていたのだろう、鑑識課の綿引はまだ布団の中にいる。尾留川が振り返って、塔子たちを見た。

「うちの組は出かけることになった」鷹野が声をかけた。「そっちはどうだ？」

尾留川はゆっくりと首を振って、

「まだ、これといった手がかりはありません。ただ、断片的に情報は出てきています。もうしばらく時間をください」

よろしく頼む、と言って鷹野は踵を返した。

「じゃあ、行ってきます」

尾留川に会釈をしてから、塔子は鷹野のあとを追った。

ちょうど通勤ラッシュに差し掛かってしまった。それでも東陽町から三十分かからずに警視庁本部に着いてしまうのだから、やはり南砂団地は便利な場所だ。

エレベーターで六階に上がると、いつもの癖で大部屋に足を向けてしまった。うっかりしていた。塔子たちの行き先は会議室だ。

「おはようございます」

中を覗くと、前日とほぼ同じ状態で捜査員たちが仕事をしていた。時間がたち、空気が淀《よど》んでいるかと思ったが、そんなことはない。捜査員のほとんどはきちんと背広を着ていて、いつでも出かけられるような態勢だ。無精ひげを生やしている者など、ひとりもいなかった。すごいな、と塔子は思った。この特捜本部では、緊張感がずっと持続しているのだ。

スクリーンの近くに樫村の姿が見えた。塔子たちは捜査員たちの間を抜け、彼のそばに行った。

「朝から呼び出してすまなかったね」樫村は椅子から立ち上がった。

「いえ、午前中には一度うかがうつもりでしたから」

塔子は樫村を観察した。七三に分けてあった髪が、少しだけ乱れている。表面には出さないが、有形無形のプレッシャーを受け、彼も焦りを感じているのだろう。

「こっちで話そうか」樫村は打ち合わせ用のスペースを示した。「鷹野主任もどうぞ」

すみません、と言って鷹野は椅子に腰掛けた。

「今朝、犯人から連絡があったそうですね」と鷹野。

樫村はうなずき、ICレコーダーを取り出した。録音された内容が流れだす。

「昨日電話をかけた者だが、樫村はいるか」

これは、例のボイスチェンジャーを使った声だ。

「私だ」樫村が応じている。「MH、こちらはずっと連絡を待っていたのに、なぜ昨日は電話をくれなかったんだ？」

「忙しかったのさ。千三百万人の中から、次に誰を選ぶか迷っていたのでね」

「現在の状況を教えてくれないか。君は、一日にひとりずつ都民を襲うと言ったね」

「『襲う』じゃない。『殺害する』だ」

「MH、君に提案がある。要求額は二億円だったな。今それを準備させているが、上の者と相談した結果、この金額を……していて……もしもし？　それを君に……もしもし、聞いているか？　これ以上……のリスクもあるし……悪い話じゃないと……」

ここで通話が切れてしまった。いったい、どうしたのだろう。

「電波の調子が悪かったんでしょうか」塔子は首をかしげる。

「七分後、奴はもう一度電話をかけてきた」

樫村はICレコーダーのボタンを操作した。別の録音が聞こえてきた。

「もしもし、樫村か。おい、電話が切れたぞ」

「すまなかった。電波が悪かったんだろう」

「話の続きだ。あんた、何を言っていた？」

「今、現金二億円を用意しているが、殺害をやめると約束してくれたら支払う、という話だ。殺害を繰り返せば、君のリスクも増えるだろう。二億が確実に手に入るのなら、このまま何もせずにいたほうがいいと思わないか」

「私は取引をしているわけじゃない。いいか樫村。私は一日にひとりずつ殺す。二億円受け取ったところで殺しをやめる。話はじつにシンプルだ」

「でもMH、君は最初から二日後を指定してきた。その間に起こる事件を、我々は阻《そ》止《し》することができない」

「引き延ばし工作は、あんたたちの得意とするところだろう。それがわかっていたから、あらかじめ二日後を指定したんだ。それまでに何人か死ねば、あんたたちも必死になって金を集めるはずだからな。私がメールをやめて電話することに応じたのも、警察にプレッシャーをかけるためだよ。こうして犯人の声を聞けば、捜査にも熱が入るってものだろう？」

「上の者は、金を出すことを渋っている。それを私が説得して、なんとか二億円用意してもらったんだ。このチャンスを逃すと、条件は悪くなるばかりだぞ」

「樫村、あんたは何もわかっていない。こんな無駄話をしている暇はないんだよ。気の毒な死体を、早く見つけてやったらどうだ」

「……どういうことだ？」

相手は少し笑ったようだった。

「今日のノルマだ。樫村、死体を探せ」

「いったい、どこを探せと……」

「警察の人間だろう？　自分で考えろ」

そこで通話は終わっていた。

樫村は顔を上げ、塔子たちを見た。

「以上だ」

「予告したとおり、第二の事件を起こしたということですか」塔子は眉をひそめた。

「MHは、わざわざそれを知らせてきた……」

「それについては、まだ何とも言えない。確認したが、昨夜から今朝にかけて、殺人事件が起こったという通報はないんだ。奴は我々を揺さぶっているだけかもしれない」

「こちらの提案は拒否されてしまいましたね。殺害をストップすれば、二億を払うという話でしたが……」

「拒否されることは予想していた。私が狙っていたのは『奴に電話を二回かけさせること』だよ。一回目の電話は、電波状況が悪いように見せかけて、こちらから切ったんだ」

え、と言って塔子は相手の顔を見つめた。樫村は続けた。

「私の言いかけたことが気になって、MHはもう一度電話をかけてきた。だが奴は慎重な人間だ。二度目の電話は、別の場所へ移動してからかけた。私は、その二点間の距離が知りたかった」

「そうか。うまい手ですね」鷹野がうなずいた。

塔子にはその意味がわからない。「どういうことです?」と樫村に尋ねた。

「発信元探知の結果、一回目はJR新宿駅の東口から、二回目は西口からかけてきたことがわかった。二回目の電話があったのは七分後だ。徒歩で東口から西口に移動したと考えれば、つじつまが合う。ということは、奴は電車で新宿駅まで行き、そこで電話をかけた可能性が高いわけだ。こうした情報は、行動範囲の分析に役立つだろう」

「あ、なるほど」ようやく塔子にも理解できた。

「何度も使える手ではないが、こういうふうに『点の情報』を集めていけば、いずれ『線の情報』がつかめるかもしれない」

犯人が移動することを利用して、情報収集を行ったというわけだ。これは思いつかなかった。

そんな話をしているところへ、コーヒーの香りが漂ってきた。

「失礼します」

スーツ姿の女性がやってきて、カップや砂糖を机に並べてくれた。昨日も見かけた人だ。

「そうだった」樫村が彼女を紹介した。「特殊犯捜査第一係の広瀬《ひろせ》奈津美《なつみ》巡査部長、私の部下だ」

「広瀬です。昨日はご挨拶もしませんで、失礼しました」

おっとりした外見に似ず、はきはきとした喋り方だった。そういうところを見ると、この人もまた、厳しい教育を受けてきた警察官だということがよくわかる。

広瀬も交えて、四人で軽く打ち合わせをした。これで、警視庁脅迫事件と南砂事件、それぞれについて最新の情報が共有できた。

「今のところ、ふたつの事件の間につながりは見えないな」樫村はプラスチックのカップに手を伸ばす。「MHが、一日にひとり殺害することだけをルールにしているのであれば、これは通り魔的な無差別殺人とほとんど同じだ。まったく手の打ちようがない……」

「ひとつずつ可能性をつぶしていくしかありません」鷹野は言った。「我々は引き続き、南砂事件の捜査を行います。犯人につながる可能性は低いかもしれませんが、菊池の周辺も洗いますので」

「その方針でお願いします」樫村と広瀬は、揃って頭を下げた。

ドアの開く音がした。その直後、何人かの捜査員が立ち上がった。

出入り口のほうに目をやると、吉富刑事部長と神谷捜査一課長が入ってくるところだった。まっすぐこちらにやってくる。塔子たち四人も、素早く起立した。

「ご苦労さま」吉富部長が話しかけてきた。「樫村くん、そっちが一段落したら、状況を聞かせてくれるか」

「今、大丈夫です。こちらの話は終わりました」

広瀬がコーヒーカップを片づけようとした。塔子はそれを見て、「私、やります」と申し出た。

礼を述べて広瀬は窓際に向かった。そこにポットとプラスチックのカップ、インスタントコーヒーなどがある。吉富と神谷のために、広瀬はコーヒーの準備を始めた。

「如月くん、捜査は進んでいるか」

椅子に腰掛けながら、吉富が訊いてきた。塔子は背筋を伸ばして、

「はい、鋭意継続中です」

「これからも、特殊班との連絡を密にしてほしい。……鷹野くんもな。よろしく頼

む」

「わかりました」

塔子と鷹野は打ち合わせスペースから離れ、窓際に行った。「鷹野くんも」と言われたことについて、彼がまた愚痴《ぐち》をこぼすかと思ったが、さすがに今日は控えたようだ。

ちょっと電話をしてくる、と言って鷹野は廊下に出ていった。塔子はメモ帳の記録をチェックしながら待つことにした。

コーヒーを出し終えて、広瀬が窓際にやってきた。こういう場面では女性同士、共感し合うものがある。ぴりぴりした現場だからこそ、よけいにそう感じるのかもしれない。ふたりは小声で、立ち話をした。

「如月さんは何年の入庁ですか？」

そう訊かれたことがきっかけで、互いの年齢を知ることができた。広瀬は塔子より六つ年上の三十二歳。七ヵ月前、所轄から特殊班にやってきたという。きっかけは、特殊班が女性捜査員向けに行っている研修だった。そこで声をかけられ、特殊犯捜査第一係に異動することになったそうだ。

「研修でも、特に褒められたわけじゃないんだけど……」広瀬は、はにかむような顔をした。「あとで訊いたら、その地味なところがいいんだって言われました。特殊班では尾行や張り込みが多いから、なるべく目立たない顔の人間を選びたかったらしいの」

本人はそう言うが、広瀬奈津美は整った容姿の持ち主だった。洋服を替え、きちんと化粧をしたらかなり華やかなイメージになるはずだ。

——それに、身長だって私より高いし……。

広瀬は塔子より十五センチ以上高いのだ。

という具合に若干コンプレックスを感じる部分はあるものの、広瀬とはすぐに打ち解けることができた。警察は男性優位の組織だから、女性同士のつながりは大切だ。特に、刑事部となると女性は数えるほどしかいない。この機会に関係を深めておきたかった。

どこに住んでいるかという話になったとき、広瀬がこんなことを言った。

「四年前、夫が病気で亡くなってね。今は娘を連れて、実家に戻っているんです。母と私と娘、三人で暮らしているの」

「……すみません。よけいなことを訊いてしまって」

恐縮したように塔子が言うと、広瀬は首を振った。

「四年もたつと、気持ちもずいぶん変わるんですよ。今はもう大丈夫。子供もいるし」

「娘さん、おいくつなんですか」

「八歳。小学二年生」

娘のことを思い出したのか、広瀬の目が優しくなった。

思い切って、塔子は質問してみた。

「子供さんがいると、こういう仕事はきついんじゃありませんか」

「でも、前の職場よりはよくなったんですよ。所轄のころは、上司とうまくいかなくて苦労したこともあったんです。でもここでは、樫村係長がいろいろ気をつかってくれるから」

「お子さんは何と言ってます？」

「もう慣れたみたいです。……でも、幼稚園のころはちょっと苦労したかな。朝出かけるとき、よく泣かれちゃって」

なるほど、と塔子はうなずいた。やはり仕事を持つ母親は大変だ。

ドアが開いて、鷹野が入ってくるのが見えた。それに気づいて、広瀬は話を切り上げた。

「ごめんなさい。仕事中なのに、つまらない話をして」

「いえ、参考になりました」

塔子は踵を返そうとした。それを広瀬が呼び止めた。

「あの……如月さん。落ち着いたら、ゆっくり食事でもしませんか。ふたりだけで」

女性同士で秘密の話をしよう、ということだろう。普段言えないようなことも、女ふたりなら相談し合える。

「いいですね。銀座《ぎんざ》に、ワインの美味《おい》しい店があるんですよ」

「じゃあ、そこで」広瀬はうなずいた。

頭を下げると、塔子は鷹野のほうに近づいていった。

「女性同士で意気投合したか？」彼はふたりの様子を見ていたらしい。

「今度、ワインの美味しい店に行こうって相談していたんです」そのあと、塔子は付け足した。「もちろん、この事件が解決してからの話ですけど」

腕組みをして、鷹野は言った。

「如月らしくないな。普段はビールと日本酒ばかりだろう」

塔子は鷹野の顔を、軽く睨《にら》んだ。

「私だって、たまにはお洒落《しやれ》な店で飲みたいんですよ」

お洒落な店か、とつぶやいて、鷹野はなぜだか首をひねっていた。

2

午前中、塔子たちは鑑取りを行った。昨日からずっと菊池の仕事について尋ねているのだが、いまだにわかっていない。数多くのパソコンを用意して、彼はいったい何をしていたのだろう。

十二時になった。蕎麦屋で食事をしながら、塔子たちは今後の捜査について相談した。

「情報が出てこないな。何か別の切り口が必要なんだろうか」

鷹野は腕組みをして、水の入ったコップを見つめる。

塔子の携帯電話が鳴った。液晶画面を見ると、また樫村係長からだ。

「お疲れさまです、如月です」

「緊急事態だ」切迫感のある声だった。「今、MHから電話があった。葛飾《かつしか》警察署の独身寮付近を探してみろ、と奴は言っている。そこに、ふたつ目の遺体があるらしい」

「え……。わざわざ場所を伝えてきたんですか？」

予想外のことだった。MHはなぜそんな電話をかけてきたのか。

いや、それよりも今考えなくてはいけないのは、あらたな被害者が出たかもしれない、ということだ。

――予告されたとおり、ふたり目の死者が……。

何もできないまま、このときを迎えてしまったことが悔しかった。

樫村は寮の所在地を読み上げた。塔子はメモ帳を開いて、それを書き付けた。

「早瀬係長にはもう伝えてある。鷹野くんとふたりで現地に行って、葛飾署の捜査員と合流してほしい」

「今、独身寮はどうなっているんですか」

「葛飾署から指示を出してもらった。寮には非番の警官がいるから、自分たちで建物の中を調べているはずだ。そろそろ十分ほどたつが、まだ遺体を見つけたという報告は入っていない」

「わかりました。現場に急行します」

電話を切ると、塔子は鷹野の顔を見上げた。今聞いた内容を手短に伝える。

「もしかしたら」と鷹野は言った。「今朝の電話は、捜査の状況を知るために、かけてきたのかもしれない」

「というと……」

「犯人は夜のうちに、ふたつ目の事件を起こしたんだ。その遺体が発見されたかどうか知りたくて、朝一番で電話をかけた。ところが樫村さんは、遺体のことを口にしない。まだ発見していないな、と犯人は察して、ふたつ目の遺体がどこかにあるぞと伝えた」

樫村の話では、今朝犯人から電話があったのは午前七時過ぎのことだった。

「それから五時間たっても、まだ警察の動きがない。それでMHは、痺《しび》れを切らしたんじゃないだろうか」

「でも、なぜわざわざヒントを？」

「我々が出来の悪い解答者だからさ。奴は一日にひとりずつ殺害するつもりでいる。警察に対しても『今日のノルマは今日のうちに片づけろ』と促しているんだ」

なんと身勝手な理屈だろう。ＭＨは自分の計画を進めるために、警察の捜査活動さえコントロールしようとしているのだ。

屈辱的な話だった。だがその電話がなければ、警察は遺体発見のための糸口さえつかむことができなかった。

塔子は唇を噛んだ。どのようにしても、自分たちは後手に回ってしまうのだろうか。

「とにかく、現場に急ごう」

鷹野は蕎麦屋を出ると、タクシーを探し始めた。

京成電鉄を利用して、葛飾区四つ木《よつぎ》に移動した。

独身寮は三階建てで、そうと知らなければ普通のアパートだと思ってしまいそうな外観だ。ただ、周囲を取り囲む壁は、さすがに堅牢《けんろう》な造りだった。

建物の近くには、乗用車が何台か停まっている。おそらくあれは覆面パトカーだ。

その近くに制服の警官や、背広を着た男たちの姿が見えた。

周辺の住民が、怪訝そうな顔で様子をうかがっているのがわかった。この騒ぎでは、注目するなというほうが無理だろう。

建物の出入り口付近に、四十代半ばと見える男性がいた。若い捜査員を呼び止め、指示を出している。彼が現場のリーダーだと当たりをつけて、塔子たちは近づいていった。

「捜一の如月と申します」塔子は念のため、警察手帳を呈示した。「こちらは鷹野警部補です。特殊班の樫村係長から、遺体捜索を支援するよう言われました」

「ああ、聞いている」

その男性は葛飾署刑事課の課長で、宮本《みやもと》という名前だった。樫村から神谷課長に連絡が行き、そこから至急出動せよとの命を受けたらしい。

「で、状況はどうなっています？」

鷹野が尋ねると、宮本課長はうなずいて、

「かれこれ三、四十分捜索しているんだが、まだ何も出てこない」

「建物の中は当然、チェック済みですよね？」

「食堂から風呂、トイレ、各人の部屋の押し入れまで、全部調べさせた」

「倉庫とか、物置とかはどうです」

「物置がひとつあった。蜘蛛《くも》の巣を払って奥まで調べたが、異状はない」

そうですか、とつぶやくと鷹野は近隣の家に目をやった。

「あとは周りの住宅ですね」

「隣接する家については、住人の許可を得て、敷地内を調べさせてもらっている。しかし何も見つかっていない」

「わかりました。我々は周辺を調べてみます」

鷹野は踵を返した。塔子は慌てて、そのあとを追った。

ふたりは、独身寮を中心とした一ブロックを歩いた。あちこちで捜査員とすれ違ったが、みな渋い表情を浮かべている。

「人間ひとりですから……」通りの左右に目をやりながら、塔子は言った。「隠せる場所は限られていますよね」

小さなものであれば、意外な場所から出てくることもあるだろう。だが、今探しているのは人間の遺体だ。塔子ぐらいの背丈だったとしても、三十分以上探して見つからない、ということは考えにくい。

角を曲がると、先ほどの宮本が見えた。ぐるりと回って、元の場所に戻ってきたのだ。

「もう少し、捜索範囲を広げるべきでしょうか」塔子は鷹野の顔を見上げた。

「犯人は、独身寮付近を探してみろと言ったんだよな？　いったい、どの辺りまでが

『付近』と言えるのか……」

ヒントを出したのはＭＨだから、その考えひとつでルールはどうにでも変わってしまう。極端な話、ＭＨがでたらめを言って、こちらを翻弄《ほんろう》している可能性もある。

「近隣の庭は調べているようですけど、家の中はまだですよね」

「捜査員が一軒ずつ、屋内を見て回るのは無理だろう。押し入れや縁の下を調べてみてください、と頼んでいくしかない。……ただ、屋内に遺体が隠された可能性は、低いんじゃないかと思う。犯人が動いたのは、おそらく昨日の夜から今日の朝までの間だ」

「普通、住人が気づきますよね」

「昨夜以降ずっと留守だったとすれば、話は別だが」

あるいは、アパートなどの空き部屋を見つけて、遺体を置いたのだろうか。もしそうだとすれば、発見まで少し時間がかかることになる。だからＭＨは、場所を絞り込んでヒントを出したということか。

考えながら、塔子たちは再び独身寮の周囲を歩き始めた。

前方の路上に、近所の主婦らしい女性が立っていた。路上駐車している乗用車を、邪魔だと感じたらしい。

このとき塔子は、今朝南砂団地で見た光景を思い出した。小学生の女の子ふたりが、乗用車をじっと見つめていた。その車のフロントガラスには、駐車禁止を伝えるメッセージが貼ってあった。

駐車禁止区域。その場所に放置された自動車。運転手はもういない。

はっとした。

「鷹野主任、ちょっと待っててください」

「なんだ、どうした」

「すぐに戻ります」

ここは独身寮の出入り口が見通せる道路だ。塔子は右を見て、左を見た。五台の乗用車が路上に停めてある。端にあった紺色の車から、順番に運転席を覗いていった。五台すべてを調べたあと、紺色の車のそばに戻った。塔子は鷹野を呼んだ。

「見てください。この車、面パトじゃないですよね」

鷹野はガラス越しに、運転席をチェックした。覆面パトカーにはスピーカーを操作するパネルなど、特殊な装備がある。だから外から覗けば、それとわかるのだ。

「ほかの四台は全部面パトでした。でも、この車は一般車です」

「……そういうことか」

事情を察したのだろう、鷹野はうなずいた。

塔子は宮本課長のところに戻って、こう質問した。

「あそこにある紺色の車、いつから停まっていましたか」

「紺色の車？ 確認してみよう」

宮本は眼鏡をかけた若い刑事を呼び止め、いくつか言葉を交わした。やがてこちらを向いて、

「捜査員が駆けつけたときには、もう路上駐車されていたらしい。警察関係者の車ではないな」

「至急、持ち主を捜していただけませんか。あの車の中を調べたいんです」

塔子の顔をじっと見たあと、宮本は紺色の車に視線を移した。それから、眼鏡をかけた若い刑事に命じた。

「あの車のナンバーを照会してみろ」

若手刑事は車両のナンバーを控えると、覆面パトカーに乗り込んだ。無線機を使って所有者情報を確認し始める。しばらくののち、彼は報告した。

「持ち主がわかりました。葛飾区堀切《ほりきり》二丁目、横川直弥《よこかわなおや》という男性です」

「その横川さんと連絡は？」塔子は勢い込んで尋ねた。

若い刑事は首を横に振って、

「自宅に架電してみましたが、留守番電話になっています。こちらに連絡をくれるようメッセージを吹き込んでおきました」

不吉な予感があった。横川はもう、そのメッセージを聞けないのではないか。そん

な気がする。

「やむを得ません。ドアのロックを強制解除しましょう」鷹野が提案した。

「しかし、まだ所有者と連絡がついていない……」宮本は渋る様子だ。

「緊急事態です。我々は、ただちにこの車を調べなければならない。宮本課長、後回しにしたら、責任を問われることになりますよ。いいんですか」

焦りがあるのだろう、鷹野の言葉は少しきつい調子になった。

宮本は露骨に顔をしかめた。

「君は、何の権限があってそんなことを言うんだ？　私は神谷課長から、独身寮捜索の指揮を任されているんだぞ」

「……では、こうしてください」鷹野は言った。「神谷課長に状況を伝えて、指示を仰いでもらえませんか。お願いします」

同じ課長でも、所轄署の刑事課長と、本部の捜査一課長とでは格が違う。ここは神谷から命じてもらうのが一番だと、鷹野は判断したのだ。

不機嫌そうな顔で、宮本は携帯電話を取り出した。しばらく通話をしていたが、やがてちらちらと鷹野のほうを見た。戸惑うような表情になっていた。

電話を切ると、宮本課長は言った。

「ドアを開けることになった。これは、神谷課長の指示だ」

「では、すぐにお願いします」

交通課の人間が呼ばれた。こういうことには慣れているのだろう、道具を使って、短時間で運転席のドアを解錠してくれた。

そばで待っていた鷹野が、白手袋を嵌めて運転席を点検する。ややあって、がたん、と音がした。トランクのロックが解除されたのだ。

塔子もすでに手袋をつけていた。車のうしろに回り込み、半開きになっていたトランクの蓋《ふた》を持ち上げる。

思ったとおりだった。

トランクの中には男性が押し込められていた。灰色のスウェットの上下を着ている。胸の部分に赤茶色の血がこびり付いていた。刺し傷があるようだ。

鷹野がそばにやってきた。腰を折り、狭いトランクの中をあらためる。

「たぶん菊池のときと同じだ」創傷部を示して、彼は言った。「ナイフなどで刺したんだろう。頭に殴られた痕《あと》もある」

「今回はナイフが見当たりませんね。……その代わり、こんなものが」

塔子はトランクの隅を指差した。そこにあったのは、銀色の包装シートに配列されたタブレット、つまり錠剤だ。ざっと見ただけでも、百錠以上はありそうだった。シートの裏に記号が書かれているが、どんな効能があるかはわからない。

「鑑識に……いや、科捜研のほうがいいか。とにかく、効能を調べてもらおう。司法解剖すれば、横川直弥がこの薬を服用していたかどうか、わかるはずだ」

「MHはなぜ、こんな場所に遺体を運んできたんでしょうか」

「警察への挑戦だろうな。奴は警視庁に恨みを持っているんだ」

「……それにしても、独身寮まで調べ上げるなんて」

犯人の執念が、そこまでさせたということか。

鷹野は車から離れ、宮本課長に話しかけた。

「この件は城東署の特捜本部で調べます。……いや、失礼。そこは神谷課長の指示を仰がなくてはいけないところですね」

「神谷さんの指示は、もういいよ」宮本はゆっくりと首を振った。「もともと、そっちが追っていた事件なんだろう。だったら、うちは手を引かせてもらう」

わかりました、と鷹野は言った。それから慌てて付け加えた。

「ああ、宮本課長。最後に、レッカー車の手配だけお願いできませんか」

ひとつうなずくと、宮本は振り返って部下を呼んだ。

「どうして、こんなことになったんでしょうか」ため息まじりに、塔子は言った。

鷹野がこちらを向いた。首をかしげるようにして、話の先を促した。

「次の被害者が出ることはわかっていたんです。それなのに、私たちにはどうすることもできなかった。犯人にヒントをもらって、やっと遺体を見つけるなんて……」

銀色のケースを抱えた鑑識課員が、ふたりの前を横切った。今、横川の車では入念な指紋採取が行われている。鷹野はしばらくその様子を見ていたが、やがて口を開いた。

「残念だが、この事件を防ぐのは無理だった。我々の行動とは無関係に、横川は殺害されていたんだ」

「そうなんですが……でも私、悔しくて」

「俺たちの仕事は、後悔の連続だよ。その後悔を少しでも減らすため、毎日、がむしゃらに捜査をしているんだ」

言われて、塔子は気がついた。先輩たちが食事の時間を惜しんでまで聞き込みをするのは、被害者のためばかりではない。ここまでやったのだからと、自分を納得させるために努力しているのだ。

見ようによっては、自己満足のように受け取られるかもしれない。だが、そうでもしなければ、陰惨な殺人事件ばかりを担当することは難しいのだろう。

「私、まだまだですね。責任を負わされる立場じゃないから、そのときの気分で捜査をしてしまって……」

「俺は、それでいいと思っている」

「え？」

塔子は鷹野を見上げた。予想に反して、彼はごく真面目な顔をしていた。

「ほかのみんなはどう思っているか知らないが、俺が如月に期待しているのは直感だ。女性というのは、ときどき論理的な手順を飛び越えて、とんでもない結論にたどり着くことがある。おまえにも、たまにそういう面がみられる」

「はあ、すみません……」

「謝ることはない。それこそが、行き詰まった状況を打開する切り札かもしれないんだ。普通の刑事は、物事を筋道立てて、ひとつずつ検証しながら考えていくものだ。そのせいで、あり得るかもしれないことを、見落としてしまう場合がある」

「そうなんですか？」

「さっきのケースがいい例だ。いざ事件だとなると、捜査員は不審なものにしか目を留めない。現場のすぐそばに紺色の車が停まっていても、『誰か仲間が乗ってきたんだろう』としか思わないんだ。だがおまえは、そうでないことに気がついた」

「……あれは偶然でしたけど」

「その偶然を味方につけているのが如月なんだ。残念だが、俺には偶然を掬《すく》い上げることができないんだよ」

珍しく褒められているようだった。鷹野も、見るべきところは見てくれていたのだ。少し気分が上向きになった。

「私も、自信を持っていいんですね」

「あとは、人並みの捜査能力さえ身につけてくれれば……」

塔子は顔をしかめた。

「結局は半人前ってことですか」

「そんな顔をするな。人間には目標があったほうがいい」

励ましているつもりなのか、鷹野はうなずきながらそう言った。

うしろから声をかけられ、塔子は振り返った。鑑識課の鴨下主任が、メモ用紙を手にして立っていた。

「薬のことがわかったぞ。睡眠導入剤だったそうだ」

塔子は、鷹野と顔を見合わせた。これは予想外の結果だ。

「処方箋が必要な薬ですか？」鷹野が尋ねた。

「そのとおり。ところが、横川の家を捜索したメンバーによると、病院の診察券もレシートも出てこないらしい。薬の袋も、説明書も見つかっていない」

「横川が医者にかかっていなかったのなら、あの薬はＭＨが置いていったもの、という線が強まりますね」

「当然そうなるだろう。しかし、なぜあれがトランクに入っていたかは、わからない」

「ＭＨはその薬を服用するため、持ち歩いていたんじゃないですか」塔子は言った。「横川の知り合いだったので、あの車に乗ったとき置き忘れてしまった、とか」

鴨下は疑うような顔をした。

「それにしたって、トランクに薬を入れるのは変じゃないか？」

たしかにそうだ。普段、大量の薬を持ち歩くというのも考えにくい。やはりあれは、犯人が故意に残していったものなのだ。

「先に頭を殴られたんだろうな」鴨下は続けた。「死因はおそらく、出血性ショックだ。南砂事件と同じだよ」

「殺害現場は横川の自宅ですか？」

「そうだ」鴨下は地図のコピーを差し出した。「歩いて二十分ぐらいの場所らしい。今から向かえば、ちょうど採証活動が終わるころだと思う」

「わかりました。行ってみます」

鴨下に礼を述べて、鷹野と塔子は歩き始めた。

3

ポケット地図を頼りに、塔子たちは進んでいった。目的地に近づいたが、道が入り組んでいてわかりにくい。そろそろ着くはず、と思っていると、前方の駐車場に鑑識の車両が見えた。

塔子は若い鑑識課員を呼び止めた。

「捜一の如月と申しますが、現場はどこでしょうか」

「ああ、こちらです。どうぞ」

鑑識課員は駐車場を出て、そのまま道を歩いていく。

「車を停める場所がなかったものですから」彼は説明してくれた。

二十メートルほど行ったところに路地があった。ワンボックスカーがやっと通れるぐらいの狭さで、これではたしかに車を停める余地がない。

左右に民家が十数軒並んでいた。横川直弥の家は、その中ほどにあった。築四、五十年はたっていそうな木造の二階家だ。玄関の隣に駐車スペースがあるのだが、充分な広さとは言えなかった。道幅も限られているから、あの紺色の車を入れるのには苦労しただろう。たぶん、何度も切り返しが必要だったに違いない。

「現場は浴室？」鷹野が小声で尋ねた。

「そうです」鑑識課員は神妙な顔でうなずく。「かなりひどい有り様です」

「脱衣所に足跡がなかったかな。べたっとした、スタンプを押したような跡が」

「はい、ありました」

菊池の殺害現場にも、犯人はその足跡を残している。この事実からも、同一人物による犯行だということがわかる。

「犯人の『入り』はどこからだろう」

「裏の勝手口ですね。施錠されていなかった可能性があります」

裏口だからと、油断していたのかもしれない。

犯人はナイフを持って、この路地にやってきたのだ。どこでもいい、最初に侵入できた家で殺人を実行する。そう決めていたのではないか。一軒ずつドアを調べ、たまたま鍵のかかっていなかった家に忍び込んだ。そして、寝ていた横川を殺害したのだろう。

採証活動が終わるまで、まだ少しかかるという。塔子たちは周辺で聞き込みを行った。

ポイントは、犯行時刻がいつだったかということだ。横川の隣人に尋ねてみた。

「横川さんの車が、ゆうべ何時ごろ出ていったかご存じですか」

「あれは……午前三時半ぐらいじゃなかったかしら」初老の主婦はそう答えた。

運転していたのは犯人だろう。車が出発したとき、すでに横川は殺害され、トランクの中に押し込められていたと考えられる。犯人は十分ほど車を運転し、葛飾署の独身寮付近に路上駐車した。そして、何食わぬ顔で立ち去ったのだ。

「車が出ていく前、横川さんの家で何か物音がしませんでしたか。あるいは、誰かの声を聞いたとか」

「どうかしら。車の音がするまでは、眠っていましたからねえ」

遺体の傷からもわかるとおり、犯人はまず鈍器で被害者を殴打している。深夜だから当然、横川は眠っていたはずだ。スウェットの上下を着ていたことからも、そう推測できる。

「それで刑事さん、犯人はまだ見つからないんですか」

主婦は不安げな顔で訊いてきた。メモ帳をしまいながら、塔子は言った。

「今、全力で捜査しているところです。夜は戸締まりに気をつけて、お休みください」

「たしか、昨日もどこかで事件があったんですよね。心配だわ」

「不審な点があれば、すぐに通報をお願いします」

人々の不安は、塔子にもよくわかる。その不安を掻《か》き立てないようにしながら事情を聞いて回るのは、なかなか難しいことだった。

横川宅に戻ると、先ほどの鑑識課員が出てくるところだった。ほかにも何人か活動服の男性がいる。みな作業を終えて引き揚げるようだ。

「採証活動は終わりました」若い鑑識課員は言った。「鴨下主任の話では、このあと地取りの人たちが来るそうです。規制のテープはこのまま残しておきますので」

「わかった。ご苦労さま」と鷹野。

鑑識課員たちが立ち去ると、彼は左右の手に手袋を嵌めた。

「さて、中を見せてもらおうか」

鷹野は立ち入り禁止の黄色いテープをくぐった。靴を脱いで横川の家に上がっていく。辺りの様子を観察しながら、塔子もあとに続いた。

本当に古い家だった。壁紙は汚れ、柱のあちこちに傷がある。廊下を歩いていくと、ぎしぎしと音がした。

「ここ、危ないから気をつけろ」

鷹野に言われて、塔子は足下に目をやった。廊下の床板が割れて、幅三センチ、長さ二十センチほどの穴が開いている。割れた弾《はず》みでそうなったのだろう、穴の縁《ふち》が一部尖《とが》っていて、踏んだら怪我をしそうだった。

今まで横川は、ほとんど住居の手入れなどせずに暮らしていたらしい。細かいことを、あまり気にしない性格だったのかもしれない。

寝室を確認した。畳の上に布団が敷いてあり、枕に血液が付着している。未明に、横川はここで殴打されたのだ。脳震盪《のうしんとう》を起こしたか、あるいはその時点で頭蓋骨《ずがいこつ》骨折の重傷を負ったのかもしれない。

続いて、ふたりは浴室に移動した。若い鑑識課員が説明したとおり、脱衣所には赤い足跡が残っていた。菊池宅にあったものとよく似た、スリッパのような跡だ。

鷹野はポケットからカメラを取り出すと、何枚か足跡を撮影した。それから、床にしゃがみ込んだ。カメラを操作し、過去の画像を拡大表示させている。

「これを見ろ」彼は液晶画面を塔子のほうに向けた。「何か、気がつかないか」

「え？」

塔子は画面を見つめた。そこには、菊池宅に残されていた足跡が映し出されている。カメラから目を離し、今度は床に付いた足跡を見た。

「どちらも、鷹野主任の言う『スタンプを押したような足跡』ですよね。土踏まずの部分まで、すべて血が付いています」

「菊池の家ではそうだった。しかし、ここに注目してくれ」

鷹野は、床に付いた赤い足跡を指差した。土踏まずの部分に、アーモンドほどの大きさの「抜け」がある。そこだけ血が付いていないのだ。

「これ、土踏まずですか？　でも、こんなに小さいはずはないですよね」

「こっちはどうだ」鷹野は別の足跡を示した。

「同じですね。やっぱり、アーモンドのような形が見えます。そこだけ血が付かずに、白く抜けたということでしょうか」

それは右足の跡だとわかった。左足の跡もあったが、そちらはスタンプのようにべたりと付いていて、アーモンドに似た形はない。

「どういうことです？」塔子は顔を上げた。

「一般人には非常に難しい問題だろう。だが我々には、それを解くための知識がある」

「我々って？」

「おまえと俺だ。さっきの鑑識課員も、その知識は持っている」

「……警察関係者にはわかる、ということですか」

そうだ、と鷹野は言った。

「菊池の家では、犯人の足跡には土踏まずがなかった。あるものを使ったからそうなったんだ。奴はこの横川の家でも、同じものを使った。だが廊下を歩いているとき、ちょっとしたトラブルが発生した。廊下の穴を覚えているか」

床板が割れて出来た、あの細長い穴のことだ。

「足を取られて、転びそうになった……とか？」

「いや、穴の縁が尖っていただろう。あれを踏んだんじゃないかと思う」

「踏むと、どうなります？」

「穴が開く」

言っていることがよくわからなかった。塔子はまばたきをする。

「……穴が開くんですか？　犯人の足に？」

「違う。犯人が足に付けていたものに、穴が開くんだ。今は省略しているが、鑑識の作業中には、我々もそれを付けているだろう」

「あ……。靴カバー！」

自分の靴跡を残したり、外部の土を現場に持ち込んだりしないため、鑑識活動中はビニール製の靴カバーを使うことになっている。靴の上にすっぽりかぶせると、くるぶし辺りでゴムが締まって固定される。浴室掃除に使う「風呂ブーツ」のような形になるのだ。あまり恰好のいいものではないが、採証活動には絶対に必要とされる品だった。

「ＭＨは相当慎重な人間だ。菊池の家で、犯人らしき人物の指紋がまったく採取できなかったことから、奴は手袋を嵌めていたと想像できる。だが、それだけではなかった。ＭＨは靴カバーを付けて被害者の家に侵入したんだ。ほんのわずかであっても、自分に関する証拠は残したくなかったんだろう」

カバーは靴底の凹凸に密着するわけではない。ゴムで引っ張られるから、底面は平らになるのだ。

「そうか……。靴カバーを付けた状態で血溜まりを踏めば、カバーの裏全体に血液が付着しますね。そのまま脱衣所を歩いたら、土踏まずのない、べったりした足跡が残ることになります」

鷹野はうなずいた。

「この家での、犯人の移動経路を考えてみよう。犯人は勝手口から侵入して廊下を経由し、寝室へ移動した。そのときだろう、尖った部分を踏んで、右の靴カバーの土踏まずが少し破れた。しかし本人は靴を履いているから、痛みを感じることはなかった。アーモンドに似た穴が開いたことには、気がつかなかったわけだ」

「そのあと横川を殴って浴室へ運び、胸を刺して殺害した。出血がおさまるまで待ってから、遺体を玄関に運んで、車のトランクに押し込んだ。この作業をするとき、『抜け』のある足跡が残ったんですね」

「靴カバーは、自分の靴を血で汚さないためにも必要だったんだろう。そして当然、汚れた靴カバーは持ち帰った」

アーモンドのような形を残してしまったのは、ＭＨにとって大きな失態だった。だが、本人はそのミスに気がついていない可能性が高い。

「奴は自分に関する証拠を残さないために、靴カバーを付けた。だがそのせいで、かえって不自然な足跡を残してしまった。策士策に溺《おぼ》れる、といったところだな」

「鑑識の人たちはいつも靴カバーを使っているのに、どうして気がつかなかったんでしょう」

「彼らは『血の付いた靴カバーで歩いた経験がない』からだ。鑑識課員は現場の血痕を、よけて歩くよう教育されている。わざわざ血を踏んでよけいな足跡を付けたら、上司にどやされるからな」

なるほど、と塔子はつぶやいた。それから辺りを見回した。

「でも主任、靴カバーのミスがあったとはいえ、犯人が特定できるわけじゃないですよね。今回も手袋をつけていたでしょうから、指紋は残されていないはずだし」

「いや、これは大きなヒントだと思う。一般人の立場になって考えてみるんだ。いいか、普通の人間が靴カバーなんて使うと思うか」

そう言われて、はっとした。塔子でさえ、靴カバーのことは入庁後に知ったのだ。ニュースなどで見たことがあったとしても、一般の人間が犯行現場で使うとは考えにくい。

「もしかして、ＭＨは警察関係者ですか？」

「もう少し範囲を広げたとしても検察、消防関係というところじゃないだろうか」

犯人が警察関係者だとすれば納得のいくことがあった。ＭＨは樫村に電話をかける際、できるだけ早めに切り上げているように思われる。移動中、携帯電話の電源を切っているのも、ＧＰＳで居場所を探知されないためだろう。そして葛飾署独身寮の件だ。東京都が作成した資料に載っているとはいえ、警察の寮の所在地は、一般にはほとんど知られていない。

「何かトラブルを起こして、辞めさせられた人でしょうか」

「そうかもしれないな」

まだ断定することはできない。だが、胸騒ぎがして仕方がなかった。

鷹野が浴室のドアを開けた。タイルも浴槽も血で真っ赤になっている。ここで、第二の殺人が行われたのだ。

家の中を一通り、見て回った。

普段使っていたと思われる部屋は六畳間で、壁際に机、書棚、カラーボックス、テレビなどが並んでいた。テレビの前にはローテーブルと座椅子、座布団。きわめて標準的な、独身男性の居間だと言える。

鷹野は机のそばに行くと、引き出しを開けた。セロハンテープやクリップ、接着剤の箱の横に、ノート、メモ、レシートなどが無造作に入れてあった。

「念のため借用していこう。……如月。何か入れるものを持っていないか」

「はい。あります」

塔子は肩に掛けたバッグから、畳んだ紙袋を取り出した。取っ手の付いた、比較的丈夫なものだ。こういうものを持ち歩いているから、塔子のバッグはぱんぱんになってしまう。その紙袋と一緒に、ビニール製の証拠品保管袋も差し出した。

「如月は準備がいいな」

「所轄にいたころ、上司がすごく神経質な人だったんです。おまえそんなものも用意してないのかって、たびたび怒られました。それ以来、何でも持っていないと不安で……」

トラウマとまでは言わないが、忘れられない記憶になったことはたしかだ。その上司の顔を思い出すと、今でも塔子は憂鬱《ゆううつ》な気分になる。

鷹野は至るところでカメラのフラッシュを焚いていた。廊下に戻っても写真撮影を続けていたが、ややあって塔子を呼んだ。

「さっきの穴だが、床の下に何か落ちているのが見えるんだ。取れないか？」

彼はポケットからミニライトを取り出した。たぶんこれは百円ショップで買ってきたものだろう。雑貨店巡りはあくまで趣味だと言うが、その趣味はこういう場面で役に立つ。

鷹野は穴の中を照らした。塔子はしゃがみ込んで、廊下の床下を覗いてみた。

コンクリートで固められた底板まで、四十センチほどある。穴の真下に筆記具のようなものが落ちていた。

「ボールペンか、シャープペンシルですね」

「その穴から手が入らないか？」

「うーん。……私の手でも無理です」

むう、と鷹野は唸った。何を思ったか、台所に行ってカーペットをめくり始めた。

「あったぞ、如月」

「何がですか」塔子はそちらに移動する。

鷹野は腕に力を込め、正方形の板を持ち上げた。台所の床に、縦横六十センチほどの四角い穴が開いた。

「床下点検口だよ」

「へえ、こんなところに……」

床に膝《ひざ》をついて、鷹野は穴に頭を突っ込んだ。ライトで床下を照らしていたが、やがて顔を上げた。

「よし如月、行ってこい」

「えっ。私ですか？」

「どう見ても、俺よりおまえのほうが適任だろう」

鷹野の身長は百八十三センチ、それに対して塔子は百五十二・八センチだ。たしかに小回りは利くと思うが——。

「ここから、さっきの場所まで行くんですか」

「それ以外の、どこへ行く気なんだ」

「床下ですよね。この古い家の」

「嫌なのか？　おまえ、一人前の刑事になりたいんじゃなかったのか」

「わ……わかりました」

塔子はバッグの中からレインコートを取り出した。張り込みのために用意していたものだが、こんなところで使う羽目になるとは思わなかった。

スーツの上着を脱ぎ、レインコートを羽織る。フードを頭からすっぽりかぶった。

「似合ってるぞ」鷹野はうなずいた。「よし、出発！」

ミニライトを借りて、塔子は点検口の中に入った。

床下は真っ暗だった。思ったとおり、狭くて埃《ほこり》っぽい場所だ。この家が建てられてから四十年か五十年、あるいはもっと経過しているかもしれない。長い間、光を浴びたことのない場所を、塔子は這《は》うように進んでいく。あちこちに束柱《つかばしら》があり、家を支えている様子がよくわかる。

ふいに、べたべたしたものが顔に貼り付いた。

「うわ、ちょっと」

蜘蛛の巣だった。慌てて右手で払いのける。顔のすぐそばに蜘蛛がいた。

「やだ、来ないで！」

身をかわそうとして、床板に思い切り頭をぶつけてしまった。上のほうから声がした。

「おい如月。どこにいる」

「うう……。鷹野主任、ここですけど」塔子は床板を、下から軽くノックした。

「そっちじゃないぞ。こっちだ、こっち」

右手の方向で、床を叩く音がする。暗闇の中、ゆらゆらと明かりが揺れた。鷹野が携帯電話のライトを点け、穴に半分差し込んで、振ってくれているのだ。

「でも……ちょっとこれ、通れるかどうか」

「頑張れ。その小さい体を、存分に活《い》かすんだ」

「そんなことを言われても……」

狭い中、ごそごそと方向転換する。束柱の間を抜け、光のほうへ進んでいく。

やがて筆記具が見えてきた。ところが、あと少しというところで、身動きできなくなった。狭くて体が引っかかってしまうのだ。塔子は右手を伸ばす。

——と、届かない……。

体をねじって、なんとか前進することができた。

ミニライトをかざし、対象物を観察した。三本百円という感じではなく、贈り物に使うようなしっかりしたボールペンだ。しかし、見た目がどうも変だった。手袋を嵌めた右手で、それに触れてみた。

「なにこれ……」塔子は頭上に向かって呼びかけた。「主任、べたべたしてます」

「べたべた?」

「接着剤みたいなものが、かけられているんです」

「拾えるか?」

「はい、まだ固まってはいないようです」

べたつくボールペンをつまみ上げ、床板の穴から鷹野に渡した。なるほど、という声が上から聞こえた。

ほかに異状がないことを確認して、塔子は今来た道を戻っていった。点検口にたどり着くまでに、三回ほど軽い悲鳴を上げてしまった。

レインコートを脱いでから、塔子は廊下に向かった。鷹野はボールペンをじっと見つめている。

「何かの弾みに落としてしまったんだろうな。持ち主にとっては、相当大事なペンだったようだ」

「どうしてわかるんですか」

「接着剤を垂《た》らしてあったから……」

「は？」

塔子は相手を軽く睨んだ。

「いや、ふざけているわけじゃない」

鷹野は証拠品保管袋を掲げてみせた。中には接着剤の箱がある。

「机の引き出しで見つけたものだ。残っていたのは箱だけで、接着剤の入ったチューブは持ち去られていた。その人物は、机の中にあった接着剤を穴の上から垂らしたんだ。急遽《きゅうきょ》そんなものを使ったのは、これが予定外のことだったからだろう。かなり焦っていたと考えられる」

「その人物って……横川殺しの犯人、ということですか？」

鷹野は深くうなずいた。

「犯人は床下点検口があることに気がつかなかったんだ。いや、気がついていたかもしれないが、あの場所には這っていけなかったんだろうな。ボールペンが取れないと知って、ひどく慌てた。取れないのなら、こうするしかないと考え、接着剤を流し落としてボールペンにかけた。目的は、このペンの外側をすっかりコーティングしてしまうことだ」

「犯人は指紋を消したかった？」

「そう。あとで誰かが見つけたとしても、接着剤で固まっていれば指紋は採取できない。証拠隠滅を図ったわけだ。……だが、ペンの表面をすべて覆うのは無理だったようだな。鑑識か科捜研に持っていけば、指紋が採取できるんじゃないだろうか」

これが警察関係者の犯行なら、指紋への過度なこだわりも納得できる。

この事件で、初めて重要な手がかりをつかんだのかもしれなかった。埃や蜘蛛の巣のことはすっかり忘れて、塔子は言った。

「すぐに分析してもらいましょう」

鷹野は携帯電話を取り出し、ボタンを操作した。誰かに、このボールペンのことを相談しているようだ。通話を終えたあと、彼はこちらを向いた。

「鑑識の鴨下さんに話したら、直接、科捜研に持っていってほしいということだった。如月、接着剤の箱とボールペンを届けてくれないか。俺はもう少し聞き込みを続ける。一段落したら、どこかで合流しよう」

「わかりました」塔子は証拠品保管袋を受け取った。「あとで、ご連絡します」

「ああ、ちょっと待った」

鷹野が塔子の頭に、右手を伸ばしてきた。何かを手繰《たぐ》るような仕草をした。

「蜘蛛の巣が付いている」

彼の指先から、細い糸がふわりと離れた。風に煽《あお》られ、空中を漂っていく。

窓から射す光の中、その糸はきらりと光って見えた。

4

科学捜査研究所は、警視庁本部庁舎の中にある。

今朝来たばかりの本部庁舎に、塔子はまたやってきた。エレベーターで六階に上ると、警視庁脅迫事件の特捜本部につい足が向く。いや、違う。科捜研に行くのだった、と気がついて進む方向を変えた。

いつものように、研究員の河上《かわかみ》が出迎えてくれた。時代遅れにも見える黒縁眼鏡をかけ、ぱりっとした白衣を着ている。警視庁の人間というよりは、医師か科学者のような印象だった。とっつきにくいわけではないが、彼はいつも難しい顔をしている。たぶん、根が真面目なのだろう。

「お忙しいところ、すみません」塔子は頭を下げた。

河上にも仕事のスケジュールがあったはずだ。重大な事件とはいえ、そこに割り込んで調査を頼むわけだから、申し訳ないという気持ちになる。しかし河上は、塔子のような新米捜査員にも丁寧に接してくれる人だった。

「どうぞ掛けてください」椅子を勧めてから、河上はドアのほうに目をやった。「あの……鷹野主任は一緒じゃないんですか」

「今日は私だけなんです。何かあるようでしたら、私から伝えておきましょうか？」

「いえ、伝えることなんて、何も……」慌てた様子で、河上は首を振った。「そうですか。ひとりで行動することもあるんですね」

「今回は、あまり時間の余裕がないものですから」

河上は声を低めて、こう言った。

「関係者以外には口止めされていますが、樫村係長から事情は聞きました。大変なことになっているようですね。昨日から、警察庁の人間が何度もやってきていますよ。マスコミに発表するかどうか、まだ意見がまとまらないらしくて……」

「まずいですよね。早くなんとかしなくちゃ」

塔子だけの力で、どうにかできるものではないだろう。だが、ひとりひとりが自分の役目を果たさなければ、大きな事件は解決しない。

「ところで河上さん、先ほど、お電話した件ですけど……」

「ああ、『べたべたのボールペン』が見つかったとか」

塔子はビニール袋に入った証拠品をふたつ、テーブルに置いた。接着剤の箱、そして接着剤の付着したボールペンが入っている。

「たしかにこれはべたべたですね。表面に、細かいごみが付着しているようですが」

「床下に潜《もぐ》って回収したんです」

「如月さんが？」

「ええ。おまえ、小さいから行けって言われて」

河上は眉をひそめた。

「ひどいな。いくら先輩だ、上司だといっても、そういう言い方は問題だと思いますよ」

なぜだか彼は憤慨《ふんがい》している。同情してくれるのはありがたいが、これでは自分が愚痴を言いに来たように見える。少し考えてから、塔子は言った。

「……でも、鷹野主任も気をつかってくれることはあるんですよ。捜査中、たまに缶コーヒーを奢ってくれるし」

「缶コーヒーですって？　そんな、たかだか百何十円のもので」

ぶつぶつ言っていたが、やがて河上は咳払いをした。

「すみません、事件の話でしたね。このあとすぐ、ボールペンを調べてみます。接着剤の付いていない部分から、指紋が採れるかどうかですよね。もし駄目なら、外側の接着剤を溶かしてみます。難しい作業だとは思いますが、全力を尽くします」

「ありがとうございます。今の言葉、鷹野主任にも伝えておきますから」

「いや、伝えなくてけっこうです」

「……そうですか？」

どうも今日は、河上の様子が変だった。まあ彼も人間だから、調子のいいときと悪いときがあるのだろう。

「それより如月さん、新しい情報があります」河上は口調をあらためた。「警視庁脅迫事件の特捜本部にはもう報告したんですが、脅迫電話の分析結果が出ました」

ＭＨからの電話は毎回録音している。樫村はそれを科捜研に持ち込み、音声の分析をしてもらったのだろう。

「犯人像が浮かびましたか」

「今想像できるのはこんなところです。犯人は男性で、年齢は三十歳から五十歳ぐらい。関東圏で長く暮らしている人物で、学力は水準以上、計画的に物事を進めるタイプです。普段は知的ですが、かっとなると何をしでかすかわからない。こうと思い込んだら、見境なく突き進んでしまいます。他人の意見に耳を貸さない性格で、協調性には乏《とぼ》しいものと思われます。慎重なのに行動力があるという、厄介な犯罪者ですね」

時代とともに価値観は変わり、それにともなって罪の形も多様化していく。近年、社会通念や常識から外れた、類例のない犯罪が増えているように思う。

今、塔子たちが立ち向かっているのも、かつてないパターンの事件だった。ＭＨは東京都民、千三百万人を人質にすると宣言し、警視庁を脅迫している。なぜそんな大それたことを思いつき、実行してしまったのか、塔子はその理由が知りたかった。

「これは、最初に犯人がかけてきた電話です」

河上はＩＣレコーダーの再生ボタンを押した。

「もしもし」この声は樫村だ。

「ああ、通じたようだな。……私が誰だかわかっているな？」これは、機械で調子を変えたＭＨの声。

やりとりが進むと、やがて例の騒音が聞こえてきた。そうだ、と塔子は思った。この音が聞こえたために、ＭＨのペースが乱れたのだ。

通話が終わったところで、河上はＩＣレコーダーを止めた。

「じつは、これに似た音があることがわかりました。聞いてください」

先ほどの通話とは別の騒音が流れだす。その音を聞いて、塔子はうなずいた。

「似ていますね。何の音ですか？」

「清掃車——ごみの収集車が作業しているときの音です」

なるほど、と思った。ごみの収集車は強い力で回転板を動かし、可燃ごみを圧縮する。そのとき、かなり大きな音が発生するのだ。

「神谷課長たちに報告したあと、ちょっと調べてみました。これが押上一丁目辺りの、ごみ収集ステーションの場所です」

河上は地図のコピーをテーブルに置いた。

「助かります。樫村係長に相談して、すぐにこの一帯を調べてみますね」

携帯電話を出そうとして、塔子は気がついた。樫村は同じ六階の会議室にいるのだ。直接会って話したほうが早い。

「本当にありがとうございました。感謝します」塔子はバッグを肩に掛けた。

慌てた様子で、河上が言った。

「如月さん。コーヒーを淹《い》れようと思っていたんですが、飲んでいきませんか」

「ああ、すみません。今は急ぎますので、今度また」

「そうですか。……そうですよね」

河上は、ひとり何度もうなずいていた。


会議室で樫村と相談したあと、塔子は鷹野に電話をかけた。

ＭＨとの通話中に聞こえたのは、ごみ収集車の音に似ていること、樫村の許可を得たのでこれから押上に向かうことなどを伝える。

「その話には興味があるな。俺も押上に行こう」

三十分ほどかけて、塔子は押上駅に移動した。五分遅れで鷹野もやってきた。

情報交換をしたあと、塔子は科捜研で入手した地図のコピーを広げた。

「押上一丁目はこの範囲です。河上さんが地図をくれました」

「ずいぶん親切なんだな、あの人は」

「そうなんですよ。今日は、コーヒーを飲みませんか、なんて言われたし」

「飲んできたのか？」

「いえ、時間がなかったので断りました」

「ふうん。そうか」

まだ午後五時前だったが、十一月の日没は早い。辺りは薄暗くなってきていた。

昨日犯人から電話があったため、所轄の刑事がこの一帯で聞き込みを済ませている。しかし塔子たちは、あらためてローラー作戦を行った。事務所、商店、民家など、用途にかかわらず建物を順番に訪問していく。

対応してくれた人に警察手帳を見せ、昨日の午後七時ごろ、ごみの収集車の音を聞かなかったかと質問した。だが、結果は空振りだった。この地域では、ごみの収集車が来るのは朝だというのだ。墨田区役所にも問い合わせたが、イレギュラーなごみの収集などは行っていないということだった。

それでもあきらめきれず、塔子たちはごみの収集ステーションを調べた。街灯を頼りに歩き、地図にチェックマークを付けていく。情報として耳で聞くだけではなく、実際に足を運ぶことで、何かが発見できるのではないかと期待した。

洒落たデザインのマンションがあった。通路には間接照明が設けられ、壁際には竹が植えてある。新進気鋭の建築家が設計したものかもしれない。不動産会社の看板が立っていて、賃貸物件だということがわかった。

マンションの前で、普段着の女性がごみの収集ステーションを片づけていた。引っ越し会社の段ボール箱が、つぶされた状態で十数枚重ねてある。炊飯器やテレビの空き箱も見えた。

「こんばんは、ちょっとよろしいですか」塔子は警察手帳を呈示した。「このマンションにお住まいの方でしょうか」

「……はい、そうですけど」

女性は村越《むらこし》と名乗った。年齢は三十代前半だろう。三日前に転居してきたばかりだそうだ。

「昨日も刑事さんが来てましたけど、何かあったんですか？」

「ええ、ちょっと人を捜していまして……」曖昧《あいまい》に答えてから、塔子は段ボール箱を指差した。「大変ですね。私の友達もこの前、引っ越したばかりなんです」

「本当にもう、荷物が多くて」村越は苦笑した。「パートで働いているんですけど、休みをもらってずっと片づけていました」

「昨日の午後七時ごろ、ごみの収集車の音を聞きませんでしたか。あるいは、それに似た音を」

村越はすぐに首を振った。

「昨日の刑事さんにも話したんですが、七時過ぎにはテレビの設定をしていたと思います。ずっと家の中にいたので、外の音には気がつきませんでした」ここで、思い出したように彼女は付け加えた。「あの……ごみの収集は朝ですよ」

「ええ、そうらしいですね」

いくつか質問を重ねたあと、塔子は協力への礼を述べた。そのときになって、村越はこんなことを言った。

「この裏に公園があるんですけど、夜になると学生ふうの人たちが集まって、何か話しているようなんです」

「騒いでいるんですか？」

「いえ、そうじゃないんですが、若い人が集まっていると、それだけで気になるじゃないですか。お隣さんの話では、先月ぐらいから週に何回も来ているらしいんですよ。なんとかしてもらえませんか」

難しい問題だった。酔って騒ぐとか、他人の敷地に侵入するというのなら厳しい対処も可能だ。しかし公園で話をしているというだけでは、警察官は動けない。できるのは、せいぜい職務質問をかけることぐらいだろう。

「ご心配でしょうね。何かあったら、一一〇番に通報していただけますか」

塔子が言うと、村越は軽くため息をついて、「わかりました」とうなずいた。

村越と別れたあと、周辺の一ブロックで聞き込みを行ったが、成果はなかった。もう少し範囲を広げるべきだろうか。そう考えながら歩いていると、やがて公園のそばに出た。先ほど村越が話していた場所だろう。

何かを見つけたらしく、鷹野が足早に歩きだした。塔子は慌ててついていく。

ベンチにホームレスらしい男性が腰掛けていた。足下には紙バッグがふたつ置いてある。

「こんばんは。警察の者ですが、あなた、いつもこのへんにいるんですか」

鷹野が話しかけると、男性は警戒するような目になった。

「……ちょっと休んでるだけだよ。問題ないだろ」

「昨日の午後七時ごろ、この公園にいましたか」

「いや、そのころは別の場所にいた」

「夜、ここに学生ふうの人たちが集まってくると聞いたんですが……」

「ああ、見たことがある。四人ぐらいかな。政治がどうとか、税金がどうとか言っていた気がする。まあ、若いうちにはよくあることだ」

「ほかに、この辺りで不審な人物を見かけたことは？」

「ふん」男性は鼻を鳴らした。「あんたから見れば、不審な人物ってのは俺のことだろ」

鷹野は言葉を切って、相手を見つめた。それから、あらたまった調子で、

「最近は物騒です。何かあったら警察を呼んでください」

「うるさいな。警察なんか当てにしてないよ」

男性はベンチの上にごろりと横になった。

鷹野は何か言いたそうな顔をしたが、塔子を促すと、駅のほうへと歩きだした。

5

午後八時から、城東署の講堂で捜査会議が開かれた。

昨日夜の段階では南砂事件の特捜本部だったわけだが、今では警視庁独身寮そばで遺体が見つかった「葛飾事件」の本部も兼ねている。同一人物の犯行だと目されるため、ふたつの事件を城東署で担当することになったのだ。

また、捜査員たちは警視庁脅迫事件についても、簡単な説明を受けていた。南砂事件、葛飾事件の外側に、千三百万人が人質とされる大きな事件があったと知り、みな

動揺を隠せないようだった。

会議の重要性は増していたが、幹部席に神谷課長の姿はなかった。おそらく、警視庁脅迫事件の特捜本部に詰めているのだろう。MHと交渉するのはあちらの本部だから、なかなか桜田門を離れることができないのだ。

早瀬係長が咳払いをした。

「では葛飾事件について、概要を説明します。本日午後一時ごろ、葛飾署独身寮そばに停めてあった乗用車のトランクから、男性会社員の遺体が発見されました。被害者は横川直弥、四十歳。食品メーカーで健康食品の営業マンをしていました」

事件のあらましを説明したあと、早瀬は鑑識課員たちの座っている一角を見た。

鴨下はうなずき、腰を上げた。

「鑑識から報告します。死亡推定時刻は本日午前一時から三時の間。死因は、胸部を刺されたことによる出血性ショックです。頭を殴って昏倒させたあと、浴室に運んで胸を刺すという手口は、南砂事件と共通しています。

それから、遺留品の件。トランクの中には、百錠を超える睡眠導入剤が残されていました。薬のシートから横川の指紋が採取されましたが、付着した位置がどうも不自然です。おそらく犯人が被害者の指に押しつけるなどして、指紋を残したものと思われます。ちなみに、横川が睡眠導入剤を服用した形跡はありませんでした」

「犯人はいったい何を考えているんだ」

幹部席から声が聞こえた。手代木管理官だった。

「南砂事件の被害者は、自分の胸を刺したような恰好だった。葛飾事件では、服毒自殺を思わせるような形で、遺体のそばに睡眠薬が残されていた。だがよく調べてみれば、それは下手《へた》な偽装でしかない。犯人の狙いは何なんだ？」

手代木は黙ったまま、早瀬の顔をじっと見ている。これは彼の癖だとわかっているから、早瀬は気にしない様子だった。

「鴨下主任、続きを」

「はい。……横川の自宅のほうですが、今のところ、犯人のものらしい指紋は見つかっていません。ゲソ痕については南砂事件と同様、例のべったりした足跡が残されていました」

「それについて、鷹野組がある推測をしています。如月、報告してくれ」

早瀬に指名され、塔子は立ち上がった。

「南砂事件と葛飾事件では、残された足跡に違いがありました。今回は土踏まずの部分に、アーモンドに似た形の『抜け』がありまして……」

塔子は、鷹野の推測を捜査員たちに説明した。

「……このことから、ひとつの可能性として、犯人は警察関係者、もしくは同等の知識を持った人間ではないかと考えられます」

捜査員たちが身じろぎをした。早瀬や手代木はすでにそのことを知っていたが、ほかの刑事たちはみな初耳だったのだ。

自分と同じ警察官が犯人かもしれない。それは誰にとっても衝撃的なことだったろう。

「もしそれが事実なら」地取り班の門脇が言った。「我々は仲間に裏切られたということになる。俺たちはこの先、その仲間を追跡し、逮捕しなくてはならないわけですね」

「難しい事件だな」手代木管理官が唸った。「犯人が警察関係者だとしたら、こちらの手の内はすべて読まれているはずだ。捜査員がどのように証拠を集め、どのように被疑者を追い詰めていくのか、相手はすべて見抜いていると考えなくてはならない」

「たしかに、そうですね」早瀬係長がうなずいた。「警視庁を脅し、南砂事件、葛飾事件まで起こしているところを見ると、この犯人は強行犯事案に通じている可能性が高い」

「だから奴は特捜本部の裏をかき、先手を打ってくるんだ」手代木は腕組みをした。「手強《てごわ》い相手だぞ」

MHは、千三百万の東京都民が人質だと宣言した。そういう発想をする時点で、この男は普通ではなかったのだ。彼の目的は警視庁を陥《おとしい》れ、権威を失墜させ、厳しい批判を受けさせることなのだろう。

それほど強い恨みを、MHは持っている。そのきっかけは、いったい何だったのか。彼がかつて飲まされた「煮え湯」とは、どんなものだったのだろうか。

「懲戒処分を受けて退職した者を、調べ上げる必要があるな」手代木はつぶやいた。

早瀬の指名を受け、捜査員たちは今日一日の報告を行った。南砂事件、葛飾事件とも、犯人の特定につながる情報は出ていないようだ。菊池と横川を結ぶ線も見つからない。尾留川率いるデータ分析班も、まだ解析に手間取っているという。

「菊池が使っていたパソコンから、何か出てこないのか？」

手代木管理官が尋ねると、尾留川は渋い表情で答えた。

「画像データのチェックは終わったんですが、そのほかに、パスワードで保護されているものや、暗号化されているデータが見つかっています。なかなか一筋縄ではいきません」

「パソコンのメールは調べたのか」

「部屋にあったパソコンをすべて確認しましたが、発見できませんでした。メールだけは、別の端末で管理していたのかもしれません」

各組からの報告が終わると、早瀬は明日の予定を説明し始めた。

「菊池の仕事内容を探るため、預金口座を調べることにします。……予備班。令状を取るから、明日銀行に行ってくれ」

そのとき、講堂の出入り口が開いた。

捜査員たちは一斉にそちらを見た。入ってきたのは吉富刑事部長と、神谷捜査一課長だ。手代木がすっと立ち上がり、頭を下げた。

座ってくれ、と手振りで示して、吉富部長は幹部席に向かった。神谷課長とともに、席に着く。ふたりとも、苦いものを口にしたような顔をしていた。

司会役の早瀬が、吉富たちの様子をうかがっている。

「部長、あとは明日の予定を確認するだけですが、会議の内容をお伝えしましょうか?」

「あとでいい。……いや、何か犯人のことがわかったというのなら、すぐに聞かせてほしいが」

「申し訳ありません。まだその段階には至っていません」

「では、こちらから話をさせてもらう」

吉富は神谷に目配せをした。うなずいて、神谷課長は立ち上がった。

「重要な話だから、注意して聞いてほしい。そして、この件は絶対に他言無用だ。もし外部に漏らす者がいたら、理由のいかんを問わず処分の対象とする。いいな」

いつになく厳しい表情で、神谷課長は捜査員たちを見た。自分の席で、塔子は背筋を伸ばした。

資料にちらりと目を走らせてから、神谷は話しだした。

「本日午後、横川直弥の自宅から、犯人の遺留品と思われるボールペンが発見された。科捜研がこれを調査した結果、いくつかの指紋が採取できた。この指紋をデータベースで照合したところ、ある人物のデータと一致することがわかった」

河上に届けたあのボールペンが、犯人特定の決め手となったのだ。

「該当したのは葛飾警察署の元巡査部長、平野庸次《ひらのようじ》だ」

捜査員たちの間に、ざわめきが広がった。

やはり、と塔子は思った。鷹野の推測は当たっていたのだ。

犯人の身元がわかったことで、捜査が進展する可能性が高まった。だが、単純にそれを喜んではいられない。

——私たちは、元警察官に手錠をかけなくてはいけないんだ。

だから吉富部長も神谷課長も、険しい表情を浮かべているのだ。

警視庁、警察庁の上層部は、その報告を受けて耳を疑ったに違いない。えらいことをしてくれた、というのが正直な感想だったろう。

最近、ただでさえ警察官の不祥事が増えている。この事件では、退職したとはいえ、元警察官だった人間が殺人を犯したというのだ。それだけではない。世話になったはずの警視庁を脅迫し、二億円という大金を奪おうとしている。そんなことを、いったい世間にどう公表すればいいのか。

逮捕できなければ、警察は何をやっている、と強く批判されるだろう。逮捕できたとしても、警察が犯罪者を出すなんて、と言われるはずだ。いずれにしても、塔子たちは厳しい目で見られることになる。

「最悪の事態だ」隣の席で、鷹野がつぶやいた。「犯人が所属するのは、検察でも消防でもなかった。……下手をすると、この先我々は、一般人に協力してもらえなくなるかもしれない」

そうなれば、捜査に必要な情報が集まりにくくなる。その結果、あらたな被害者が続出する可能性もある。

「念のため、うかがいますが……」

鑑取り班の徳重が、右手を挙げた。普段は七福神の布袋《ほてい》さんのように穏やかな人だが、今は硬い表情になっていた。

「その指紋は、平野元巡査部長のものに間違いないんでしょうか」

「科捜研では、三人がかりでチェックしたそうだ」神谷は答えた。「平野の指紋に間違いない。ボールペンは床下に落ちていた。上から接着剤をかけられていたが、指紋はその接着剤のない部分から採取できた」

「平野元巡査部長の所持品が、たまたま床下に落ちていたという可能性はありませんか」

「ペンの表面と接着剤の間に、埃などはなかった。つまり犯人はペンを落としたあと、すぐに接着剤をかけたということだ。もともと床下に落ちていたのなら、こうはならない」

「誰かが、平野元巡査部長を嵌めようとしている可能性は？」

「それは三つの理由で否定できる。第一に、ボールペンを落としたのが平野以外の人間なら、接着剤で指紋をごまかす必要はないはずだ。第二に、平野は警視庁を強く憎んでいたから、奴にはこの事件を起こす動機がある。第三に、横川の家の近くで平野が目撃されている」

驚いて、塔子は幹部席の神谷を見つめた。その話はまだ聞いていない。

「本当ですか」鷹野が質問した。「我々のところに、そういう情報は届いていませんが」

「連絡する暇がなかった。事態が動いたのは、夜になってからだ。……六時ごろだったか、科捜研から、犯人は平野らしいという報告があった。そこで急遽、特殊班の人間に平野の写真を持たせて、菊池宅と横川宅に向かわせたんだ。聞き込みの結果、横川宅の近くで、平野の顔に見覚えがあるという証言が出た」

「彼が目撃されたのはいつです？」

「一ヵ月ぐらい前だ。それまでにも何度かやってきて、路地に並んでいる家を観察していたらしい。調べたところ、平野はあの近所にある骨董品店に、数回顔を出していることがわかった。その行き帰りに、侵入できそうな家を物色していた可能性がある」

平野が犯人だということは間違いないようだった。塔子たちはこれから、元警察官を犯罪者として追いかけることになるのだ。

「平野は一年ほど前に転居していて、現在の居場所はわかっていない」神谷は続けた。「奴の行方調べについては、自分たちに任せてほしいと樫村が言っている。十一係のほうは南砂と葛飾の事件で手一杯だろうから、それでいいな？」

「わかりました」と早瀬は答えた。

神谷の話が済むと、吉富刑事部長が立ち上がった。いつも快活で自信を感じさせる人だったが、今日は険しい顔をしている。上層部からのプレッシャーが大きいのだろう。

「刑事部の吉富です。警視庁脅迫事件の対応があり、こちらに顔を出すことができませんでしたが、今日になって事態はあらたな局面を迎えました。警視庁脅迫事件、そして南砂と葛飾の殺人事件は、どれも元警察官が起こしたものだと判明しました。犯人は、かつて我々の同僚だった人物です。しかし今、諸君にお願いしたいのは、ぶられることになります。

彼を仲間だとは思わないでほしい、ということです。彼のやっていることは警視庁への、いや、日本の首都である東京都への挑戦です。もしこのまま彼を逮捕できなければ、警察の威信が失われるどころの騒ぎではない。警察という組織の存在自体が揺さぶられることになります。

諸君の中には、平野元巡査部長のことを知っている人がいるかもしれない。だがそのことは忘れて、敵は凶悪犯だという認識で臨《のぞ》んでほしい。……上に立つ者として、私にも忸怩《じくじ》たるものがあります。だが、今は反省しているときではない。なんとしても我々は犯人を捕らえ、この凶行を止めなければならない。どうか諸君の力を、私に貸していただきたい」

「部長。二億円は渡すんですか」

塔子のすぐそばで声がした。鷹野が発言したのだ。

大きな会議の場で、刑事部長に直接質問するなど、普通は考えられないことだった。だが吉富は咎《とが》めることもせず、こう答えた。

「犯人はすでにふたりを殺害した。一日にひとりずつだと話しているから、明日もまた被害者が出るおそれがある。金の要求には従う、というのが警視庁の方針だ」

警視庁の方針、という言い方には若干の違和感があった。それは上からの命令であって、必ずしも吉富の考えとは一致していないのかもしれない。だが組織は上意下達《じょういかたつ》で動くものだ。従う側の人間は、下された命令に異を唱えることはできない。「言われるままに二億円を差し出すのは屈辱だ」吉富は続けた。「だが金の受け渡しは、犯人と接触する唯一のチャンスとなる。そのとき、必ず尻尾をつかむんだ。それしか方法はない」

自分に言い聞かせるように、吉富は何度かうなずいた。

「課長、金の受け渡しは明日ですよね」手代木が神谷に話しかけた。「犯人から、時間や場所の指定はあったんですか」

「いや、まだだ。部長の指示で、金の準備は進めているが……」言いながら、神谷は吉富のほうをちらりと見た。

吉富は硬い表情のまま、じっと何かを考えているようだった。

6

今日も警視庁脅迫事件はニュースで報じられなかった。

横川直弥の殺害については取り上げられたが、こちらも大きな扱いとはならなかった。睡眠導入剤が残されていたことには軽く触れていたが、全体的に情報が少なく、不満の残る内容だった。もっと大々的に報じてほしいものだ。そうでなければ、あのような細工をした意味がない。

男は携帯用テレビの電源を切り、ひとつ息をついた。

警視庁脅迫事件はどのタイミングでニュースになるだろう、と考えた。もしかしたら、マスコミは報道協定を結んでいるのだろうか。一瞬そう思ったが、すぐに首を振った。

報道協定は、警察が記者たちに報道を控えるよう求め、その結果報道機関の間で結ばれるものだ。協力を求める代わりに、警察は事件について一定の情報を記者たちに提供しなければならない。現在の状況では、とてもそんなことはできないはずだった。

今、警視庁は脅迫され、二億という大金を要求されているのだ。そして、すでにふたりの被害者を出しているにもかかわらず、犯人逮捕の目処《めど》は立っていない。こんなことを記者たちに知られるわけにはいかないだろう。警視庁の連中はたぶん、必死になって情報を伏せているに違いない。

だが、と男は思う。いずれ、警視庁が脅されていたという情報は必ず漏れる。そのときが楽しみだった。

事実を隠してきたことがわかれば、記者たちは警察側の不誠実さをなじるだろう。大手の新聞などは遠慮がちに報道するかもしれないが、最近はインターネットで独自に活動するジャーナリストもいる。ネットの掲示板やブログへの書き込みも、盛んに行われている。そういうところで批判のキャンペーンを展開されたら、警視庁も対応に苦慮するはずだ。

——その上で、犯人が元警察官だと知らせてやったらどうなるか。

男はにやりと笑った。

警視庁の連中は動揺し、困惑するに違いない。質問されてもうまく説明できず、記者発表の場で幹部たちは往生《おうじょう》することだろう。

早くその場面が見たい。奴らの苦しむ様子を眺めたい。

大丈夫だ。彼は自分に言い聞かせた。近いうちにそのニュースが流れるだろう。奴らに大恥をかかせ、権威を失墜させてやるのだ。

今実行していることは、個人への復讐ではない。警視庁という組織を揺さぶり、弱い部分から突き崩していくのが目的だった。

男は用意しておいた地図のコピーを取り出した。あちこちに付けた印を、順番になぞっていく。経路をしっかり記憶する。

明日、この事件は大きな山場を迎えることになる。失敗は許されなかった。これまで以上に、慎重な行動が必要とされるのだ。

彼は何度もシミュレーションを行った。

自分を鼓舞することが必要だった。

男は特殊警棒を取り出し、力を込めて壁を殴った。二回、三回、四回。次第に気分が高ぶってきた。これでいい。俺は誰の指図も受けない。自分の信じた道を行く。計画どおり、警察の奴らに一泡吹かせてやるのだ。

だがわずか数分で興奮のときは過ぎ去り、彼はまた、暗鬱な気分にさいなまれることになった。くそ、とつぶやいた。

これが自分の、本当の姿だとは信じたくなかった。だが、その感情は否応なしにやってくる。不快だ。そして、それを不快だと感じる自分に嫌気が差す。

暗い気分から抜け出すためには、例の儀式を——左腕を傷つける儀式を行うしかなかった。

いつものようにシャツの袖をまくる。いつものようにナイフを構える。刃先を左腕に押し当て、手前に少し引く。ぷつ、とかすかな感触があって、一筋の線が現れる。痛み。そして何とも言えない充足感。

この行為によって、自分を保つことができる。彼はそう信じている。だから、この自傷行為を繰り返してしまうのだ。

左腕をしばらく見つめたあと、傷口をガーゼで押さえ、テープでとめた。それから、ナイフの刃先をきれいに拭いた。あらたな血を吸ったナイフは、気のせいか、少し重量が増したように感じられた。

陶酔の時間は終わった。次は犯罪の時間だ。あの計画を進めるのだ。

人を殺し、警視庁を脅して金を奪い取る。じつに卑怯でずるがしこく、それでいて美しい計画だ。かつてこんな方法を考えた犯罪者は、ひとりもいないだろう。

――この俺だからこそ、警察の裏をかくことができる。

それについては自信を持っていた。普通の犯罪者が知らないようなことを、自分は細部まで知っているからだ。

男は鞄を持って外に出た。

次の遺体はいつ出るのかと、警視庁の連中は気にしているに違いない。ならば、その期待に応えなくてはなるまい。

そうだ。今夜の仕事は、今夜のうちに片づけなくてはならないのだ。

第三章　ロープ

1

十一月九日。城東署に特捜本部が設置されてから、三日目の朝となった。

――いよいよ二億円が動く日だ。

犯人は、どこを受け渡し場所に指定するのだろう。そして、どのように金を奪取するつもりなのか。

場所が指定されれば、当然特殊班はその周辺にメンバーを張り込ませるはずだ。所轄の人間なども投入され、厳重な警戒態勢が敷かれるだろう。だがそうした準備は、すべて犯人に知られていると思ったほうがいい。なにしろ相手は、長年事件の捜査に携わった元警察官だというのだから。

朝八時、塔子たちは講堂にあるテレビで、ニュースを見た。南砂事件に加え、葛飾事件も報じられていたが、ふたつの犯行の関連性は指摘されていない。マスコミはまだそのことを知らないのだ。そしてこれらの延長線上に、前代未聞の警視庁脅迫事件があることも、彼らはつかんでいない。

いつまで隠しておけるだろうか、と塔子は考えた。隠し続けた結果、取り返しのつかない事態に陥るのではないか、という不安がある。一介の捜査員がどうこう言うべき問題ではないが、気になって仕方がなかった。

朝の会議が終わると、鷹野が言った。

「早瀬さん経由で、神谷課長から許可を得た。葛飾署に行ってみよう」

「平野のことを訊くんですね」

二年前、平野はこの葛飾署でトラブルを起こして退職したらしい。

「そうだ。警察を辞めた理由が知りたい」

ふたりは電車とタクシーを使って、葛飾警察署に移動した。

応対に出てきたのは、昨日独身寮で捜査指揮を執っていた宮本課長だった。鷹野の顔を見ると、不機嫌そうに咳払いをした。

「昨日の夜から、同じことを何度も説明させられている」宮本は愚痴をこぼした。

「最初はうちの次長、そして署長、そのあとは特殊班の樫村係長だ」

「ご面倒でしょうが、もう一度話していただけないでしょうか」

鷹野が言うと、宮本はＡ４判の資料を差し出した。

「平野庸次。今は四十一歳のはずだ。高校卒業後、警視庁に入庁。長年、刑事畑を歩いてきた人間で、二年前はうちの刑事課に所属していた」

「宮本課長の部下だったわけですね」

「ああ、そうだ」

資料に顔写真が印刷されていた。額《ひたい》が広いせいだろう、四十代後半ぐらいに見える。身分証明用の写真だと思われるが、なぜか平野はカメラを睨むような目をしていた。細い眉に薄い唇。いかにも気むずかしそうな印象がある。

この写真を見て、塔子はカマキリを連想した。計算高さと残酷さを併《あわ》せ持つ殺人犯。それでいて奇妙な偽装工作をするなど、稚拙な面もさらしている。彼がどういうルールで行動しているのか、塔子には理解できなかった。そういう不可解な部分が、物言わぬ昆虫の不気味さを想起させるのかもしれない。

「人間性を批判するつもりはないが、事実を並べていくとこうなる。……平野はもともと、歯に衣着《きぬ》せぬ発言をする男だった。我が強く、上の者に反発することが多かった。部下に対しても厳しく、ときには暴行に近い体罰を加えていたようだ。係長が注意しても、自分は若い人間を教育しただけだと主張した。そんなことが続いたせいで同僚からも敬遠され、職場では孤立しがちだった。これは一部の者から聞いた話だが、何かに苛立ったとき、平野はよく警棒を壁に叩きつけていたそうだ。そんな行動も、他人に警戒される理由になっていたんだろう。

しかし仕事に関しては非常に熱心だった。彼が特に力を入れていたのは強行犯事件の捜査だ。一度食らいついたら放さないという粘り強さがあって、犯罪を憎む気持ちは人一倍強かった。ただ、正直なところ、その熱意が純粋な正義感によるものなのかどうか、疑わしい面がある。

じつは学生時代、彼の友人が暴行を受けて死亡する事件があったんだ。……繁華街で四人組のグループに因縁《いんねん》をつけられた。平野は怪我だけで済んだが、友人は打ちどころが悪く、死亡してしまった。平野はその件をずっと引きずっていたらしい。警察官になったのは、絶対的な力を手にして犯罪者を叩き伏せるためだ、と公言していたそうだ」

以前、塔子の周りにも似たタイプの人物がいた。警官なら誰でも犯罪を憎むものだが、中でも私怨《しえん》で行動する者は、憑《つ》かれたように捜査をすることが多い。彼らにとっては、犯人を屈服させることが第一義なのだ。その後の更生などにはまったく興味がない、というふうに見えた。

一度だけそういう警官と議論したことがあったが、結果は塔子の完敗だった。おまえは甘い。凶器を持って向かってくる犯罪者に、説得の言葉など通じるわけがないのだ。力を行使することができないなら、警察官など辞めたほうがいい。そう言われた。

たしかに、どんなときでも警察官は強い存在でなくてはならない。その前提がある以上、女性には女性のよさがある、などという主張は虚《むな》しいばかりだった。

——平野も、相当癖のある人だったんだろうな。

写真を見ながら、塔子は思った。

「殺人捜査に対する平野の熱中ぶりは、少し異常なほどだった」宮本は続けた。「食事の時間を惜しみ、夜もあまり眠らずに仕事を続けた。周りの人間は、あれは仕事依存症だと噂し合った。ワーカホリックという言葉をもじって、マーダーホリック——殺人依存症などと陰で呼んでいたらしい。まるで本人が、殺人の魅力に取り憑かれてしまったようだ、という意味だった」

「マーダーホリック……」塔子は鷹野の顔を見た。「そこから『MH』という名前を思いついたんじゃないでしょうか」

「そういう意味か」鷹野も納得した様子だ。「彼は自分に付けられた、マーダーホリックというあだ名を知っていたんだろうな。だから開き直って、自分は殺人依存症だと主張することにした。MHと名乗ることは、かつての上司や同僚への当て付けかもしれない」

宮本課長は、要領を得ないという顔でこちらを見ている。警視庁脅迫事件は、庁内でもまだ一部の者にしか知らされていないのだ。

「失礼。続けてください」鷹野は先を促した。

「……この平野が警官を辞めた経緯だが、二年前に不祥事を起こして懲戒《ちょうかい》処分となっている。理由はいくつかあるが、大きなものとしては被疑者に暴力をふるったこと、これは特別公務員暴行陵虐罪《りょうぎゃくざい》に当たる。そして捜査情報を外部に漏らしたこと、こちらは守秘義務に関する地方公務員法違反だ。取調べの結果、平野は書類送検された。警視庁は彼に懲戒処分を下し、それを受けて平野は依願退職した」

「当然、それは表向きのことですよね。実際には周囲に説得されて、退職願を出したんでしょう？」

鷹野が訊くと、宮本は渋い顔をしてうなずいた。

警官が不祥事を起こした場合、該当者は懲戒処分となる。軽い場合はそのまま勤務を続けることもできるが、世間に与える影響が大きい場合、退職するしかないという状況になる。本人は続けたいと言っても上司が、いや、組織がそれを許さないのだ。

平野の場合も、上からの圧力を受けて退職願を出したのだろう。

「退職について、平野元巡査部長は不満を持っていたわけですね」

「そういうことだ。……もし平野が独身寮のそばに遺体を置いていったのなら、それは俺たちに対する復讐だと思う」

宮本は眉間に皺を寄せた。そして、苛立たしげに舌打ちをした。

聞き取り調査を終えて、塔子たちは葛飾署を出た。

「平野は警視庁を恨んでいたから、独身寮付近に遺体を放置した……」道を歩きながら、塔子は鷹野に話しかけた。「でも、最初の事件はどう考えればいいんでしょうか。南砂団地は、警視庁とは関係ないですよね」

「南砂の件は、まず殺人事件を起こすことが目的だったんだろう。続く第二の事件では、行動をエスカレートさせ、警察に挑戦するという姿勢を明らかにしたかった。だから葛飾署の独身寮を選んだんだと思う」

道端にバス停があった。それを見て、塔子ははっとした。

南砂団地の前にあるバス停が、《江東運転免許試験場前》だったことを思い出したのだ。

「たしか、南砂団地のそばには江東運転免許試験場がありましたよね。あれは警視庁の関連施設でしょう。平野はそれを意識して、あの団地を選んだんじゃないでしょうか」

「なるほど。一理ある」

そう言ったあと、鷹野は何かを考える顔になった。

横川の遺体が見つかったせいで、捜査員たちの仕事は倍の量になった。

あらたな被害者が出るということは、その人物の親戚、知人、学生時代の友人、会社の同僚など、関係者が一気に増えることを意味する。これらは鑑取り班の負担となる。また、現場がひとつ増えるわけだから、地取り班はローラー作戦を一から始めなければならない。

鷹野組に与えられた筋読みの仕事でも、捜査のやり直しが必要となった。

特捜本部は通り魔的な殺人という線で捜査を進めているが、もしかしたら菊池と横川の間には、何かつながりがあるかもしれない。それを確認するため、菊池の関係者をあらためて訪問していった。

何人かの知人に当たったあと、塔子たちは田端のコンピューター販売会社を再訪した。

通された応接室は、前回来たときとは打って変わって、雑然としていた。長机の上に、パソコン数台とカードの処理機が並べてあったのだ。

「散らかっていてすみません」中河原は苦笑いを浮かべた。「急にテスト用の機械が運び込まれてしまって、置く場所がなかったもので……」

「そうですか。こういうお仕事も大変ですね」

塔子が相づちを打つと、彼は深くうなずいて、

「もともと納期がきついのに、プログラムの作成が遅れるものですから、テストにしわ寄せが来るんです」

まあどうぞ、と言って中河原はふたりにお茶を勧めた。

「……それはカードの処理をする機械ですか」鷹野が訊いた。

「ええ。レジにつないで、プリペイドカードから金額を引いていくものです」

「そういうプログラムも手がけているんですね」

「これについては面白い話がありますよ。なぜいろいろなお店でプリペイドカードを導入するかというと、顧客を囲い込むことのほかに、もうひとつ理由があるそうです。我々は最初、たとえば千円でプリペイドカードを買いますよね。でも残高が数十円まで減ると、使わなくなることが多いでしょう。一枚二枚じゃたいしたことはありませんが、何千万、何万枚と集めたら、けっこうな金額になるらしいです」

「なるほど。先にカード代金を千円もらっておいて、商品が九百六十円しか購入されなかったとする。その場合は四十円分、企業が得をするわけですね」

「菊池くんは、この手の話に詳しいようでした。何か、新しい商売のアイデアを探していたのかもしれません」

中河原はお茶を一口飲んだ。

塔子はふと彼の左手に目を留めた。薬指の付け根に指輪の痕がある。今、たまたま外しているだけなのか、それとも指輪を外すような理由が出来たのか。いろいろと事情があるのだろう。

話が一段落したところで、塔子は一枚の写真を取り出した。

「横川直弥という名前に、聞き覚えはありませんか。あるいは、菊池さんの口から、その名前が出たことは……」

すでに葛飾事件は報道されているが、あえて塔子はそのことに触れなかった。相手の反応が見たかったのだ。中河原は写真に目をやり、首をかしげた。

「知らない人ですね。その横川さんがどうかしたんですか?」

塔子は相手の顔をじっと見つめる。とぼけているようには思えなかった。

いいえ、と小さく首を振ってから、塔子は質問を続けた。

2

次に、ふたりは住吉のオダギリテクノスを訪問した。

今日も店の横にはトラックが停車していたが、後藤という配送業者の姿は見えない。

自動ドアから店に入っていくと、明るい曲調のBGMが聞こえてきた。レジに近づき、女性店員に警察手帳を呈示する。

「警視庁の如月と申しますが、小田切社長はいらっしゃいますか」

店員は驚いた様子だったが、すぐに本人を連れてきてくれた。

お待たせしましたと言って小田切は頭を下げた。

「お忙しいところ、すみません。今日は写真を見ていただきたいんです。この人、横川直弥という男性なんですが、ご存じありませんか」

「……さあ、うちのお客さんの中にいたかなあ」

「亡くなった菊池さんから、横川という名前を聞いたことは？」

「どうだろう。ちょっと思い出せないですね」

買い物客がレジにやってきた。小田切はレジカウンターから離れて、近くにあったパソコンコーナーに移動する。塔子たちも、あとに続いた。

「お、これは安い」鷹野は、売り場のノートパソコンに興味を持ったようだ。

「小田切さん、その後、何か思い出したことはありませんか。たとえば、菊池さんがトラブルに巻き込まれていたとか……」

塔子が尋ねると、小田切はゆっくりと首を振った。

「いや、記憶にありません」

「この前もお尋ねしましたが、菊池さんがパソコンでどんな仕事をしていたか、ヒントになるような話は出ていなかったでしょうか」

「ああ、そういえば……」売り場を見て、小田切は思い出したようだ。「詳しいことはわかりませんが、『パソコンは家で使ってこそ意味がある』なんて話していましたね。それから、『外では気が散って、じっくりものを考えることができない』とか」

期待した分、塔子は落胆した。特に意味のある言葉とは思えなかったからだ。

だが、鷹野は何かに気がついたらしい。

「菊池さんが買ったのは、ノートパソコンでしたよね」彼は小田切に尋ねた。

「そうです。あとは、いろいろなパーツを少しずつ」

「『家で使ってこそ意味がある』というのは妙じゃありませんか。ノートパソコンというのは、持って歩けるのがメリットでしょう」

「いえ、持って歩くものは、もっと薄くて小さいんです。菊池さんが買っていったのは、普通に家庭で使うようなタイプでした。持ち歩けないことはありませんが、重いし、かさばります」

鷹野は首をかしげた。

「家庭で使うなら、デスクトップ型のほうがいいのでは？　画面が大きいし、拡張性もありますよね」

「拡張性がないほうがいい、とされるケースもあるんですよ」

「というと？」

「パソコンの初心者に使ってもらう場合です。ノート型なら場所もとらないし、別の部屋へ運ぶのも楽でしょう。急に停電になったり、プラグが抜けたりしても、内蔵バッテリーがあるから安心です」

なるほど、と塔子は思った。だが、鷹野はまだ納得できないようだ。

「菊池さんの部屋には、ノートパソコンが何台もありました。わざわざ初心者向けのものを買った、ということですか？」

「もしかしたら、そのパソコンを転売していたのかもしれません」

「転売……ですか」鷹野は指先で顎を掻いた。

ここで塔子は、一昨日、中河原から聞いたことを思い出した。鷹野に話しかける。

「菊池さんは『パソコンでお客さんとやりとりをしている』と言っていたんですよね。そのお客さんというのは、パソコンの初心者だったんじゃないでしょうか」

「設定を済ませてから、パソコンを送っていたわけか。システムエンジニアなら、それぐらいのサービスはするかもな」

「あとは、その商売の相手が誰だったのか、ということですけど……」

「複数のパソコンを用意していたわけだから、顧客も複数いたと考えるべきだろう」

鷹野は小田切のほうを向いた。「そのへんのこと、何かわかりませんか」

「いや、本人から詳しく聞いたことはないので……」少し考えてから、小田切は言った。「ひょっとしたら、配送の後藤さんが何か知っているかもしれません。彼は菊池さんの家にも、荷物を届けていましたから」

小田切は先頭に立って歩きだした。塔子と鷹野は、あとについていった。

配送業者の後藤はトラックで作業をしていた。先ほどは、バックヤードへ商品を取りにいっていたのだろう。今、車のそばには家電製品の箱が並んでいる。後藤はそれらをトラックの荷室に運び上げ、物流用パレットの上に並べているところだった。

「後藤さん」

小田切が声をかけると、彼は作業の手を止めた。

「ああ、どうも」後藤は塔子たちに会釈をした。「菊池さんの件は驚きましたよ」

「今刑事さんたちと話していたんだけど、後藤さんは、菊池さんちにパソコンを届けたことがありますよね」と小田切。

「ええ、何回か配達しました」

「菊池さんがどんな仕事をしていたか、聞いていないかな。私は、パソコンの転売じゃないかと思うんだけど」

「転売といっても、パソコン数台じゃ、いくらも利益は出ないでしょう。ソフトの販売とか、そういうことをしてたんじゃないですか？」

「配達したとき、気になったことはありませんでしたか」塔子は尋ねた。「菊池さんがパソコンについて何か話していたとか……」

後藤は記憶をたどる様子だったが、やがて言った。

「たしか、こんなことを話していましたよ。『最近は、中高年者でもパソコンが使えるようになってきたから助かる』って。それから、何だったかな……。ちょっとしんみりした感じで、『世の中には、いろいろな人がいますね』とか、『励ますつもりでも、相手を怒らせてしまうことがあるんだよなあ』とか、愚痴っぽいことを言っていました」

「初心者を相手に、パソコンの操作指導をしていたんでしょうか」塔子は鷹野の顔を見上げた。「お客さんとやりとりしていた、という話と合いますよね」

「それにしても、商売として成り立つものなんだろうか」鷹野は首をひねっている。

塔子たちが考え込んでしまったのを見て、後藤は作業の続きを始めた。家電製品の段ボール箱を次々と荷室に運んでいく。

最後に冷蔵庫が残った。小田切が手を貸し、ふたりがかりで商品を車に積み込む。すみません、と頭を下げてから、後藤は固定用のベルトを掛けた。

「大きな荷物があるときは、私も一緒に行くんですよ」小田切は塔子に向かって言った。「冷蔵庫はね、重さはそれほどでもないんですが、建物の入り口が狭いと苦労するんです」

「社長みずから、大変ですね」と塔子。

「いや、社長だからこそ率先して働くんですよ。それを見て、社員たちも頑張ってくれますから。……配送の後藤さんも真面目でね。いつか社員にならないかと、声をかけているんです」

「そうなんですか」

「彼はドライバー歴が長いんですよ。今は冷蔵庫なんかを運んでいますが、昔は冷凍車を運転していたこともあるそうです」

「夏は涼しくてよさそうですね」

塔子がそんな感想を口にすると、後藤は苦笑した。

「涼しいどころじゃないですよ。マイナス六十度じゃ、汗も涙も凍ります」

鼻水も凍るだろうね、と言って小田切は笑った。それから、ふと真顔になって、

「明日は十日だから、家電関係の締日か。あとで銀行に行かないとな」

経営者らしく、常に金のことが頭にあるようだ。

後藤は荷室のドアを確認していたが、そのうち塔子のそばにやってきた。

「ちょっと思い出したんですが、前に菊池さんから、変なことを訊かれたんですよ」

「変なこと？」

「消費者金融を利用した経験はありますかって」

予想外の話だった。いったい、どういうことだろう。

「それで、後藤さんは何と答えたんですか」横から、鷹野が尋ねた。

「利用したことはありません、と答えました。菊池さんは、そうですか、と言いました。ただ、それだけだったんですけど……」

塔子が不思議に思っていると、小田切がこう言った。

「それ、私も訊かれたことがありますよ。少し借金があるって話したら、金額や返済期間をあれこれ質問されて困りました。詳しいことは答えませんでしたが」

「気になりますね。仕事の関係で、菊池さんも借金をしようとしていたんでしょうか」塔子は考え込む。

小田切は腕時計を見た。そろそろ後藤と一緒に、配達に出かける時刻だという。

「何か思い出したことがあれば、連絡をください」

そう言って塔子は頭を下げた。

駅へ向かう途中で、鷹野は携帯電話を取り出した。ひとつ気になることがあるという。

しばらく通話を続けていたが、やがて彼は何かの情報を得たようだった。電話を切ると、緊張した面持《おもも》ちで塔子のほうを向いた。

「今日予備班が、菊池の銀行口座を調べる手はずになっていただろう。その結果を訊いてみたんだ」

なるほど、と塔子はうなずいた。

「借金の話が出たから、気になったわけですね。……それで、どうでした？」

「この五年間の入出金を調べたところ、少ない年で九百万円、多い年では千二百万円ほどの預け入れがあったそうだ」

「え……。そんなに？」塔子は目を見張った。

「毎月決まった日に入金されているわけじゃないが、一年分を合計すると、一千万円前後になるらしい」

「菊池はそんな金を、どこで手に入れていたんですか」

「わからない。現金はすべて、本人が銀行の窓口に持ち込んでいたという話だ」

菊池はフリーのシステムエンジニアだった。個人で仕事をしていて、それほどの金額が稼げるものなのか。

「何か高額な商品を売っていたんだろうか」鷹野は首をかしげる。「そうだとすると仕入れの金が必要だ。だが口座を見ても、まとまった金額が頻繁に引き出されていた形跡はないらしい」

「コンピューターの販売では、そんな大金は入ってきませんよね」

「そうなんだ。どうも、ぴんとこない」鷹野は歩道に立ち止まって、腕組みをした。そのままでは歩行者の邪魔になってしまう。塔子は彼を、自販機のそばに引っ張っていった。

「わからんな」鷹野は唸った。「菊池という男の人物像が、どうしても頭に浮かばない。如月はどうだ。何か思いつかないか」

「いえ、今はまだ手がかりが少なくて……」

そこへ、携帯電話が鳴りだした。

塔子はバッグから電話機を取り出す。液晶画面には樫村の名前が表示されていた。

「はい、如月です」

「樫村です。大至急、桜田門に来てもらいたい」

言葉の調子から、何かが起こったのだと推測できた。

「もしかして、犯人から電話が？」

「ああ。身代金の受け渡しをすることになった」

すぐに向かいます、と言って塔子は電話を切った。

——いよいよ、そのときが来た。

犯人と接触できる、数少ないチャンスがやってきたのだ。

3

正午過ぎ、塔子と鷹野は桜田門に到着した。

警視庁脅迫事件の特捜本部には、すでに吉富部長、神谷課長をはじめ、特殊班のメンバーが揃っている。

塔子たちが席に着いたところで、樫村がスクリーンの前に立った。緊急会議が始まった。

「これまでの経緯を説明します。十一月七日、十九時に犯人から一回目の電話があり、ここで現金二億円の要求がありました。準備の期限は九日の十三時。場所の指定等はなし。

翌十一月八日、午前七時過ぎと正午過ぎに電話がありました。犯人の誘導により葛飾署独身寮のそばを調べたところ、車のトランクから第二の遺体を発見。この日は金に関する話はなかった。

そして本日、十一月九日、午前十一時過ぎに犯人より架電。現金二億円を持ってこいとの指示がありました。そのときの録音を再生します」

樫村はICレコーダーを操作した。ノイズのあと、会話が始まった。

「警視庁、樫村です」

「私だ。ふたり目の被害者は、無事発見できたようだな」機械で変調した声が聞こえた。

「被害者は横川直弥という人だね。なぜ彼を襲ったのか教えてほしい」

「わからないのか。奴が東京都民だからだよ。……しかしひどい話だな、樫村。あの男は、自分たちが人質になっていることを知らなかったんだ。あいつが死んだのは、警視庁が情報を隠蔽《いんぺい》していたからだぞ」

「……MH、君の目的は金じゃなかったのか。早く金を受け取って、こんな事件は終わりにしないか」

「準備はできているのか」

「現金で二億円、ここにある」

「いいだろう。では金の受け渡しについて指示する。場所は新宿区西早稲田《にしわせだ》一丁目、都営早稲田アパートの前。時刻は午後二時。現金は女ひとりに運ばせろ。ほかの奴が同行することは許さない」

「MH、二億といったら重さは約二十キロだ。女性に運ばせるのは難しい」

「キャリーバッグを用意しろと言っておいただろう。それなら女でも大丈夫だ」

「……わかった。そのとおりにする」

「運搬役の女には携帯電話を持たせろ。俺が連絡したら、その指示に従うよう言っておけ。五分やるから、その間に携帯電話を用意するんだ」

ここで通話は終わっていた。ICレコーダーを止めて、樫村は顔を上げた。

「この五分後にもう一度電話があり、我々は携帯電話の番号を伝えました。犯人は一度テストで携帯に架電し、通じることがわかるとすぐに切りました」

携帯電話を用意させたということは、金の受け渡しの際、運搬役をどこかに移動させるつもりなのだろう。次々と場所を変えることで、追跡する捜査員を引き離そうと考えているのだ。

「すでにご存じだと思いますが、犯人は葛飾警察署の元巡査部長・平野庸次だと思われます。相手が元警察官、しかも刑事課の捜査員だったことを考えると、今回の身代金授受は相当慎重に行わなければなりません。奴は必ず、我々の裏をかこうとするでしょう。それを計算した上で、尾行の態勢を整えます。

具体的には、メンバーを三つの班に分けます。一班は運搬役──『マル対』を直接監視できるよう、二十メートルから四十メートルの範囲に配置。マル対が犯人の指示で移動したときには尾行します。二班は少し離れて一班を見守りつつ、周辺の不審者を目視確認する。本部からの指示で、いつでも一班と交替できるようにしてもらいます。三班は車両内で待機。マル対がタクシーなどで移動した場合に追跡します。このほか、バイク部隊も早稲田アパート付近に待機させ、長距離移動した際、あとを追うことになっています。

ここにいるメンバーを中心に、近隣署からの応援も含めて三つの班を作ります。詳しくは、このあと配付するリストで確認してください。

それから、監視、追跡についての注意事項を伝えます。現在のところ、犯人が単独なのか複数なのか、まだわかっていません。また、慎重な犯人のことですから、金の受け取りを無関係な人間に依頼する可能性もあります」

このことは塔子も知っていた。大金の受け取りを、たまたま通りかかった第三者に頼むなど、信じられないような話だと思う。だが実際にそうした事例があり、犯人の逮捕が非常に難しいものになったそうだ。

「そこで今回は、金を受け取った人物には『触らない』こととします。各班は慎重に被疑者――『マル被』を尾行します。相手は重さ二十キロのキャリーバッグを引いているから、そう簡単に見失うことはないはずです。状況によっては即座に身柄確保ということもあり得ますが、そこは本部の判断に従ってください。基本的には、犯人には声をかけず、手も出さない。そのつもりでお願いします」

資料を配ったあと、樫村は各班の編成を説明した。

一班は誘拐、恐喝事件の専門である特殊班が中心になっている。鷹野の名前は二班にあった。

自分の名前はどこだろう。リストを最後まで確認したが、塔子の名前はどこにも載っていなかった。

——外されたんだな。

少し残念だったが、仕方がないと思った。これは失敗の許されない作戦だ。体力面で男性に劣る塔子には、出番がないのだろう。

そんなことを考えていると、樫村が手招きをした。

「如月くん、こちらへ」

「はい?」

不思議に思いながら、塔子は席を立ち、前に出ていった。

塔子を捜査員たちのほうに向かせて、樫村は言った。

「捜査一課十一係の如月塔子巡査部長です。身長は百五十二・八センチ。みんな、この顔をよく覚えておくように」

「あの、これはいったい……」塔子は樫村の顔を見上げた。

「君が二億円を運ぶんだ」

「えっ」塔子は目を見開いた。「ど……どうして私なんですか?」

「犯人は運搬役として、女性を指定している」

「でも、特殊班には女性がいますよね」

塔子は部屋の中を見回した。すぐに広瀬奈津美と目が合った。彼女は複雑な表情を浮かべている。

今はスーツを着ているが、普段着になれば、広瀬は一般人に見えるはずだ。こういうときのためにこそ、彼女が特殊班にいるのではなかったか。

「君を選んだのは、私だ」

うしろから声がした。驚いて塔子が振り返ると、吉富部長がこちらを見ていた。

「広瀬くんは特殊班に来て、まだ七ヵ月だ。経験が浅い」

「ですが……私も、こういう事案には関わったことがありません」

「君は捜査員として、いくつも危機を乗り越えてきた。如月くんなら臨機応変に行動できるはずだ。神谷課長も賛成してくれている」

「……そうなんですか？」塔子は神谷に目を向けた。

「そうだ」神谷はうなずいた。「どういうわけか、おまえには運もある。行ってこい」

大変なことになってしまった。まさか、自分が二億円を運ぶ役になるとは、考えてもみなかった。

「不満か、如月くん」吉富が尋ねた。

「いえ、そういうわけでは……」

「これはチャンスだと考えてくれ。今回は女性警察官でなければ、金を運ぶことができない。君が適任者なんだ」

たしかに、と塔子は思った。この大役を無事に果たせば、自分はみなに注目されるだろう。塔子の活動が評価されれば、刑事を目指して頑張っている後輩たちへの追い風にもなる。

そしてもうひとつ。これは、刑事・如月塔子がいつまでも半人前ではないことを証明する、いい機会でもあった。

塔子はそっと、鷹野の様子をうかがった。注目してくれているかと思いきや、彼は腕を組んで天井を見上げている。まあ、そういう人だから仕方がない。

「できるな？」吉富部長があらためて尋ねた。

「はい。ぜひ、やらせてください」

「これを逃したら、もう二度と犯人とは接触できないだろう。失敗は許されない。だが、君ならうまくやってくれると信じている」

「頑張ります」

塔子が答えると、吉富は深くうなずいた。

会議は終了となった。捜査員たちは班ごとに集まり、早速段取りの確認を始める。

樫村が赤いキャリーバッグを持ってきた。ファスナーが開かれ、中に一万円の札束が見えた。

「二億円だ。犯人に言わせれば、これが千三百万人の命の代金、ということになるんだろう。あとで照合できるよう、紙幣のナンバーはすべてビデオカメラで撮影しておいた。バッグの底には発信器が仕掛けてある。布の間に縫い込んでおいたから、途中で落ちてしまうことはないはずだ。……如月くん、ちょっとこのバッグを引いてみてくれ」

塔子はハンドルをつかみ、バッグの本体を傾けてみた。タイヤのおかげで移動自体は問題ないが、やはり二十キロの荷物は重い。普段買っている米の袋が五キロだから、その四倍ということになる。試しに、両手でバッグを持ち上げてみたが、何歩か進むうちによろけてしまった。

「どうだろう。行けそうか？」

「ええと……はい、階段以外なら大丈夫だと思います」

「君がこれだけ苦労するんだから、犯人も片手で持っていくなんてことは無理だろう。色の指定はされていないから、目立つ赤にしておいた。これなら遠くからでもよくわかる」

「そうですね、たしかに」

樫村はテーブルの上を指差した。

「この携帯電話に、犯人から連絡が入る。その指示に従って行動してくれ。……それから、こっちは無線機だ。使い方はわかるね？」

「はい。捜査で何度も使っていますから」

「イヤホンを耳に付けて歩いてくれ。マイクは外から見えにくいよう、洋服の襟元に付ける。犯人から電話がかかってきたら、できるだけ内容を復唱してほしい。そうすれば、こちらに情報が素早く伝わる」

「わかりました」

「移動するよう指示されたら、これを使ってくれ」

ＪＲや私鉄で使えるＩＣカード乗車券が二枚。それから、紙幣と硬貨の入った財布がひとつ。この現金はタクシーなどに乗るとき、使うのだろう。

「あの……犯人が接触してきたら、どうすればいいんでしょうか」塔子は尋ねた。

「君はあくまで運搬役だ。相手にこのバッグを渡して、我々に状況を伝えてくれればいい。抵抗したり、追いかけたりする必要はない」

「困ったときは、樫村係長に相談すればいいんですよね」

「そうだ。心配はいらない。君のことは、我々が必ず守ってみせる」

樫村の表情を見ているうち、塔子の心は落ち着いてきた。この人は信用できる、という気持ちになった。

——それに比べて、うちの主任さんは……。

会議室の中を見回してみた。鷹野は二班のメンバーたちと打ち合わせをしている。塔子のほうは、ちらりとも見てくれない。

「あの、如月さん。すみませんでした」

広瀬奈津美が、塔子のそばにやってきた。

「私が経験不足だったせいで、こんなことになってしまって」

「気にしないでください。私はひとりじゃありません。先輩たちを信じて、頑張ってきます」

「……如月さんってすごいですね。同じ女性警官として尊敬します」

「いえ、そんな」

と謙遜してみせたが、正直なところ、広瀬にそう言ってもらえたのは嬉しかった。

行ってきます、と塔子は言った。

4

新目白通りを進んでいくと、フロントガラスの向こうに目的地が見えた。

少し手前で、車にブレーキがかかった。塔子は助手席から外に出る。三班のメンバーが、トランクから赤いキャリーバッグを下ろしてくれた。

車はすぐに走り去った。塔子はバッグを引っ張って、その建物に近づいていった。

都営早稲田アパートは、十四階建ての巨大な集合住宅だった。建物の感じが南砂団地と似ているのは、同じ東京都住宅供給公社の物件だからだろう。

しかしこのアパートには、南砂団地と大きく異なる点があった。建物の敷地内に駐車スペースがあり、そこが都営バスの車庫になっているのだ。看板を見ると、東京都交通局の早稲田自動車営業所だとわかった。

フェンスのそばに立ち、塔子は周囲を見回した。

新目白通りをタクシーやトラック、営業車両などが走っていく。渋滞というほどの混雑ではないが、スムーズに進んでいるとも言えないようだ。

イヤホンから樫村の声が聞こえてきた。

「こちらは前線本部・樫村。如月くん、感度はどうだ」

マイクに向かって、塔子は返事をした。

「如月です。感度、問題ありません。今、早稲田アパートの前に着きました。このまま待機します」

「本部了解。よろしく頼む」

塔子は腕時計を見た。時刻は午後一時五十分だ。

気持ちが張り詰めていた。油断なく、歩道と車道に目を走らせる。

視野には入っていないが、塔子の周辺には多くの捜査員が配置されていた。無線を通じて、彼らの声が耳に飛び込んでくる。

「……こちら一班一組、配置に着きました」

「……二班五組より報告。自販機のそばにいた男は、先ほど立ち去った。関係者ではない模様」

「……一班三組です。所定の位置で住民が雑談中。少し東に移動します」

捜査員たちは、じっと塔子を観察しているはずだった。ここで失態を演じれば、大勢の仲間たちに目撃されることになる。緊張しながら、塔子はキャリーバッグのハンドルを握り締めた。

腕時計の針が二時を指した。十秒、二十秒と秒針が動いていく。電話はかかってこない。一分、二分と経過したが、それでも連絡はない。

どうしたんだろう、と思い始めたとき、ついに携帯電話が鳴った。

「こちら如月です。電話が来ました。出ます」

マイクにそうささやいてから、塔子は電話機の通話ボタンを押した。

「もしもし……」

「私だ」機械で変えた声が聞こえた。「金は持ってきたな？」

「ええ。現金はキャリーバッグに入れてきました」

「自己紹介をしておこうか。私はMH、この脅迫事件の犯人だよ。あんたの名は？」

「あなたはMHですね。知っています」若干不自然な喋り方になるが、できるだけ本部に情報を伝えなくてはならない。「私は佐藤《さとう》といいます」

電話の向こうでMHは笑った。

「こんなところで偽名を使わなくてもいいだろう。もう一度訊く。名前は？」

「……すみません、本当の名前は如月です」

名前を訊かれたら、最初は佐藤と答えること。塔子は、そう指示されていた。佐藤や鈴木というのは、警察関係者がよく使う偽名なのだ。それを相手は一瞬で見抜いた。やはりこの男は平野だと、塔子は確信した。

「ふん。まあ、信じてやろう。では如月、早速移動してもらおうか。新目白通りを西に向かって歩け。じきに都電の早稲田停留場がある。そこから荒川線に乗れ」

犯人は「停留所」ではなく、「停留場」と言った。塔子にはわからないが、それが正式名称なのかもしれない。

「早稲田停留場から都電荒川線ですね？　どの電車に乗ればいいんですか」

「どれでもかまわない。すべて終点・三ノ輪《みのわ》橋《ばし》行きになっているはずだ」

「そうですか。どの電車に乗ってもいいんですね」

「また連絡する。電車の中でも電話に出られるようにしておけ」

通話は終わった。

塔子は無線のマイクに向かって、

「如月です。聞こえましたか？　都電荒川線で移動です」

「こちら本部・樫村。状況はわかった。荒川線に乗ってくれ。ただ、その指示が罠だという可能性もある。移動中、バッグを強奪されないようくれぐれも注意してほしい。如月くんと同じ車両に、一班の一組と二組を乗せる。一班のほかのメンバーは、次の電車であとを追わせる」

そこで一度、声が途切れた。ややあって、話の続きが聞こえてきた。

「……今、都電荒川線の路線図を調べた。途中で分岐はなく、ルートは一本だ。ＪＲ大塚《おおつか》駅前、王子《おうじ》駅前を経由して荒川区の三ノ輪橋が終点となる。二班と三班には車で先回りさせよう。いつ降りろと言われるかわからないから、ひとつひとつの停留場に捜査員を配置する。停留場付近に不審者がいれば、事前にマークさせる。以上だ」

「如月、了解しました」

塔子はキャリーバッグを引いて、新目白通りを歩きだした。ここは片側三車線の大きな道路だ。あまり目立ちたくないのだが、タイヤにゴムが装着されていないため、ががらと大きな音がする。

誰かが横を通るたび、塔子は神経を尖らせた。このバッグには二億円が入っている。慎重に行動しなければならない。

途中に横断歩道があって、路面の段差に少し苦労した。まだバッグの扱いに慣れていないのだ。

そのうち車道が片側二車線になり、道の中央に雨よけの屋根が見えてきた。都電の早稲田停留場だ。プラットホームには電車が停まっている。一両だけのワンマンカーらしい。

都内の鉄道は一通り知っているつもりだったが、都電荒川線を使うのは初めてだった。どうやって乗るのだろうと、塔子は停留場の表示に目をやった。荒川線はどこからどこまで乗っても、料金は同じだそうだ。ポケットを探ってICカードを用意した。

並んでいた客が、順番に前のドアから入っていく。塔子もそれに続いた。

二十キロあるバッグを持ち上げ、電車に乗せる。運転席の横に、料金箱やカードの処理装置があった。ICカードをかざしてから、塔子は奥に進んだ。

車両後方に行き、横長シートの端に腰を下ろす。キャリーバッグはシートの脇に置き、ぐらつかないよう、ハンドルに手をかけた。いつ電話がかかってくるかわからないから、携帯電話はバイブレーターモードにしておく。

塔子は車内を観察した。早稲田停留場から乗り込んだ客は、自分を除くと七人だった。そのうち四人は捜査員だから、一般人は三名だ。中年の女性、学生ふうの男性、そして三十代ぐらいの、ジャケットを着た男性だった。

中年女性が関係者だとは考えにくい。注意すべきなのは、学生ふうとジャケットの男だろう。じっと見つめていると、ジャケットが急にこちらを向いた。塔子は慌てて目を逸らした。

定刻になったらしく、ドアが閉まって電車は動きだした。

路面電車という名前のとおり、新目白通りを自動車と併走する形になった。乗用車よりも目線が高いため、景色を見ていると不思議な気分になる。

面影橋《おもかげばし》停留場の先で線路は右にカーブし、車道から外れて専用軌道を走り始めた。明治通りに沿って北上したあとは、住宅街に入っていく。

秋の午後、窓外の町並みには穏やかな雰囲気があった。しかし塔子は落ち着かず、ずっとぴりぴりしている。車内には乗客が増えてきた。こうなると、誰もが怪しく見えてくる。

携帯電話が振動した。

「電話が来ました」塔子はマイクにささやいた。

「本部了解」すぐに樫村の声が返ってくる。

塔子は通話ボタンを押し、電話機を耳に当てた。

「もしもし……」

「如月か。今、どこにいる？」犯人の声が聞こえた。

「雑司《ぞうし》ヶ谷《や》を出たところです」

近くに立っていた女性が、こちらを睨んでいるのがわかった。車内で通話をするのはマナー違反だ。

しかし今は、重要な捜査の途中だった。口元を手で覆いながら、塔子は小声で言った。

「どこで降りればいいんですか？」

「慌てることはないだろう。せっかく荒川線に乗ったんだ。景色を楽しむといい」

電話は切れた。塔子は女性に向かって、軽く頭を下げた。

やがて、車内はひどく混雑してきた。奥のほうへ進んでください、というアナウンスが頻繁に流れるようになった。

ほかの客に押されて、白髪の女性が塔子の前にやってきた。つかまる場所がなくて困っている様子だ。

見かねて、塔子は席を立った。

「あの……ここ、どうぞ」

すみません、と言って女性は座席に腰を下ろした。塔子はキャリーバッグを引き寄せ、窓際に立った。

大塚駅前停留場で、かなり客が入れ替わった。しかし降りた人数より、乗り込んだ人数のほうが多かったようだ。身動きができなくなってきた。

同乗している捜査員の姿も、もう見えない。近くにいるとは思うのだが、きょろきょろするのも変なので、塔子はじっとしていた。

庚申塚《こうしんづか》で、混雑は決定的になった。

たしかこの近くには巣鴨地蔵通り商店街があり、「おばあちゃんの原宿《はらじゅく》」などと呼ばれていたはずだ。ホームには中高年者の長い列が出来ている。

すでに車内は、朝のラッシュ並みの状態だった。塔子は窓際で、必死になって体を支えた。キャリーバッグのせいで足下が狭く、体が斜めになってしまう。腕を強く突っ張って、体勢を維持しなければならない。

次の電車をご利用ください、と運転士がアナウンスをした。

ドアが閉まり、すし詰め状態のまま電車は走りだした。乗り切れなかった利用者は、ホームに取り残されている。

——こんなに混んで、お年寄りは大丈夫なのかな。

と、そこで急ブレーキがかかった。乗客が大きくよろめき、あちこちで軽い悲鳴が上がった。

「ちょっと、誰か倒れたよ」

「大丈夫ですか。ここにつかまって」

「すみません、すみません」

そんな声が聞こえた。ややあって、電車は再び動きだした。

これでは、とげ抜き地蔵を拝みにいくのも一苦労だ。そう思っていると、車両がまた大きく揺れた。塔子は窓ガラスに押しつけられた。

王子駅前で少し車内が空いた。朝のラッシュ並みだった混雑が、夕方のラッシュぐらいにまで緩和された。

そのうち、塔子のそばに体の大きな男性が立った。年齢は二十代半ば、ジーンズにウインドブレーカーという恰好だ。窓のほうに顔を向けているが、ときどきこちらの様子をうかがっている。

この男ならキャリーバッグを片手で運べるのではないか、と塔子は思った。しかし、こんなに混雑した場所でバッグを奪うだろうか。いや、違う。今すぐではない。もう少し車内が空いてから、犯行に及ぶのかもしれない。

電車が次の停留場に着いた。ドアが開く。

男がこちらに体を向けた。やるのか。ついに実行するのか。塔子は相手を睨みつけた。その顔を、記憶に留めようとした。

「降ります」男は言った。「すいません、降ります」

ほかの乗客を掻き分けて、彼は出口のほうに進んでいった。

男の姿が見えなくなってから、塔子は深いため息をついた。左右の手が汗ばんでいた。

途中の混雑で、電車は少し遅れたようだ。出発してから一時間ほどのち、三ノ輪橋停留場に到着した。

――終点まで来ちゃったけど、どうすればいいんだろう。

塔子は車両の隅に立ち、乗客が降りていく様子を観察した。こちらに注目している人物はほとんどいない。ひとりだけ塔子を見たのは、ジャンパー姿の男性だ。これは一班の捜査員だった。ほかに三名の刑事が乗り込んでいたはずだが、みな先に外に出たらしい。

ジャンパーの刑事が降車したあと、塔子はバッグを持ち上げ、ホームに降りた。

改札口などはないから、そのままホームの外に出ることができた。辺りには、住宅と商店が混在している。一本裏の道には、隣の停留場まで続く長い商店街があるようだった。

見通しのいい道端で、塔子はマイクに話しかけた。

「如月です。三ノ輪橋に到着しましたが、まだ連絡はありません」

「そのまま待機してくれ。通行人に注意すること」

「了解」

電話を取り出して、バイブレーター機能を解除しておいた。

仲間たちは物陰からこちらを見ているはずだった。キャリーバッグのそばに立ち、塔子は連絡が来るのを待った。

五分ほどして、ようやく携帯電話が鳴った。

「もしもし」

「三ノ輪橋に着いたか？」例の、ボイスチェンジャーを通した声だ。

「ええ。今、三ノ輪橋停留場のすぐそばにいます」

「東側に国道四号がある。広い通りだ。そこを北に向かって進め」

「国道四号を北方向ですね。歩いていきますか？」

「そうだ。歩いていけ」

電話は切れた。

「如月です。国道四号を、徒歩で北の方向に進みます」塔子はマイクに向かってささやいた。

「本部了解。北方向に車両を展開させる」

塔子は移動を開始した。キャリーバッグを引いて、狭い路地を抜けていくと、目の前に大きな通りがあった。国道四号だ。かなり交通量が多く、大型のトラックが目立っている。

がらがらと音を立てながら、キャリーバッグを引っ張っていった。

自分は単なる運び役だが、犯人が現れたらしっかり人相着衣を記憶しよう、と塔子は思った。顔を隠しているようなら、相手の特徴なり癖なりを見いだすのだ。それが犯人確保のための手がかりになるかもしれない。

また電話がかかってきた。

「私だ。交番の前を通りすぎたら、次の信号を左に曲がれ。あとはまっすぐだ。スポーツセンターの前で待て」

こちらが復唱する間もなく、電話は切れてしまった。

マイクを使って、塔子は今の内容を樫村に伝えた。

「スポーツセンターか。わかった。そのまま進んでくれ」と樫村。

塔子は、何気なく辺りを見回すようなふりをした。

ちらほら人影があったが、ジャンパーの男性以外は、誰が捜査員なのかはっきりしない。路上には乗用車が数台停まっていた。おそらく捜査用の車両だろう。

妙だな、と塔子は思った。

スポーツセンターの前で待て、と犯人は言ったが、そこから先どうするつもりなのだろう。辺りはごく普通の住宅街で、見通しのいい道路が続いている。こんな場所で金を奪い、逃げきれると考えているのだろうか。

そんなはずはない、という気がした。この事件を計画したのが平野なら、警察の動きをよく知っているはずなのだ。

やがて、マンションだろうか、白い建物がふたつ見えてきた。その先の、前面がガラス張りになった建物が、スポーツセンターだろう。

ふたつの白い建物に近づいてみて、塔子ははっとした。手前の十階建ては、たしかにマンションだ。だがその隣、マンションとスポーツセンターの間にある五階建ては、民間の建物ではない。

南千住《みなみせんじゅ》警察署だった。

以前、来たことがあるのを思い出した。あのときは車だったから、周囲の建物までは覚えていなかったのだ。

──平野はいったい、何を企んでいるんだろう。

塔子は南千住署の前を通過した。その先、スポーツセンターの体育館が見える場所で足を止める。

周囲を見回してみた。ジャンパー姿の男性は、どこかに身を隠したようだ。白い乗用車がスポーツセンターの角を曲がっていく。三班のメンバーが、周辺をチェックしているのだろう。

自転車に乗った中年男性が、塔子のそばを通っていった。不審な動きはない。宅配便のトラックが走っていったが、やはり異状はみられない。

十分たった。どうしたものかと考えていると、携帯電話が鳴りだした。

「もしもし」

「スポーツセンターの前に着いたか?」犯人の声だった。

「ええ、今スポーツセンターの前に立っています」

「隣に警察署があるだろう」

「ありますね。南千住警察署です」

「道を渡れ。警察署の斜め向かい、スポーツセンターの正面に工務店がある。そこへ行け」

塔子は顔を上げた。

「警察署の斜め向かいの工務店……。はい、そこに行きます」

左右を確認してから、道路を横断した。力を込めて、キャリーバッグを歩道の上に持ち上げる。

工務店にはシャッターが下りていた。手書きの貼り紙がある。

犯人との電話はまだつながっていた。塔子は相手に問いかけた。

「ここでいいんですか? 都合により、しばらく休業いたします、と書いてありますが」

「そうだ」犯人は言った。「店の脇に、廃棄物置き場があるだろう」

「店の脇、廃棄物置き場ですか……」

塔子は建物の右手に回った。ブロック塀で囲まれた、雨ざらしのスペースがあった。パイプや棒きれ、汚れたガラスや化粧板など、廃材が置かれている。

「ありました」

「そこがゴールだ。短い時間だったが、楽しかったよ。じゃあな」

唐突に電話は切れた。

どういうことだろう。塔子は無線のマイクに向かって報告した。

「如月です。犯人は、ここがゴールだと言って電話を切りました」

「こちら本部・樫村。金はどうした？」

「金のことは何も言われませんでした」

「気をつけろ。近くに不審な人物はいないか」

慌てて、塔子は辺りに目を走らせる。

「いえ、誰もいません」

「そうか。君を追跡しているメンバーからも、不審者発見の報告は上がっていない。……念のため、そのまま十五分待機してくれるか」

「如月、了解しました」

おかしい、と塔子は思った。今日の受け取りはあきらめたということだろうか。いや、そう思わせておいて、どこかから見張っているのかもしれない。たとえば、あの十階建てのマンションから見ている、ということは考えられないか。

塔子は工務店の陰に隠れた。バッグから単眼鏡を取り出し、マンションの各階をひそかにチェックする。だが、ベランダに人影はなかった。

工務店の周囲をぐるりと歩いてみた。特に気になる点はない。店の正面に戻って、あらためて廃棄物置き場に目をやった。そこで塔子は気がついた。

化粧板の陰に、何かある。あれは——布団袋だろうか？

塔子はもう一度周囲を確認した。近づいてくる者はいない。キャリーバッグをその場に置き、手袋を嵌めた。

廃棄物置き場に足を踏み入れ、化粧板を取りのける。灰色の布団袋があった。口の部分は紐で縛られている。あちこちに赤茶色の染みが付いていた。

震える指先で、塔子は袋の口を開いた。

最初に見えたのは髪の毛だった。そして、白目を剝《む》いた顔。息はしていない。

男性の遺体だった。年齢は四十代半ばだろうか。横たわった状態で、布団袋の中に押し込められていた。

「樫村係長！」マイクに向かって、塔子は言った。「遺体です。ここに男性の遺体が……」

「なんだって？　どういうことだ」

「工務店の廃棄物置き場で、男性の遺体を発見しました」

「……わかった。すぐに追跡メンバーを向かわせる」

どこに身を隠していたのか、わずか一分ほどで捜査員六名が集まった。ジャンパーの刑事も交じっている。

捜査員たちは、布団袋から遺体を引きずり出した。

その男性はジーンズにシャツ、セーターという恰好だったが、胸には赤茶色の血液が付着していた。よく見ると、後頭部にも血がこびり付いている。

だが、何より異様だったのは、首にナイロン製のロープが巻かれていることだった。

「この部分、結んであるな」刑事のひとりが言った。

ロープの一端は、輪になっていた。それが遺体の首に掛けられていたのだ。

「投げ縄のような形か」とジャンパーの刑事。

「いえ、そうではないと思います」

塔子が言うと、捜査員たちは一斉にこちらを見た。

「どういうことだ？」

「これは首吊りのロープじゃないでしょうか」

「……しかし、マル害は胸を刺されている。どう見ても殺しだろう」

「違うんです」塔子は大きく首を振った。「これは偽装なんですよ。馬鹿馬鹿しいほど稚拙な、犯人の偽装なんです」

5

午後五時過ぎ、塔子と追跡班のメンバーは桜田門に戻っていた。

あれ以降、犯人からの連絡はない。二億円の受け渡しについては、中止されたと考えるしかなかった。吉富部長や神谷課長は、幹部席で渋い表情を浮かべている。みなが揃ったのを見て、樫村がスクリーンの前に進み出た。

「報告会を始めます。まず、現在の状況。犯人の指示に従い、運搬役の如月巡査部長が都電荒川線に乗りましたが……」

終点で降りたあと南千住警察署まで歩かされたこと、その斜め向かいの工務店で男性の遺体を発見したこと、犯人からの連絡が途絶えたことを、樫村は伝えた。

「所持品から身元が判明しました。被害者は会社員、安斎隆伸《あんざいたかのぶ》、四十四歳、独身。南千住署から徒歩七、八分、荒川八丁目にある戸建て住宅に住んでいました。昨夜は遅くまで自宅で酒を飲んでいたため、普段着姿だったようです。殴打されたあと、浴室で胸を刺されて死亡したことがわかりました。脱衣所では、例の足跡も見つかっています。犯人は遺体を布団袋に入れ、車に乗せて遺棄現場に運んだものと思われます。南千住署で防犯カメラの映像を確認してもらいましたが、道路の反対側にある工務店までは記録されていませんでした」

プライバシーの問題があって、署に出入りする者だけを撮影するようになっているのだろう。もともと樫村も、カメラの映像にはあまり期待していなかったようだ。

「正確なところはわかりませんが、今のところ、安斎の死亡推定時刻は本日午前零時から二時とみられています。そのあと、犯人は夜が明ける前に、遺体を工務店に運んだんでしょう。周辺で聞き込みを行っていますが、まだ目撃証言は出ていません」

「犯人の狙いは何だ？」

幹部席から声がした。神谷課長だった。

「結果から考えると、如月巡査部長を、遺体のある場所まで誘導したように思えますが」

「早稲田から都電荒川線に乗って約一時間か。たしかに、遺体のある場所まで連れていったように見える。だが、そうだとしたら二億円はどうなるんだ」

「なんらかの事情で受け取りをあきらめた。あるいは最初から受け取る気がなかった。そのどちらかでしょう」

「電話の発信地はわかったのか」

「十四時過ぎにかかってきた電話は、新目白通りの、あるビルから発信されたものです。携帯電話からでした。しかしそれがわかったときにはもう、犯人はビルから立ち去っていたようです。その後も電話がかかるたびに発信地を割り出したんですが、犯人は移動を繰り返していました」

「奴は如月のあとを追っていたのか？」

「いえ、如月巡査部長に近づいたのは早稲田のときだけです。あとは都電荒川線のルートから、かなり離れた場所でした。南千住署にも近づいた形跡はありません」

犯人の居場所である「点」をつないで、「線」にすることはできた。だが出来上がったその線から、意味が読み取れないということだ。

「テストという可能性もあるな」吉富部長が口を開いた。「平野は警察の捜査方法を熟知している。まず、捜査の規模や人員配置を確認したかったんじゃないだろうか」

「そうだとすると、今日、金を受け取るつもりはなかったわけですね」樫村は表情を曇らせた。「本当の受け取りは明日以降となる。金とは無関係に、安斎は殺害された。本日分の被害者として……」

塔子は唇を嚙んだ。布団袋に押し込められ、目を大きく見開いた安斎の姿が頭に浮かんでくる。

犯人は今日のノルマとして安斎を殺害した。警察は今日のノルマとしてその遺体を見つけなければならなかった。だから犯人は、塔子をあの場所へ誘導した。そういうことなのだろうか。

——二億円を持っていけば、もう被害者は出ないと思っていたのに。

裏切られた気分だった。

犯罪者を相手に、信頼関係など成り立たないのはわかっている。だが、これは脅迫事件だったはずだ。こちらは身代金を用意して、わざわざ指定の場所へ運んでいった。それなのに犯人は金を受け取らず、あらたな遺体のもとへと、塔子を誘導した。相手がなぜそんなことをしたのか、塔子にはわからなかった。少なくとも、命と金との交換については、フェアな態度で臨むべきではないのか。これでは、ルールも何もない。

と、そこで塔子は気がついた。昨日の脅迫電話で、犯人は言った。「私は取引をしているわけじゃない」と。ルールを決めているのは犯人であり、彼がこうだと言えば、自分たちはそれに従うしかないのだ。そして彼の周囲には、無防備な東京都民が千三百万人もいる。

あらためて、この事件の特殊性を考えさせられた。

「遺体が南千住署のそばに置かれていたのは、やはり警視庁への恨みから、ということになりますよね」

　樫村が問いかけると、神谷は眉をひそめた。強い調子で、

「それ以外にどんな理由が考えられるんだ？　前回は独身寮、今回は警察署。奴は我々を挑発しているんだよ。目の前で死体遺棄が行われたのに、南千住署の人間は誰ひとり気がつかなかった。いったいおまえたちは何をやっているんだと、平野はあざ笑っているに違いない。……まったく情けない話だ。そうだろう？」

　神谷は会議室の中を見回した。捜査員たちはみな、深刻な顔で黙り込んでいる。

　樫村は軽く咳払いをした。

「今日の南千住事件についても、過去二件と同様、十一係に捜査してもらう形になります。ですが、三人目の被害者を出した今、事態は切迫しています。我々特殊班も、全力を尽くして捜査しなければなりません」

「当然だ」と神谷。

「今回、ポイントとなるのは都電荒川線です。犯人は電車の移動時間まで把握していたと思われます。となると、荒川線の利用者かもしれない。このあと組分けをして、荒川線沿線、および南千住署の周辺で聞き込みを……」

「おい待て、樫村」神谷の声が飛んだ。「荒川線沿線なんて調べても無駄だ。それより、平野の捜索を優先させろ。実家には行ってみたのか？」

「はい。報告によると、平野元巡査部長は……」

「『平野』でいい」

「……平野は、もう五、六年、実家には戻っていないそうです。事件後も連絡はなし。同級生や友人にも当たっていますが、まだこれといった情報は出ていません。一年前転居したあとの住所もわかっておらず、潜伏先は不明です」

神谷は舌打ちをした。それから、樫村をじっと見つめた。

「なあ樫村。正直なところ、どうなんだ。特殊班で手に負えないようなら、平野の件も十一係に任せるか？」

「でも、今は十一係も手一杯だと……」

「おまえたちの手に余るのなら、無理にでもやらせるしかないだろう？」

樫村は口を閉ざした。少し考えてから、険しい表情でこう言った。

「いえ、我々にやらせてください。必ず、平野の居場所を突き止めてみせます」

定型的な誘拐、恐喝事件なら特殊班だけで事足りる。だが、今回の事案はきわめて難しいケースだった。殺人と脅迫が同時進行するという、これまで誰も経験したことのない事件なのだ。

それでも樫村は、自分たちで平野を捜すと言う。これはセクショナリズムというより、捜査員としての意地だろう。すでに犯人の身元はわかっているのだ。これで平野を発見できなければ、特殊班の沽券《こけん》に関わる。

「わかった。報告があれば、すぐに上げてくれ」

神谷にしても、特殊班の捜査能力が低いとは考えていないはずだった。先ほどの問いかけは、おそらく奮起を促すためのものだろう。

報告会が終わると、捜査員たちは班ごとに集まって個別の打ち合わせを始めた。

塔子は鷹野のそばへ行き、軽く頭を下げた。

「運搬の任務、終了しました」

「ご苦労さん。緊張したか？」

「大変でしたよ。私、体が小さいから、段差のところで苦労しました」

「二億の重みを実感したわけだな」

塔子は幹部席のそばにある、赤いキャリーバッグに目をやった。今も、二億円はその中にある。

バッグの隣で、神谷課長が手招きしているのが見えた。塔子は鷹野とともに、幹部席に向かった。

神谷は資料を鞄に入れながら、小声で訊いてきた。

「十一係のほうでも、平野のことを調べられないか？」

「……さっき、特殊班が頑張ると言っていましたが」と鷹野。

「今、我々がどんな状況にあるか、わかっているだろう。どっちが突き止めてもいいんだ。とにかく一刻も早く平野を見つけ出せ」

「情報交換しながら、やっていくはずだったのでは?」

「嫌みを言うなよ」神谷は顔をしかめた。「いちいち会議をしていたんじゃ、動きが鈍くて仕方がない。今回の事件は、今までとは訳が違うんだ。もたもたしているとマスコミが騒ぎだす」

「まあ、そうでしょうね」

「何か困ることがあれば、直接、俺の携帯に連絡をくれてもいい」

「……捜一の課長が、一介の捜査員に、携帯の番号を教えるんですか?」

「誰にでも教えるわけじゃない。ほら、早くメモしろ」

課長がそこまで言うのだから、よほど切羽詰まっているのだ。いや、それだけ鷹野が信頼されているということか。

鷹野はメモ帳に、神谷の電話番号を書き付けた。

「神谷課長、もう出られるか」

吉富部長がこちらにやってきた。はい、ただいま、と言って神谷は鞄のファスナーを閉める。

「如月くん、頑張ってくれ」塔子に向かって、吉富部長は言った。「厳しい状況だが、こういうときこそ刑事部の真価が問われるんだ。わかるな?」鷹野が尋ねた。

「はい、よく理解しています」

「……部長。次は、どこの特捜本部ですか」メモ帳をしまいながら、

「高井戸署で強盗殺人の捜査指揮をして、そのあとは三田署だ」

「三田署は企業恐喝事件でしたね。その後、どうなっています?」

「昨日今日と、犯人からの連絡は来ていない。怖じ気づいて恐喝をやめたのか、それともタイミングを計っているのか……。とにかく、予断を許さない状況だよ」

大きな事件が重なっているせいだろう、刑事部長の表情にも疲れの色が見えた。

神谷と言葉を交わしながら、吉富は廊下に出ていった。


夜の会議までには、まだ二時間以上ある。塔子たちは聞き込みに出かけた。

「平野を捜せと言われたが、その件ではすでに樫村さんが動いている。今は安斎のことを調べるのが先だと思う」

鷹野の判断で、ふたりは第三の被害者・安斎の勤務先に向かった。

安斎隆伸が勤めていたのは、板橋《いたばし》区高島平《たかしまだいら》にある葬儀社だった。自前の葬祭ホールをいくつか持っているが、ここ高島平にあるのは本社事務所だという。

安斎の上司である課長が、塔子たちをソファに案内してくれた。

「お電話頂戴しまして、本当に驚きました」仕事柄《がら》だろう、彼はささやくような調子で言った。「今日、安斎くんが無断欠勤したことは知っていたんですが、まさか事件に巻き込まれていたなんて」

「昨夜、殺害されたようです。安斎さんについてお訊きしたいんですが、仕事場での様子はいかがでしたか」

「細かいところに気がつく人でした。受付に杖や老眼鏡を用意したり、車椅子を常備しようと会社に提案してくれたり……。高齢のご遺族には、特に評判がよかったと思います」

「私生活のほうはどうでした？　トラブルを抱えていたという話はないでしょうか」

「トラブル、ですか……」

一瞬、相手は目を逸らした。そのサインを塔子は見逃さなかった。

「気になることがあれば話してもらえませんか。情報がなければ、犯人は捕まりません。犯人が捕まらなければ、殺人事件がさらに繰り返されるおそれがあります」

しばらくためらっていたが、やがて課長は話しだした。

「一度だけ会社の人間と一緒に、彼の家を訪ねたことがありました。ところが飲み続けるうち、安斎くんは人が変わったようになってしまって……。暴れるわけではないんですが、とにかく大声で騒ぐんです。窓を開けて、何か世間に対する不満のようなことを叫んでいました。私たちが宥《なだ》めようとしてもおさまらなくて、まいりました。普段は真面目な人なんですが、ストレスのせいだったんでしょうか。

そのうち近所の人が、静かにしてほしいと言ってきたんです。ところが安斎くんは、まったく聞き入れようとしませんでした。じきに本人が寝てしまったので、代わりに私たちが謝る羽目になりまして……。近所の人の話では、安斎くんはひとりで飲んでいても何か喚《わめ》きだすことがあったそうです。とにかく迷惑しているんだと、愚痴を聞かされました」

昨夜が特別だったのではなく、彼は普段からひとりで飲むタイプだったらしい。

酔ったときの行動は人それぞれだ。塔子も所轄時代に酔っぱらいの対応を経験したが、とにかく話が通じなくて困ってしまった。ところがそういう人物に限って、酔いが醒めると途端におとなしくなる。その落差にまた驚かされたものだった。

「菊池康久、横川直弥という名前を聞いたことはないでしょうか」塔子は質問を変えた。

「……いえ、記憶にありませんが」

ふたりの写真を見せてみたが、知らない顔だと言う。

ここで鷹野が口を開いた。

「安斎さんは金について、何か話していませんでしたか。借金をしていたとか、逆に、誰かに金を貸していたとか」

「さあ、そういった話は特に……」

「では、何か副業を持っていたということは？」

課長の目がきょろきょろと動いた。思い当たる節があるらしい。

「立場上、私が知っていてはまずいことなんですが」

「情報源は秘密にします。安心してください」鷹野はうなずいてみせる。

「……じつは、安斎くんは知人と一緒に、何かの商売をしていたようなんです。ただ、会社の仕事はきちんとやっていましたから、私も大目に見ていまして」

「どんな商売です？」

「詳しいことは知りません。ただ、飲んでいるときに安斎くんが口にした言葉を覚えています。『ユウシカイ』がどうのと言っていました」

「ユウシカイ……。どんな字を書くんですか」

「わかりません。何かの有志の会じゃないでしょうか」

聞き出すことができたのは、そこまでだった。謝意を伝えて、塔子たちは葬儀社を出た。

ユウシカイ、ユウシカイ。塔子は歩きながら、呪文のように繰り返していた。そのうち、ふと思いついたことがあった。

「もしかしたら、お金の融資をする会じゃありませんか。菊池は消費者金融について、小田切社長に探りを入れていましたよね。菊池や横川、安斎が、ヤミ金の仕事をしていたということはないでしょうか」

「それはないと思う」鷹野は首を振った。「菊池がヤミ金をやっていたのなら、貸し出す金が必要だ。しかし彼の銀行口座から、まとまった額が引き出された形跡はない」

そうだった。そのことは予備班が調べてくれたのだ。

――でも、三人の被害者は、どこかでつながっていたんじゃないだろうか。

菊池はパソコンを使って、誰かとやりとりをしていた。横川は健康食品の営業マンだった。安斎は葬儀社で働き、高齢者に評価されていたという。いずれも顧客や利用者を相手にして、気を配る仕事だと言える。そこに何か共通点はないだろうか。

あれこれ考えてみたが、納得できる答えは出てきそうにない。

塔子は西の空を見た。太陽はもう、地平線の下に沈んでしまっていた。

強い焦りを感じながら、塔子は夕暮れの町を歩いた。

6

食事を終えると男は立ち上がり、壁のそばに歩み寄った。

そこには、忘れてはならない過去がある。メモ用紙に記された出来事を、彼はひとつずつ確認していく。許せなかった。警視庁は組織の力を利用して、ひとりの仕事熱心な刑事を排除したのだ。

罪に問われた内容は、どれも些細な逸脱だった。取調べの際、反抗的な被疑者の襟をつかんだり、椅子を蹴って転倒させたりするのは、よくあることだ。捜査中、餌となる小さな情報を与えて、より大きな情報を引き出すというのもまた、よくあることだ。多くの捜査員が、同じような経験をしているはずだった。

それなのに警視庁は、さも大きな罪であるかのように騒ぎ立て、ひとりの刑事を退職にまで追い込んだ。

「正義」などという言葉は大仰《おおぎょう》だし、あまり好きではない。だが、あえて今、警視庁の幹部たちに質問したい、と男は思った。おまえたちにとって正義とは何だ？　捜査を続けようとする刑事の首根っこを押さえ、あれこれ理由をつけて組織から弾き出す。それは警察の人間として正しいことなのか？

メモの文字を読んでいくうち、気持ちが高ぶってきた。これだ。この感覚を忘れてはならない。男は特殊警棒を握り締め、今日も壁を殴る。そうやって、憤《いきどお》りを二倍にも三倍にも強めていく。

荒い息をつきながら、彼は椅子に腰を下ろした。

テーブルの前で目を閉じ、頭を抱えた。一度激しく興奮すると、その反動でこうなることが多かった。

人間だからか、と男は思う。だとしたら、人間というのはなんと弱い生き物だろう。高度な文明を築き上げ、世界を豊かなものに変えたというのに、なぜ人はこれほど脆《もろ》いのか。どうして、内側から壊れるようなことが頻繁に起こるのだろう。

いっそ人間であることをやめたら、楽になれるのだろうか。そうかもしれない。人の法に従わず、ためらいも後悔もしないという存在になれたら、きっと自分は幸せだろう。

だが、それができないのだ。人として長く暮らし、常識に縛られてしまった彼には、自分を欺《あざむ》くことができない。

先ほどまで外に向かっていた攻撃衝動は、いつの間にか内側に向いている。男はナイフを取り出し、その切っ先で左腕を傷つけた。自傷行為で何かが解決するわけではない。それはわかっているのだが、どうしてもこの衝動は抑えられない。

痛みを感じて、ようやく生きていることが実感できるのだ。

ナイフの刃に付いた自分の血を見つめ、男は深呼吸をした。

少し気分が落ち着いたところで、事件のことを考えた。

スケジュール表を見て、これから先の計画を確認する。慎重に、あくまで慎重に行動することだ。それが自分のやり方だった。

一枚の写真を手に取った。日中、デジタルカメラで撮影したものを、先ほどプリンターで印刷したのだ。

そこにはあらたなターゲットが写っていた。

本人は何も知らず、油断しきっているに違いない。そこを狙ってやるのだ。相手は抵抗もできないまま、ぶざまに倒れ伏すだろう。数秒後、自分が襲われたと気づいて、絶望的な気分を味わうのだ。そして助けを求め、歪んだ表情を浮かべることになる。

——そうだ。俺に、恐怖の表情を見せてみろ。

それを間近に見ることで、絶対的な優位を実感できるのだ。

男は写真をポケットにしまうと、外出の準備を始めた。

7

塔子は門脇、徳重、鷹野、尾留川とともに城東警察署を出た。時刻はすでに午後九時半を回っている。つい先ほど、夜の会議が終わったところだった。

コンビニで買い物をしたあと、南砂団地に向かった。エレベーターで九号棟の七階に上がり、菊池宅に入っていく。

パソコンルームに鑑識課の綿引がいた。

「お疲れさん、どうだ」

門脇が声をかけると、綿引は目をしょぼつかせながら、

「すみません。ずっと調べているんですが、有力な手がかりはまだ……」

「パソコンってのは本当に面倒なものだな」門脇はランプの点滅する筐体《きょうたい》をつついた。「ぱかっと開けたら、すぐに答えが出てくりゃいいのに」

「飯を買ってきたから、少し休憩するといいよ」尾留川が言った。

塔子はコンビニの袋を広げてみせた。

「綿引さん、何がいいですか。サンドイッチもありますよ」

「え？　僕の好きなもの、覚えていてくれたんですか」綿引の表情が明るくなった。

「これはもう、何が何でも頑張らなくちゃいけませんね」

彼は仕事をしながら食べるという。頼んだぞ、と門脇が肩を叩いた。

台所に移動し、塔子たちはもそもそと弁当を食べた。アルコールが好きな門脇も、今回ばかりはビールのことを口に出さない。事態は切迫していた。犯人を捕らえない限り、明日も被害者が出るおそれがあるのだ。

食事が終わると、門脇は塔子のほうを向いた。

「よし、殺人分析班の打ち合わせをするぞ。如月、ノートだ」

塔子はバッグからノートを取り出し、テーブルの上に広げた。

■警視庁脅迫事件
(一)犯人が警視庁を恨んでいる理由は何か。★犯人は元巡査部長の平野庸次であり、退職させられたことを恨んでいると思われる。
(二)一日にひとりずつ殺害するとしたのはなぜか。★警視庁への挑発だと思われる。
(三)すでに次のターゲットを決めているのか。★四人目のターゲットがいるのか？
(四)単独犯か、複数犯か。ＭＨとは何の意味か。★犯人は元巡査部長の平野庸次であり、ＭＨはマーダーホリック（殺人依存症）の意味だと思われる。

（五）七日、十九時の電話で、背後に聞こえていた音は何か。★ごみ収集車の作業音？
（六）金の受け取りはいつ、どこで行うつもりなのか。★九日は空振り。二回目があるのか？
（七）菊池、横川、安斎の三人に共通項はあるのか。

■南砂事件（被害者……菊池康久）
（一）殺害後、遺体を非常階段に運んだのはなぜか。★早く発見させるためだと思われる。
（二）殺害後、遺体の右手にナイフを握らせたのはなぜか。★自殺を偽装？
（三）菊池を殺害したのはなぜか。
（四）菊池は会社退職後、自宅でどんな仕事をしていたのか。★パソコンで何かのサポート？
（五）菊池はなぜ知人に消費者金融のことを尋ねたのか。

■葛飾事件（被害者……横川直弥）
（一）殺害後、遺体を葛飾署独身寮のそばに運んだのはなぜか。★警視庁への挑発だと思われる。
（二）遺体のそばに睡眠導入剤を残したのはなぜか。★自殺を偽装？
（三）横川を殺害したのはなぜか。
■南千住事件（被害者……安斎隆伸）
（一）殺害後、遺体を南千住署のそばに運んだのはなぜか。★警視庁への挑発だと思われる。
（二）遺体の首にロープの輪を掛けたのはなぜか。★自殺を偽装？
（三）安斎を殺害したのはなぜか。

「これだけ事件が多くなると、問題も山積みだな」門脇は渋い顔をした。

「憂鬱ですね」尾留川がつぶやいた。「警視庁脅迫事件が公表されたら、いったいどんな騒ぎになるんだろう」

平野が容疑者であること、すでに現金の運搬が行われたことは、まだ公になっていない。もしそのことがマスコミに漏れたらどうなるか。

都民の命を守るため、仕方がなかった、という理由はある。だが警視庁は犯人に脅迫され、現金を届けようとしていたのだ。警察は脅しに屈したのかと、強い批判を浴びるに違いない。

さらに悪いことには、犯人は元警察官と目されているのだ。この件で警視庁は、どこまで責任を問われることだろう。刑事部長レベルで済めば、いいほうだ。下手をすれば、警視総監が会見を開くような事態になるかもしれない。そうした混乱は、遠からずやってくるはずだった。

「まあ、それは俺たちが心配しても仕方がない」門脇は話を進めた。「警視庁脅迫の項番三だが、四人目のターゲットはどうなると思う？」

「難しいですね」トマトジュースの缶を手に取りながら、鷹野が答えた。「東京都民、千三百万人のうち不特定の人物が襲われるのか。それとも菊池、横川、安斎とつながりのある人物が狙われるのか。……項番七にもありますが、三人の関係がわからない以上、何とも言えません」

塔子はノートに手を伸ばした。

「それは、各事件の項番三に関係しますよね。犯人が菊池、横川、安斎を殺害したのはなぜか。私の推測はこうです。平野は警視庁を恨む一方で、菊池たちも憎んでいた。三人が何かの事件に関わっていて、そのせいで平野は警察を辞めることになってしまった……」

「鑑識の鴨下さんから聞いたんですが」尾留川が言った。「菊池や横川、安斎は前歴者ではないそうです。何かやっていたにしても、捕まってはいなかったということでしょう」

「たとえば、まだ内偵中だったとか？」徳重がみなの顔を見回す。

「その可能性は高いと思います」塔子はうなずいた。「平野は周囲とうまくいっていなかった。上司に逆らって……いえ、もしかしたら上司に報告せず、ひとりで事件を調べていたのかもしれません」

所轄署は多数の事案を抱えているから、個人の裁量で動くケースが多くなる。中堅の刑事だった平野は、ある程度自由に行動することができただろう。

「各事件で自殺の偽装らしきものがみられるけど、これはどう考えますかね」と徳重。

「そう、そのことが気になっているんです」塔子はノートの文字を見つめた。「最初は下手な細工かと思ったんですけど、毎回違うものが残されていますよね。ひょっとして、何かのメッセージになっているんじゃないでしょうか」

「メッセージって、誰宛ての？」

「警察か、そうでなければ事件の関係者宛てです」

「わかった！」突然、尾留川が声を上げた。「昔、完全犯罪を目論《もくろ》んで、他殺を自殺に見せかけた事件があったんじゃないですか？　たぶん、連続して何件か起こったんです。平野はそのことを調べていたんですよ」

「それを我々に知らせるために、あんな細工をしたってこと？」徳重は首をかしげる。

「その事件のせいで警察を追われたのなら、簡単に忘れることはできなかったはずです。だから警視庁への当て付けという意味もあって、毎回あんな細工をしたんだと思います」

塔子は三つの事件現場を、頭に思い浮かべた。

最初は、胸の刺創に合わせるようにして刺されたナイフ。次が、大量の睡眠導入剤。そして三件目が、首吊りの縄のようなロープ。自殺のバリエーションを見せつけられているようだった。

平野が調べていた過去の事件でも、このような現場状況があったのだろうか。彼はそれを模倣したということなのか。

「犯人は、千三百万人が人質だなんて言いましたけどね」尾留川は続けた。「あれは風呂敷を広げて、捜査の攪乱《かくらん》を狙っただけですよ。俺は如月の説に賛成です。菊池、横川、安斎は親しい間柄だった。平野はこの三人に恨みを持っていた。だから殺害したんです」

「そうだろうか」門脇が異を唱えた。「菊池も横川も、自宅に鍵をかけていなかった可能性が指摘されている。戸締まりを怠ったせいで侵入され、たまたま殺害されてしまった、という線も捨てきれない」

「鍵の件は、平野の偽装ですよ。計画的な連続殺人なら、それぐらいの細工はするでしょう」

「先走るなよ。被害者三人のつながりは、まだわかっていないんだぞ」

議論は平行線をたどるばかりだ。徳重は困ったような顔で、ふたりの様子をうかがっている。

何か突破口はないだろうか、と塔子は考えた。ふと思い出して、尾留川に訊いてみた。

「菊池のパソコンを調べていて、『ユウシカイ』という言葉は出てきませんでしたか」

「どういう字なんだ？」

「すみません、字はわからないんですが」

「……そうか。あとで調べてみるよ」尾留川はメモ帳に、その言葉を書き付けた。

「ユウシカイ、ねえ……」徳重がつぶやいた。「三人が同じ団体に所属していたとか、そういう事実が確認できればいいんだけど」

三人がユウシカイで結びついていたとすれば、それは金を稼ぐためのつながりだったに違いない。

あらためて塔子は、彼らの職業を思い起こした。菊池はパソコン関係の自由業、横川は食品メーカー勤務、安斎は葬儀社の社員だった。三人の仕事に何か共通点はないだろうか。

ふいに、ある考えが頭に浮かんだ。

「そうだ！　そうですよ」塔子は鷹野を見つめた。「主任。私、三人の共通点を見つけました。キーワードは『中高年者』です」

「……何だって？」鷹野は怪訝そうな顔をしている。

「菊池は中高年者を相手に、パソコンでやりとりをしていたと思われます。安斎は葬儀社で、高齢者にあれこれ気配りをしていました」

「でも、横川は食品会社の営業マンだぞ」

「ただの食品じゃありません、健康食品ですよ。にんにくとか黒酢とか、そういうものだったんじゃないですか？」

塔子は、以前見た新聞広告を思い出していた。五十代後半のタレントが、商品の横で笑顔を見せている、というものだ。

「……全員が中高年者を顧客にしていたわけか。で、そこから何がわかる？」と鷹野。

「その先は、まだはっきりしません。でも、すべては菊池の仕事につながっているような気がします」

菊池が年間一千万円前後を稼いでいたように、安斎も「副業」で収入を得ていた可能性がある。まだ証言は出ていないが、横川もそうだったのではないか。

「菊池、横川、安斎は隠れて何かの商売をしていたんだと思います。たぶん三人には、それぞれの役割があったんですよ。……菊池はパソコンで、ユーザーサポートのようなことをしていたんじゃないでしょうか。横川や安斎は、人と接する役が向いていますよね。営業担当とか、交渉係とか」

「平野が菊池たちを殺害したのは、その商売のせいだった、と言いたいんだな」

「ええ。鍵を握るのは、ユウシカイです」

事件の捜査について、ひとつの方向性が見えてきた。門脇も、無差別殺人説から怨恨説への切り替えを検討し始めたらしい。

まもなく、打ち合わせは終了した。

忘れないうちにと、塔子は携帯電話を取り出した。特殊班の樫村に架電し、退職前に平野が何を調べていたのか教えてほしい、と頼んだ。

わかった、また連絡する、という返事のあと、電話は切れた。

取り込んでいたのか、樫村は少し機嫌が悪かったようだ。大丈夫かな、と考えているうち、神谷課長からの指示を思い出した。

「どうします？」塔子は鷹野に話しかけた。「平野のこと、うちの係で調べなくていいんですか」

「この状況じゃ、そこまで手が回らない。当面、樫村さんたちに任せておこう」

「でも、いずれは私たちも調べるんですよね」

「それはそうだ。課長にああ言われた以上、ずっと放置というわけにはいかない」

「……なんだか、やりにくいですね」塔子の心中は複雑だ。

携帯電話をいじっていた徳重が、顔を上げた。

「なんだい如月ちゃん。樫村さんがどうかしたの？」

「今回、殺人と脅迫の同時進行でしょう？　特殊班の捜査が、うまく進んでいないらしいんです。それで神谷課長が、十一係でも平野の行方を調べるように、と……」

なるほど、と徳重はうなずいた。

「事件が事件だから、特殊班へのプレッシャーは大きいだろうね」

「横で見ていても、なんだか気の毒になってしまうんです。だから、うちも早く手伝ったほうがいいんじゃないかと思って」

塔子がそう言うと、徳重はかすかに眉をひそめた。

「それは違うと思うよ」

「え？」

「如月ちゃんだって難しい仕事を抱えているんだろう？　よその人を見て、気の毒に思うなんて、その余裕はどこから出てくるんだい」

「いえ、私も余裕があるわけじゃ……」

「ちょっと意地悪な言い方をしたけどさ、自分の仕事に没頭していたら、他人の心配をする暇なんて、ないと思うんだ。それに、気の毒だなんて言われたら、向こうもいい気持ちはしないだろう。彼らだって、捜査のプロなんだから」

「たしかにそうですね。すみませんでした」

塔子は素直に頭を下げた。

「謝らなくてもいいんだよ。……如月ちゃんは真面目だからさ、そんなにあちこち気をつかわなくてもいいってこと。わかるよね？」

穏やかな調子で、徳重はそう言った。


今夜もまた菊池宅に泊まり込み、ノートを調べることになった。

被害者は日々増えているが、おそらく菊池がキーパーソンであることは間違いない。彼の収入源だったと思われるパソコン関係の仕事を、早く特定する必要があった。門脇、徳重、鷹野、塔子の四人は、台所のテーブルで調査を進めた。

午後十一時を過ぎたころ、パソコンルームから尾留川が顔を出した。

「如月。今夜はもう、コンビニに行く予定はないの？」

「用事があれば行きますよ」塔子は応じた。

「じゃあ悪いけど、データ保存用のＤＶＤを頼むよ。それから夜食も」

「わかりました。……ええと、ほかに買うものはありますか」

「煙草を二箱頼む。銘柄はいつものやつで」門脇が言った。

「トマトジュースを二本。なければ野菜ジュースでもいい」と鷹野。

「トクさんは、何かほしいものありませんか」

「疲れたときは甘いものだよね。串団子があったら買ってきてくれる？　つぶあんじゃなくて、こしあんのほうね」

みなの注文を聞いて、塔子は廊下に出た。

玄関に向かう途中に浴室がある。脱衣所の前で足を止めたが、中を覗くのはやめておいた。

エレベーターで一階に下りる。ほかに三基あるケージは、どれも動いていないようだ。掲示板の前を通り、エントランスの外に出た。

静かな夜だった。公園や郵便局のそばには、まったく人影がない。一号棟一階の商業施設は、ほとんどが閉店していた。かろうじて飲食店ブロックに、いくつか明かりが点いているのがわかる。

永代通りには向かわず、敷地の西側に出た。その先に一番近いコンビニがあると、尾留川から教わっていたのだ。

頼まれたものをすべて買うと、けっこうな量になった。レジ袋を提げて団地に向かいながら、塔子は日中の出来事を思い返した。あのキャリーバッグは、この袋の何倍ぐらいの重さがあったのだろう。二十キロというのは、体の小さい塔子には、かなり負担となる重量だった。

今日、結局犯人は現れなかった。遺体の場所まで誘導されたことを考えると、吉富部長の言うとおり、あれはテストだったのかもしれない。だとしたら、次はどうなるのだろうか。

早ければ明日、犯人はまた金を要求してくる可能性がある。警察の内部事情をよく知る人物なら、途中でどんな罠を仕掛けてくるか、わからなかった。もちろん特殊班の樫村たちは、すべてを見越した上で人員配置をするだろう。だが、犯人はさらにその裏をかくのではないか。そんな気がしてならない。

道路を渡って、塔子は団地の敷地に入った。ごみの収集ステーションのそばを通っていく。

南千住署の前で見つけた、安斎の顔を思い出した。廃棄物とともに、無造作に放置された遺体。布団袋に押し込まれていたと知ったら、親族はどう感じるだろうか。そうしたことを、犯人は何も気にしていないのだ。人ひとりの死が、どれほど多くの人間に悲しみをもたらすか、想像したこともないのだろう。

　塔子たちの仕事は、いつも遺体の発見から始まる。捜査中、関係者の笑顔に触れることはほとんどなかった。唯一、彼らのほっとした表情が見られるのは、犯人が逮捕されたときだけだ。だから塔子は、犯人を捕らえたいと思う。必ず捕らえなければならないと思っている。

　永代通りのほうから、車のクラクションが聞こえた。塔子はそちらに目をやった。

　突然、背中に強い衝撃を受けた。塔子はよろめき、地面に膝をついてしまった。レジ袋が落ち、商品が転がり出る。

　そこへ、もう一度打撃が来た。今度は左腕だ。

　塔子は声を上げようとした。だが、背中を殴打されたせいで呼吸が乱れていた。

　両手をついて体を起こそうとした。左腕が痺れている。体を反転させ、正体不明の敵を見上げた。

　街灯を背にして、ひとりの男が立っていた。スニーカーにジーンズ、黒いジャンパー。顔はサングラスとマスクで隠している。右手に持っているのは特殊警棒か。

　それほど大柄な男ではない。だが塔子との体格差はかなりある。まともにやり合って、勝てるとは思えなかった。

——逃げるしかない。でも……逃げきれるだろうか。

塔子はうしろを振り返った。一号棟のエレベーターホールまで、およそ二十メートル。あそこまで行けば照明もあるし、防犯カメラもある。だが、おそらく途中で追いつかれてしまうだろう。

塔子は相手を刺激しないよう、注意しながら体を起こした。呼吸を整えてから、かすれた声で言った。

「待って……。助けてください、お願いです」

男は首を振った。それから、特殊警棒を振り上げた。

そのタイミングを待っていた。塔子は身を屈め、相手の腰めがけて突進した。警棒が空を切る音。次の瞬間、塔子は敵を巻き込んで地面に転がっていた。コンクリートの上に何かが落ちた。しかし確認している暇はない。

立ち上がって、塔子は逃げようとした。だが、男の動きは速かった。左手をつかまれ、強い力で引き戻される。

また背中を打たれた。足がもつれて、その場に倒れ込んだ。

敵が迫ってくる。特殊警棒を振り上げ、今度は確実に、塔子の頭を狙う。

そのとき、闇の中から男性の声が聞こえた。

「おい！　何をしている」

誰かがこちらに駆けてくる。

分が悪いと思ったのだろう、敵は塔子から離れ、明かりのない方向へ逃げていった。

左腕をさすりながら、塔子はよろよろと立ち上がった。

「大丈夫か」男性の声が近づいてきた。

「助かりました」肩で息をしながら、塔子は言った。「顔を隠した男が、いきなり殴りかかってきたんです」

「あれ、あんたはたしか……」

「え？」

塔子はその男性を見つめた。やがて、思い出した。助けてくれたのは、中華料理店の水沢篤郎だった。

一号棟から住人が数名出てきた。深夜に大きな声が聞こえたので、驚いたのだろう。

「この人が、男に殴られたんだって」水沢がみなに説明してくれた。

警察を呼ぼうか、という声が聞こえた。

「いえ、自分で連絡しますので、大丈夫です」

塔子は携帯電話を取り出した。メモリーから鷹野の番号を呼び出し、発信ボタンを押す。

「もしもし」不機嫌そうな声が聞こえた。「おまえ、どこで道草を食っているんだ」

「すみません。今、何者かに襲われました」

わずかな沈黙のあと、鷹野は真剣な調子で訊いてきた。

「状況は？　怪我はないか」

「場所は一号棟の西側です。特殊警棒で、背中と左腕を打たれました。軽い打撲だと思います」

「すぐに行く」

電話を切ってから、三分半で鷹野は現れた。門脇も一緒だった。

そばにいた水沢を見て、鷹野は眉をひそめた。だが、そのうち顔を思い出したのだろう、軽く頭を下げた。

「水沢さんが助けに来てくれたんです」塔子は言った。

「帰り道、声が聞こえたものだから、何だろうと思って……。まあ、無事でよかったよ」

「誰にやられたんだ？」鷹野は塔子に尋ねた。「人着《にんちゃく》はわかるか」

「サングラスとマスクのせいで、人相はわかりませんでした。身長は、たしか水沢さんぐらいでしたから……」

「俺は百六十八センチぐらいだ」

「じゃあ、百七十センチ前後だと思います。靴はスニーカー、下はジーンズで上は黒っぽいジャンパーでした。声は聞いていません。年齢も不明です」

「ほかに何か、特徴は？」

「これを落としていきました」

塔子は、ハンカチでくるんだ品物を差し出した。ポケットに入るサイズの、プラスチックの箱だ。

「薬を入れておく、ピルケースか」鷹野は目を近づけた。「中は空だな」

「蓋の隙間に、何か付着しているようです。もしかしたら、手がかりになるかもしれません」

鷹野はポケットからビニール袋を取り出し、証拠品を収めた。

「早瀬さんに連絡する。周辺で緊急配備をかけてもらおう」と門脇。

少し遅れて徳重と尾留川、鑑識課の綿引らがやってきた。取り急ぎ、彼らは団地の住民に、事情を訊き始めた。

「救急車を呼ぼう」鷹野が小声で言った。

「いいえ、私、大丈夫です」

「大丈夫じゃないだろう。見ればわかる」

そのときになって塔子は気がついた。小刻みに、体が震えていたのだ。

鷹野は一一九番に架電し、救急車の出動を要請した。門脇に何かを伝えると、こちらに戻ってきた。

「俺が病院まで付き添う。バッグを持ってきてやるから、ここにいろ」

「あの……ひとりで行けますから」

「いいから、黙って言うとおりにしろ」

気圧《けお》されて、塔子は黙り込んでしまった。右手で、左腕の痛む部分をさすった。

「……すまない。おまえのことを怒っているわけじゃないんだ」

鷹野はそうつぶやいた。

遠くから、パトカーと救急車のサイレンが聞こえてきた。

深夜の南砂団地が、にわかに騒がしくなってきた。あちこちの窓に明かりが点き、ベランダから住人が顔を出す。何十、何百という目がこちらを見ている。

その視線の中心に、塔子はひとり立ち尽くしていた。体の震えは、なかなか止まりそうになかった。

第四章　ピルケース

1

空気が揺れたのを感じて、塔子は目を開いた。

白いカーテンの合わせ目から、鷹野が姿を現した。緑茶とコーヒーの缶を持っている。ベッドの上の塔子を見て、おや、という顔をした。

「起きたのか。痛みはどうだ」

塔子は毛布から右手を出して、左の肘に触れてみた。

「ちょっと痛みますけど、大丈夫です」

「そうか」鷹野はうなずいた。「とにかく、骨折がなくてよかった」

「うまく、かわしたんですよ」

「小さいから当たりにくかったんじゃないのか」

「そうですね。的が小さいから」

塔子は苦笑した。その弾みに背中が痛み、思わず顔をしかめた。

昨夜、何者かに襲われたあと、塔子は救急車でこの病院に運ばれた。付き添いは鷹野だった。わざわざ塔子のバッグを持って、救急車に乗り込んでくれたのだ。移動中、彼はずっと不機嫌そうな顔をしていた。たぶん襲撃犯のことを考えていたのだろう。

病院に着いてから、塔子はいくつかの検査を受けた。幸い骨折はなかった。すぐに引き揚げるつもりだったが、鷹野が病院側と話をつけ、ベッドを借りてくれた。たまたま空いていたのか、案内された場所は個室だった。少し休め、と鷹野は言った。まだ背中が痛んでいたから、塔子はその言葉に甘えることにした。

ベッドに横になったのは深夜二時ごろだったと思う。今は何時だろうと思って腕時計を見ると、午前六時半だった。

「すみません。眠ってしまって……」

「そのためにベッドを借りたんだ。ゆっくり休むといい」

「どうしたんですか」塔子は鷹野の顔を見た。「なんだか、いつもの主任と違いますね」

スパルタ式とまではいかないが、塔子にとって鷹野は神経質な教官だった。これまで後輩を甘やかすようなことは、ほとんどなかった。だから塔子は、今日の鷹野を見て少し違和感を抱いたのだ。

鷹野はパイプ椅子に腰を下ろした。

「情けない、の一語に尽きる」ため息まじりに、彼は言った。「警視庁脅迫という事件を扱っていたのに、俺は周囲の警戒を怠っていた。我々はいつ襲われてもおかしくなかったんだ」

「でも、あの男が平野だったとは限りませんよ」

「あれが平野だったかどうかは関係ない。我々は警察官として、普段から周囲の状況に注意を払っておくべきだった。それを忘れていたせいで、おまえがこんな目に遭《あ》った」

鷹野は床の染みを見つめている。

「すみません。私も油断していたんです」

塔子が詫びると、鷹野は首を振ってみせた。

「ここで如月ひとりを責めるのは簡単だ。手代木さんなら、もっと注意しろとか、暴漢を取り逃がすなとか、いろいろ言うかもしれない。だが、それは違うと思う。これは俺たちにも跳ね返ってくる問題だよ。……さっき門脇さんに電話したんだが、あの人も事態を深刻に受け止めていた」

「そうなんですか?」

「捜査の最前線にいる者は、いつも危険と隣り合わせだ。そのことを、強く意識しなくてはいけない。門脇さんにも俺にも、過信があった。捜査員の誰かが襲撃されるなんて、まったく想像していなかったんだ。……犯人はおそらく、捜査中の我々をどこかで見かけたんだろう。そして昨夜は、俺たちをずっと監視していた。そこへ、一番狙いやすい如月が出ていってしまったんだ。こちらから、わざわざ犯人にチャンスを与えてやったようなものだ」

自分が考えていた以上に、事は大きくなっているようだった。急に不安になってきた。

そのときふと、塔子は思い出した。警視庁本部の喫茶室で、鷹野から聞いた言葉だ。「十一係が、この先ずっと同じ体制で行くとは限らない」と彼は言った。

「あの……私はどうすればいいんでしょうか」

相手の顔色をうかがいながら、塔子は訊いた。

「もう、おまえは何もしなくていい」こともなげに、鷹野は言った。「あとのことは早瀬さんと相談する」

まさか、と思った。

——私はもう、役に立たないということ?

塔子の表情を見て、鷹野は慌てたようだった。

「いや、言い方が悪かった。今回は無理をするな、ということだ。変な心配はしなくていい」

「……本当に？」

「本当だ。門脇さんとも意見は一致している」

ほっとした。

課長や管理官に叱責されるのは、ある意味仕方のないことだと思う。ミスがあれば素直に謝罪すべきだし、改善すべき点があれば努力しなければならない。

だが今、塔子が何よりも恐れているのは、鷹野に見放されてしまうことだった。鷹野は教育係として、塔子とコンビを組んでいる。もし塔子がその期待を裏切ったら、彼は教育係を降りてしまうのではないだろうか。

鷹野との関係については、複雑な思いがあった。塔子が一番嬉しく思うのは、鷹野に褒められることだ。しかし褒められるよう努力すればするほど、塔子は成長していくことになる。その結果、教育期間終了となったら、鷹野とのコンビは解消されてしまうだろう。

早く一人前になりたいという気持ちは持っている。努力の甲斐あって、最近は技術が向上したという実感もある。だが、この自信を与えてくれたのは鷹野なのだ。彼がいるからこその自信であり、ひとりになったとき、うまく実力を発揮できるかどうかはわからなかった。

そんなことを考えていると、鷹野が話しかけてきた。緑茶とコーヒー、どちらがいいかと訊かれたので、塔子はお茶のほうをもらった。

「さっき早瀬さんから状況を聞いた。緊急配備を解除したあともしばらく襲撃犯を捜したが、結局、目撃証言は得られなかったそうだ」

真夜中だから自由な聞き込みもできなかったのだろう。これは仕方のないことだ。

鷹野は腕時計を見た。

「もうじき七時だな。そろそろ現場付近で聞き込みが再開される。……それから、樫村さんの話では、八時から桜田門で急ぎの会議が開かれる」

「何かあったんでしょうか」

「平野が調べていた事件について、情報が得られたそうだ。その事件には、例のユウシカイが関係しているらしい」

「ユウシカイが？」塔子は鷹野を見つめた。「どんな関係があったんです？」

「それを聞くために、このあと俺は桜田門に行く」

塔子は体を横にずらし、ベッドから足を下ろした。背中が少し痛んだが、動くことはできる。壁に手をつき、立ち上がった。

「何をする気だ？」

「会議は八時からですよね」

「おまえは出なくていい。もう少し休んでから、南砂団地へ行ってくれ。今日は尾留川の手伝いをするんだ。早瀬さんにも連絡してある」

「私、パソコンは苦手なんです。外で聞き込みをしているほうが合っています」

「気持ちはわかるが、無理はするな」

「本当に苦しくなったら、そう言いますから。……大丈夫です。普通に動けます」

鷹野はしばらく考える様子だったが、やがてうなずいた。

「具合が悪くなったら、早めに言ってくれ。いきなり倒れるのだけは勘弁してほしい」

「わかりました」

塔子は物入れを開けた。バッグと上着を取り出し、手早く身支度をした。


十一月十日、午前八時。警視庁本部の六階で、緊急会議が始まった。

幹部席では、吉富部長と神谷課長が何か相談をしている。捜査員たちはみな険しい表情だ。誰の顔にも疲れが見えた。

塔子と鷹野は空いていた席に腰を下ろし、司会の樫村を見つめた。

「では、会議を始めます。元巡査部長・平野庸次について退職前の行動を確認したところ、彼が単独で、ある事件を追っていたことがわかりました。遊糸会《ゆうしかい》事件です」

スクリーンのそばにあるホワイトボードに、樫村はその文字を書いた。

ボードにはそのほか、多数の項目が記されていた。特殊班のメンバーは、徹夜でこの件を調べ上げたのだろう。

「『遊糸』というのは、陽炎《かげろう》のことだそうです。一説によると『秋の終わりごろ、糸を吐きながら風に飛ばされる蜘蛛』を指す言葉だったらしい」

塔子は、横川宅で見た蜘蛛の巣を思い出した。鷹野が取り払ってくれた蜘蛛の糸は、陽光を受けて、きらきら光っていた。

同時に、犯人から届いたメールのことも頭に浮かんだ。

《今、東京都民は見えない糸で縛られている》

もしかしたらそれは、「虚空を飛ぶ蜘蛛の糸」から思いついた文面だったのかもしれない。

「あらためて、平野の上司だった宮本課長から事情を聞きました。今、重大な事件が起こっていることを説明し、平野と菊池たちの関係について尋ねてみたんです。最初宮本課長は渋っていましたが、追及を受けて、とうとう過去の経緯を話しだしました。……当時平野から報告を受けていたのに、捜査の中止を命じた事案があったというんです」

塔子たちが訪ねていったとき、宮本は大事な情報を隠していたのだ。そのまま黙っているつもりだったのだろうが、事の大きさを悟り、ついに告白したというわけだ。

「遊糸会は菊池、横川、安斎たちが運営していた、非合法の商売でした。その実態は、金に困っている人を対象にした生命保険ビジネスです。事業の行き詰まりなどで絶望し、保険金を家族に残して死にたいと考える人たちがいる。しかし自殺だと金が下りないケースがあります。そこで菊池たちは彼らを会員として契約を結び、その会員が自殺したあと、事故死に見えるよう偽装工作を行っていた。謝礼金は、あらたに借金させるなどして、自殺する前に支払わせていたんです。

菊池らは暴力団やヤミ金業者からの紹介も受け、遊糸会の会員を増やしていました。彼らに対して、保険の選び方から実際の自殺方法までレクチャーしていたそうです。不況のせいで、会員数はかなり多かったと思われます」

葬儀社の課長が、安斎は何か副業をやっていたらしい、と話していた。その正体はこれだったのだ。

「菊池たちの打ち合わせは、おもに土曜、日曜に行われていました。菊池は自由業、安斎は葬儀社勤務で不定休ですが、横川が普通の会社員だったため、週末に会っていたわけです」

水沢の中華料理店は、日曜以外は営業していた。その店に、土曜だけ菊池は来なかったという。仲間との打ち合わせなどで、時間がなかったのだろう。来店曜日に法則性があるのでは、という手代木管理官の予想は、当たっていたわけだ。

「この生命保険ビジネスを発案したのは、葬儀社勤務の安斎だったようです。遺族の話を聞いているうちに思いついたんでしょう。ひとりで実行するのは難しいため、知人の横川や菊池に声をかけた。三人は株や投資のセミナーで知り合った仲間でした。実際の現場処理——つまり自殺から事故死への偽装ですが、これは横川と安斎が担当していました。会への勧誘をしていたのも、おもに彼らふたりです。横川などはわざわざ健康食品の営業マンに転職し、中高年の会員候補者を捜していたらしい。……一方、金の管理や自殺計画の立案、会員サポートは菊池が行っていました。遊糸会の会員には、使いやすいように設定したパソコンを持たせていたという話です」

そういうことか、と塔子は納得した。家族に保険金を残そうとする人たちだから、会員にはパソコンに不慣れな中高年者が多かった。それで、菊池はパソコンのサポートをしていたわけだ。

横川と安斎が勧誘業務をしていたというのは、塔子の推測どおりだった。やはり健康食品の営業や葬儀の仕事が、中高年者との接点になっていたのだ。

「菊池はこまめにメールを送って、会員の精神面を支えていました。いずれは死んでもらわなければならない。しかし遺体を偽装する必要があるから、決まった日に決まった形で自殺してもらわないと困る。それで、約束の日まではきちんと生きていてくれるよう、良きメール友達という形で、彼らの相談に乗っていたんです」

　オダギリテクノスでの、後藤の証言を思い出した。「励ますつもりでも、相手を怒らせてしまうことがある」と菊池は話していたそうだ。たぶん、会員をメールでサポートすることの難しさを語っていたのだろう。

「平野が調べた範囲だけでも、三十人以上の会員が自殺したとみられます。これらはすべて事故死扱いになっていて、事件として立件されたものは一件もなかったらしい。中には保険会社が調査を行ったケースもあったでしょうが、結局、保険金はすべて遺族に支払われています」

　菊池は小田切たちに、消費者金融について尋ねている。あれは金を借りるためでも、貸すためでもなかった。生命保険ビジネスの会員になりそうな人間を探していたのだ。

「会員が自殺を行ったときには安斎や横川がその家に行き、遺体の偽装をしました。そのあとパソコンを立ち上げて、メールの内容など、過去のデータを削除していたと思われます。警察の捜査が入っても、ビジネスのことがばれないようにするためでしょう。これは、あらかじめ会員にも伝えてあったルールだそうです。……メールについては、会員サポートをしていた菊池のほうでも、注意深く管理していたと考えられます」

人生に行き詰まり、自分の命を金に換えるしかなかった人たち。彼らの弱みに付け込んで、遊糸会の運営者たちは利益を得ていたのだ。

菊池が年間一千万円前後の金を得ていたことも、これで理解できた。おそらくそれは菊池ひとりの取り分だから、会全体では、少なくともその三倍の利益があったとみるべきだろう。

「じつに巧妙な犯罪だと言えます」樫村はみなを見回した。「保険会社によけいな情報が漏れないよう、会員たちは、家族にも会のことを話していませんでした。だから、この件で利益を得る遺族たちは、保険金詐欺が行われていることを知らなかった。……仮に偽装が失敗して保険金が支払われなかったとしても、本人はもう死亡しているから、文句を言うことはできません。そういうわけで、この闇のビジネスは長らく表に出てこなかったんです」

「だがそれを嗅ぎつけ、捜査を始めた男がいた」神谷課長が言った。

樫村はうなずく。

「平野庸次はこの遊糸会事件について、ひとりで内偵を進めていました。彼は暴走しがちな男でしたが、正義感は非常に強かった。証拠をつかんで、菊池たちを逮捕するつもりだったんでしょう。ところが、あるタイミングで宮本課長から捜査の中止を命じられた。その理由について、宮本課長はまだ明かしていません。……平野は反発し、さらに調べを続けました。そのせいで退職に追い込まれてしまったわけです」

もともと素行《そこう》のよくない人物だったというから、遊糸会事件のほかにも、何か理由があったのかもしれない。だがこの退職は、本人にしてみればまったく納得できないことだったはずだ。

「平野は警視庁という組織を憎んだ。退職の直後から、ずっと機会を狙っていたのかもしれません。やがて彼は、警察官時代の知識を利用して、警視庁を脅すことを考えたんでしょう。同時に、菊池たちを殺害することにしたわけです。一ヵ月ほど前に彼が横川宅付近で目撃された、という証言がありました。遊糸会の運営者たちを殺害するため、情報を集めていたのだと考えられます」

ここまで菊池、横川、安斎についてのみ話してきました。しかし宮本課長によれば、仲間が三人だけだったかどうか、わからないということです。つまり、このあとまだ、四人目の犠牲者が出る可能性があるわけです。

たぶん平野には、行き過ぎた正義感というか、これは警察官だった自分にしかできないことだという思い込みがあったんでしょう。それから、我々捜査員に挑戦したいという気持ちも強かった。……鷹野主任。菊池たちの殺害現場では、遺体に細工がしてあったということですが」

「死因の偽装が見つかっています」鷹野はうなずいた。「今の話を聞いて、事件の筋が見えてきました。……菊池は自分で胸を刺したような恰好で死亡していた。横川は睡眠薬自殺を、安斎は首吊り自殺を模した形になっていた。平野がやったのだとしたら、いずれも理由がわかります。彼は菊池たちのビジネスに対して、憤りを感じていたんでしょう。遊糸会事件では『自殺』が『事故死』に偽装された。それを示唆するために平野は今回、『他殺』を『自殺』に見せかけたんですね」

「あえて稚拙な細工をすることで、死因の偽装に注目させたかった、と……」

「ええ。警察がどこまでついてこられるか、試していたのかもしれません。菊池の遺体を非常階段に運んだのは、朝のうちに誰かに発見してほしかったからでしょう。この殺人は警視庁を脅すための材料だから、早く遺体を見つけてもらう必要があったんです。独身寮の件、南千住の件はどちらも挑発行為ですね。こんなものも見つけられないのかと、警察をあざ笑うつもりだったんですよ」

鷹野の話を聞いて、神谷課長はむすっとした表情になった。一連の事件で、警視庁はずっと苦杯をなめているからだ。

ややあって、神谷はみなに指示を出した。

「これで無差別殺人や、通り魔的な事件という線はなくなった。今後は遊糸会事件について、詳しく調べることにする。菊池たちは死亡したわけだが、この会が数日前まで活動していたとすれば、今まさに自殺の準備をしている会員がいるかもしれない。平野が会員の遺族に接触して、何か探っていたという可能性もある。そういう部分を重点的に洗っていけ。……平野の追跡班は従来どおり、本人の身柄確保を最優先にしろ。実家にも、もう一度連絡を入れておくこと。犯罪者の心理として、こういう場面では身内を頼りたくなるものだからな」

人員の再編成が行われた。塔子たちはこのまま、聞き込みを続けつつ平野の行方を追うことになった。

「もう四日目か」幹部席で吉富部長がつぶやいた。

「また、誰かが……」そう言いかけて、樫村は口を閉ざした。

犯人は一日にひとりずつ殺害すると予告している。これまでの経緯を見れば、今日もまたあらたな被害者が出る可能性がある。

「ただ、昨日までとは状況が違います」鷹野が言った。「犯人は二億円を要求しましたが、その期限は九日の午後一時でした。七日、八日、九日の三日間で三人だけを殺害する計画だったんじゃないでしょうか」

「しかし、昨日の現金授受は空振りに終わっている」神谷は椅子に体を預けた。「……今日、四人目の被害者が出ないとは言えないだろう」

鷹野は樫村のほうを向いた。

「南千住の一件のあと、犯人から電話はありましたか?」

「かかってこない。私もそれが気になっているんだ」

「二億も用意させておいて、そのままあきらめるとは思えませんが……」

鷹野は顎に手を当て、考えに沈んだ。

議題はほぼ片づいたらしい。樫村は部下の捜査員と、小声で言葉を交わしている。幹部席で、吉富部長は何かを思い出したようだった。神谷課長のほうを向いて、

「そういえば、タカシマフーズの件はどうなっている?」

「向こうの事件も、連絡がありませんね。今は関係者への聞き込みを中心にやらせています」神谷は低い声で唸った。「ひとつずつ解決していくしかないんでしょうが、こう重なるとさすがに……」

「神谷課長らしくないな。やるしかないんだ。踏ん張ってくれ」

「申し訳ありません」

普段は捜査員に発破《はっぱ》をかけている神谷だが、今回はかなりまいっているようだった。それだけ、事件の捜査指揮が難しいということだ。

「神谷課長」樫村が声をかけた。「ゆうべの、如月くんのことは……」

「そうだった」神谷は咳払いをした。「昨夜、十一係の如月が何者かに襲われて、軽

傷を負った。犯人は男性、身長百七十センチ前後。……その襲撃犯は小さなプラスチックケースを落としていったということだが」

「ええ。ピルケースだと思います」塔子は言った。

「鑑識の鴨下から連絡があって、そのピルケースから平野の指紋が検出されたそうだ。やはりおまえを襲ったのは平野だった」

塔子は昨夜の男を思い浮かべた。サングラスをかけ、マスクをつけていたが、その下にはカマキリを連想させる、平野の顔があったということか。

「ケースにどんな薬が入っていたかはわからない。ただ、本体と蓋の隙間に、微量のカーボンブラックが付着していたらしい」

「カーボンブラック？」

「黒い炭素の粉で、タイヤの補強剤やプリンターのトナーなどに使われるそうだ。犯人は、それらを扱う場所に出入りしていると思われる」

「じゃあ、早速手配を……」

塔子が言うと、神谷はうなずいた。

「もう手代木と早瀬には指示してある。ゴムやタイヤのメーカー、複写機やプリンター、塗料のメーカーなどを当たっているはずだ。それから、カーボンブラックを製造する工場も調べさせている」

ひとつの手がかりは得られた。しかし捜査の対象は、かなりの数に上るだろう。時間との戦いになりそうだ、と塔子は思った。

神谷はみなを見回して言った。

「今回は如月が襲われたが、次は誰が狙われるかわからない。敵は警察の内部事情に精通している。全員、よく注意して行動しろ」

はい、と答えて捜査員たちは表情を引き締めた。

会議が終わったあと、塔子は幹部席に呼ばれた。

昨夜の件について何か言われるのだろう。姿勢を正して、部長たちの前に立った。

「お呼びでしょうか」

緊張しながらそう尋ねると、吉富部長の口からこんな言葉が出た。

「病院に行けなくてすまなかった。体のほうはどうだ?」

「ありがとうございます。軽い打撲で済みました」

「少し休ませるよう、鷹野くんには言っておいたんだが……」

「こんな状況ですから、ひとりだけ休んでいるわけにはいきません」

「無理のないようにやってくれ。しかし予想外だったな。今後はこういうことも、想定しておかなくてはいけないのか」

　塔子は首をかしげて、

「と、おっしゃいますと？」

「女性である君を、ほかの捜査員と同じように扱っていいのか、ということだ。もともと体力面で君は不利だ。女性を差別するつもりはないし、むしろ積極的に活動してほしいと思っているが、もし現実問題として支障があるというなら……」

「いいえ、このまま続けさせてください」塔子は言った。「今後は充分注意します。ご心配をおかけして申し訳ありませんでした」

「大丈夫なのか」

「襲われても、このとおり軽傷で済んでいますし」

「鷹野くんは何と言っている？」

「ええと、鷹野主任は」塔子は咄嗟《とっさ》にこう答えた。「的が小さいから大丈夫だろうと。つまりその、私は体が小さいので……」

　あっけにとられた様子だったが、やがて吉富は苦笑した。

「まあ、そんな冗談が言えるようなら問題ないか。とにかく、無理はしないでくれ」

「わかりました」

　ぺこりと頭を下げ、塔子は鷹野のほうに戻っていった。

　そのとき、外線電話が鳴りだした。はっとして、塔子は辺りに目を走らせる。あれは、犯人と連絡するために用意された専用電話だ。

「みんな、静かに」

樫村は刑事たちに声をかけた。それから録音のスイッチを入れ、受話器を取った。

「もしもし」

「私だ」機械を通した声が聞こえた。

「MHか。ずっと連絡がないから、心配していたんだ」

樫村は、これまでどおりの対応をした。犯人を油断させるため、こちらが相手の正体に気づいたことは、今も隠しているのだ。

「もうかかってこないと思ったか？」

「金を持っていったのに、君は受け取りに来なかったそうじゃないか。約束が違うぞ」

いくぶん相手を責める調子で、樫村は言った。こちらは指示されたとおりに行動したのに、MHは約束を破った。ひとつ貸しが出来たことを強調しているのだ。

「約束を守らなかったのはあんただろう。私は『ほかの奴が同行することは許さない』と言ったはずだ。あんなに大勢で尾行して、どういうつもりなんだ？」

すべてお見通しということらしい。

「彼女の身に何かあっては困る。だから警護の人間をつけたんだ」

「苦しい言い訳だな。……いいか樫村、今度あんなことをしたら、もう二度と連絡しないからな。そのときから私は脅迫犯ではなく、ただの大量殺人者になるだろう。一日にひとりずつでは済まなくなるぞ」

「わかった。上の者にそう伝えておく」

「よく反省してもらったところで、金の受け渡しの話だ。今日の午前十時、東京メトロ日本橋《にほんばし》駅のB7出口に金を持ってこい。キャリーバッグに入れて、女ひとりに運ばせるんだ。昨日使った携帯電話を持たせておけ。いいか、よけいな人間がぞろぞろついてくるようなら、その場で受け渡しは終了だ」

「了解した。……しかしMH、今日は必ず来てくれるんだろうな」

「それはあんたたち次第だ。約束を守れよ、樫村」

電話は切れた。

それを合図に、捜査員たちが動き始めた。地図帳を広げる者、パソコンに向かう者、どこかに電話をかける者など、さまざまだ。

日本橋駅は塔子もよく利用している。東京メトロの東西線と銀座線、そして都営地下鉄浅草線の乗換駅だ。付近にはオフィスビルや商業施設が集まっていて、人通りはかなり多い。

「鷹野くん、ちょっと来てくれ」吉富が手招きをした。

何でしょう、と言いながら鷹野は幹部席に近づいていく。吉富、神谷、樫村の三人は、鷹野を交えて何か相談を始めた。

やがて話がまとまったらしく、樫村がみなに向かって言った。

「連絡事項です。今回の運搬役は、広瀬巡査部長に頼むことになりました」

え、という声が、壁のほうから聞こえた。広瀬奈津美が、驚いた様子で樫村を見つめている。

「理由はわかるな？」樫村は言った。「如月くんは怪我をしているんだ」

「でも、私……」広瀬は口ごもった。

まだ経験が浅く、自信がないということだろう。その気持ちは塔子にもよくわかる。

「あの、私が行きましょうか。バッグを引いて歩くだけなら……」

塔子はそう言ってみた。だが、樫村は強く首を振った。

「キャリーバッグには二億円が入っているんだ。体調が万全でない者を、運搬役にすることはできない」彼はあらためて広瀬を見た。「いいか、これは職務命令だ」

いつもは紳士的な樫村が、ずいぶん厳しい口調になっている。事態がここまで切迫しては、女性だからといって特別扱いすることはできない。いや、女性だからこそ、ここで働いてもらわなくてはならない、ということだ。

広瀬はこういうときのために、特殊班に採用されたのだ。今役に立たなければ、彼女がここにいる意味はない。

無言の圧力を感じたのだろう、広瀬は硬い表情のまま、こう答えた。

「わかりました。私が行きます」

樫村はうなずいた。部長や課長のいる前で、部下を甘やかすわけにはいかない。そういうメンツの問題もあって、厳しく言わざるを得なかったのだ。その気持ちもまた、塔子にはよく理解できた。

小さく息をついてから、塔子は鷹野のほうに目をやった。人選のことなど興味がないという顔で、鷹野はひとり、地図帳のページをめくっていた。

2

ワンピースの上に黄色いカーディガンを着た女性が、赤いキャリーバッグを引いていく。

日本橋駅B7出口の前で、彼女は周囲を見回した。本人は隠そうとしているようだが、広瀬奈津美が緊張していることは明らかだった。

樫村に確認したところ、広瀬が現金授受の現場に出るのはまだ二回目なのだそうだ。前回は特殊なケースで、犯人がアジトを出たところで緊急逮捕となった。結局彼女は、犯人と接触することなく役目を終えていたのだ。

——だとすると、怖いだろうな。

頭ではあれこれ考えていても、塔子は思った。現場では何が起こるかわからない。相手は犯罪者だから、突然危険な目に遭うおそれもある。所轄の刑事だったというが、どうも広瀬は、こうしたことには向かない性格のように見えた。

「マル対の状況は？」鷹野が尋ねた。尾行の対象者はどうしているか、という意味だ。

「今、指定の場所に立ちました。昨日の赤いキャリーバッグに、黄色いカーディガンが目印です」

塔子たちは今、広瀬から五十メートルほど離れた場所にいる。午前十時前の日本橋界隈には、ビジネスマンや商品を搬送する業者などが多かった。誰かと待ち合わせをしているようなふりをして、塔子たちは様子をうかがった。

イヤホンから無線の音声が聞こえてきた。

「……一班三組、準備完了」

「……三班二組です。現在、車両にて待機中」

鷹野が襟元に付けたマイクから、本部に報告した。

「二班四組、配置につきました。周辺に異状なし」

「こちらは本部・樫村。マル被はどこで見ているかわからない。各組、くれぐれもマル対に接近しすぎないよう注意してください」

昨日の現金運搬で、犯人は警察の人員配置を確認したようだった。その点を電話で責められたため、今回は極力、広瀬から離れて追跡することになっていた。

一班は最低でも三十メートルの距離をとる。塔子たち二班は、さらに対象者から離れていなくてはならない。さすがに五十メートルも離れると、肉眼では様子がわかりにくかった。それで塔子は、持参した単眼鏡を使っているのだ。鷹野の陰にいるから、道具を使っても目立つことはないはずだった。

「十時を過ぎたな」鷹野が腕時計に目をやった。

「今日は現れるでしょうか」

塔子は鷹野のほうを見た。彼は低く唸って、

「正直なところ、俺には予想もつかない。今回の事件では、最初からずっと犯人に振り回されている。……如月の勘はどうなんだ？」

「来ると思います。根拠はありませんけど」

「おまえの勘はけっこう当たるよ。たぶん、テレビの天気予報なんかより……」

そのとき、イヤホンから広瀬の声が聞こえた。

「こちら広瀬。電話がかかってきました」

塔子は単眼鏡を覗いた。B7出口付近に焦点を合わせると、広瀬が電話機を耳に当てるのが見えた。

「もしもし」

彼女の声がイヤホンから流れてきた。鷹野も自分のイヤホンを指先で押さえ、神経を集中させている。

「……はい、今B7出口にいます。……バッグですか？　この前と同じ、赤いキャリーバッグを持ってきました」

できるだけ犯人の言葉を復唱するよう、広瀬も指示されているのだ。

「私の名前？　広瀬といいます。……嘘じゃありません。本当です。……日本橋ウエストタワー？　茶色いビルですか。……ああ、見えます。あのビルに入ればいいんですね」

数秒の沈黙のあと、広瀬は無線で伝えてきた。

「電話は切れました。日本橋ウエストタワーに入れ、という指示です」

塔子は単眼鏡の筒先を動かした。一階がガラス張りになった、茶色いビルが見えた。

鷹野が地図帳を広げてチェックしている。

「B7出口からウエストタワーまで約百メートル。……よし、移動だ」

充分に距離をとりながら、塔子たちは広瀬のあとを追った。ほかの組も、慎重に追跡しているはずだ。

「今、ロビーに入っていきました」前方を向いたまま、塔子は言った。

「一階はガラス張りだな。まだ、マル対は見えるか」と鷹野。

「ええ。見えています」

「本部より各組へ」イヤホンから指示が聞こえた。「一班はビルに進入しろ。三班はそのまま車両で待機。二班一組から五組は正面を見張れ。六組から十組はビルの外周を調べて、ほかの出入り口を監視しろ」

塔子たち二班四組は、この位置でビルの正面を見張ることになった。

日本橋ウエストタワーには、ひっきりなしに人が出入りしていた。低層階には物販店や飲食店があり、それ以外は企業のオフィスになっているらしい。

「ビルの中で現金を受け取るんでしょうか」塔子は首をかしげた。「こんなに人がいるのに……」

「如月が犯人だったら、どんな手を考える？」鷹野が尋ねた。

「まず、追跡している捜査員を引き離す必要がありますね。広瀬さんを客のいない店まで誘導して、追跡者が入りにくいようにするとか」

「しかし、店に入ってしまえば、自分も袋のねずみだ」

「裏口のある店なら、逃げられるのでは？」

「仮に店から出られたとしても、次はあのビルから出なくてはいけない。奴は二重の警戒網の中にいるんだ」

「わざわざそんな場所で現金を受け取るかどうか。ということは……」

「このビルも、ダミーかもしれないな」

あ、と塔子は小さな声を出した。

「もしかして、ここに第四の遺体が……」

「そうかもしれない」

広瀬もまた、塔子のように遺体を発見することになるのだろうか。今の時点で、広瀬自身はそのことを予想しているだろうか。

「また電話が来ました」広瀬の声が聞こえた。「もしもし。……はい、広瀬です。今、ウエストタワーの一階に入りました。……このビルの十九階に行けばいいんですね。わかりました」

電話を切ったあと、広瀬は無線で報告した。エレベーターで十九階に行け、と指示されたという。

「一班一組です。エレベーターは十基ほどありますが、十九階に先回りしますか？」

「こちら樫村。先回りはするな。万一、十九階が見張られていたらまずい。マル対を先に上らせてくれ。一班一組から四組は十八階から、非常階段経由で十九階に移動しろ。ただし、指示があるまでは階段室で待機だ」

「了解」

高層ビルの廊下は見通しがいい。犯人がそこで待ち受けていたり、監視装置を仕掛けていたりしたら、捜査員が乗り込んでいったことに気づかれてしまう。

広瀬はエレベーターに乗ったようだ。しばらくして、再び彼女の声が聞こえてきた。

「こちら広瀬。十九階に着きました。このフロアは今、改装中のようです。廊下の床や壁に、工事用のベニヤ板がたくさん張ってあります」

「樫村だ。付近に人の気配はないか」

「遠くでドリルか何かを使う音がしています。内装工事をしているんだと思います。犯人の姿は見えませんが、どこかで見張っている可能性はあります」

「追跡班は差し向けないほうがいいか？」

「はい。ひとけがないので、捜査員の姿は目立ちます。しばらく様子を見たほうがいいと思います」

「よし。追跡班はこのまま階段室で待機させる。広瀬くんは十九階で、犯人からの連絡を待て」

「わかりました」

犯人は、そこが工事中のフロアだと知っていて、広瀬を誘導したのだろう。工事用の資材などが搬入されているなら、隠れる場所はいくらでもありそうだ。彼女の言うとおり、見張られていると考えたほうがいい。

「何か仕掛けてくるのか？」鷹野はウエストタワーを見上げた。「しかし金を奪ったとしても、どうやって逃げるつもりなんだ」

「こちら二班六組」イヤホンから男性の声が聞こえた。「外周のチェック完了。正面入り口のほかに通用口がひとつあります。それから、地下駐車場につながる車両用スロープが一ヵ所。外周の監視を続けます」

塔子は単眼鏡で、ビルの一階を観察した。背広姿のビジネスマンが多い。捜査員たちはみな、うまく身を隠しているようだ。

これで外側は固めることができた。金の奪取に成功したとしても、そう簡単には逃げ出せないはずだ。

「来ました。犯人からの電話です」

イヤホンから広瀬の声が流れ出た。塔子は耳を澄ました。

「……はい、広瀬です。今、十九階のエレベーターホールにいます。……給湯室の先にある部屋ですか。ああ、見つけました。……電話はこのまま？　わかりました。中に入ります。……はい、あります。ミックスペーパーと書かれた箱ですよね。……ここに現金を入れるんですか？」

「なんだ？」鷹野は眉をひそめた。「犯人は、彼女に何をさせるつもりだ？」

百万円の束は二百個ある。それらをすべて「ミックスペーパーと書かれた箱」に詰め替えろという指示なのか。その先、どうするのだろう。

「全部入れました。……箱の中から、容器を外すんですか。……ああ、そうですね。キャスターが付いていて、台車のように動かせます。……これを運んで、隣の部屋に行くんですね？」

また移動だ。犯人との電話は、今もつながったままらしい。

今度はどんな部屋に入るのだろう。じりじりしながら、塔子は話の続きを待った。

次に広瀬の声が聞こえてきたのは、一分ほどあとのことだった。

「もしもし。隣の部屋に来ました。……ええ、何かの装置がありますね。ここに、さっきの容器をセットするんですか。……はい、セットしました。……横にスイッチが？　ああ、これですね。ミックスペーパーのボタンを……今、押しました。……何か音がしています。……音が止まりました」

そこで広瀬の声が途切れた。十秒ほどたってから、また聞こえた。

「あの、次はどうすれば……。もしもし？」

何度か相手に話しかけていたが、やがて広瀬はあきらめたようだ。

「樫村係長」彼女は本部に報告した。「犯人からの電話が切れてしまったんですが」

「こちら樫村。何か作業をさせられていたようだが、状況を教えてくれ」

「はい。ある部屋で現金を容器に入れて、隣の部屋に運びました。そこにあった装置に、容器をセットしてボタンを押したんです」

「それで、現金はどうなった？」

「わかりません」

「……わからないって、どういうことだ」

「本当にわからないんです。……さっきはたしか、この部分を……駄目です、装置の蓋が開きません」

「おい広瀬くん、しっかりしてくれ。金はそこにあるんだろう？」

「ですから、わからないんです」

聞いている塔子も、いらいらしてきた。重さ二十キロの現金が、目の前にあるかどうかわからない？　そんなことがあるだろうか。

「電話はかかってこないんだな？」と樫村。

「そうです。かかってきません」

「部屋から外に出てみろ。近くに誰かいないか」

「ええと……はい。廊下を確認しましたが、誰もいません」

「わかった。そのまま廊下にいろ。追跡班をそこに向かわせる」樫村は指示を出した。「こちら本部・樫村。階段室の一班一組から四組は、十九階、給湯室付近でマル対と合流しろ。至急、状況を知らせてくれ」

「一班一組了解」

ビルの十九階で、いったい何が起こったのだろう。もどかしい思いをしながら、塔子は建物を見上げた。

ややあって、追跡班からの報告があった。

「こちら一班一組。マル対と合流、問題の部屋に入りましたが、現金が見当たりません」

「樫村だ。見当たらないとはどういうことか。正確に伝えろ」

「マル対は、現金を何かの装置に入れたんですが、その装置の蓋が開かないので、中が確認できないんです」

「だから何なんだ、その『装置』というのは」樫村は相当苛立っている。

鷹野がマイクに向かって呼びかけた。

「こちら二班四組、鷹野です。樫村さん、聞こえますか」

「本部・樫村だ。どうした鷹野くん」

「我々に現場を確認させてもらえませんか。たぶん、力になれると思います」

「……わかった。二班四組は十九階に上がってくれ」

行くぞ、と鷹野が言った。うなずいて、塔子は単眼鏡をバッグにしまった。

ウエストタワーの正面玄関まで走った。一階のロビーを突っ切り、ちょうどやってきたエレベーターのケージに乗り込む。

まもなく十九階に到着した。フロアの案内図を確認したあと、塔子たちは廊下を進んだ。給湯室の先に、背広の男性たちとワンピース姿の女性が見えた。

「広瀬くん」

鷹野が呼びかけると、彼女はこちらを向いた。困り果てたという表情だった。

「すみません。犯人の言うとおりにしただけなんですが……」

「状況説明を頼む」

「最初に給湯室の隣の、その部屋に入ったんです」

ドアには《リサイクルコーナー》というプレートが貼ってあった。覗いてみると、壁際にごみを分別する箱が六つ設置されている。それぞれの箱には、金属製のバケツのようなものが収めてあった。直径六十センチほどの、円筒形の容器だ。箱にごみを入れると、その容器に溜まっていく仕組みらしい。

六つのうち《ミックスペーパー》と書かれた箱だけ、円筒容器が見当たらなかった。すぐそばに、赤いキャリーバッグが置かれている。バッグの中は空だ。

「ミックスペーパーの容器に、現金を入れたわけだな？」

「そうです。下にキャスターが付いていたので、隣の部屋まで押していきました」

塔子たちは隣室に移動した。そちらのドアには《投入室》というプレートが貼ってある。

投入室はリサイクルコーナーよりずっと狭かった。正面奥に、天井から床まで太いパイプが通っている。その直径が、やはり六十センチほどだった。パイプの手前にはガイドレールがあり、容器を嵌め込むことができるようだ。

「容器をそこにセットして、右側のパネルを操作しました。ミックスペーパーというボタンを押したんです」

塔子は操作パネルを見た。ミックスペーパーのほかに《可燃物》《不燃物》《ビン・カン》《新聞》《雑誌・コピー用紙》というボタンがある。

「廃棄物の処理装置か」鷹野が言った。「犯人は現金をミックスペーパーとして、ここで処理させたんだ」

「処理、ですか？」塔子はまばたきをする。

「ここにセットして、出てこないということは……」鷹野は、はっとした表情になった。「やられた！　そういうことか」

彼は廊下に出ると、エレベーターホールに向かって走りだした。塔子は慌ててあとを追った。

ケージの中で、鷹野は何度も舌打ちをした。話しかけるのもためらわれる雰囲気だ。

最下層の地下三階で、ふたりはエレベーターから降りた。案内図を見て、廊下を進んでいく。やがて鷹野がノックしたのは、管理室のドアだった。

作業服の男性に向かって、彼は警察手帳を突き出した。

「警視庁の鷹野です。このビルの廃棄物処理について教えてください。投入室の装置にセットされたごみは、どうなるんです？」

係員は驚いた様子だったが、こう答えてくれた。

「シュート管を通って、この奥にあるリサイクル室に落ちてきます。そのままごみの収集日まで溜めておくんですが……」

「この奥ですね？」

鷹野は踵を返した。廊下を走って、《リサイクル室》と書かれたドアを開ける。

室内は思ったより広かった。天井の隅に穴が開いていて、直径六十センチほどのパイプが見えた。

「あれがシュート管だ。十九階で見たパイプは、ここまでつながっていたわけだ」

「あの……シュート管が、どうかしたんですか」

うしろから係員が尋ねた。不安げな顔をしている。

「昔のダスト・シュートのようなものですよね？」と鷹野。

「あれよりはずっと衛生的だし、安全ですよ。シュート管の中では、空気の圧力を調整して、廃棄物の落下速度を制御しているんです。落ちてきたあとは、上で設定した品目のとおり、自動的に分類されます」

「ミックスペーパーの場所は？」勢い込んで、鷹野は尋ねた。

「こちらです」

係員の案内で、鷹野と塔子は仕分けスペースに近づいた。廃棄物は可燃物、不燃物など六種類に分類されている。ミックスペーパーのスペースには、紙の入ったビニール袋が二十個ほど集まっていた。

「如月、中を調べよう」

「わかりました」

ふたりでビニール袋をチェックしていった。すべてを確認したが、現金はどこにもない。

鷹野は立ち上がって、係員のほうを向いた。

「この部屋は出入り自由ですか？」

「そうですね。オフィスの方が、直接ごみを持ってくることもありますから。エレベーターでも非常階段でも、下りてくることができます」

「ここから外に出るのに、もっとも目立たないルートを教えてください」

少し考えてから、係員は答えた。

「階段で地下二階に上がって、駐車場から車に乗れば、誰にも会わずに済みますが……」

鷹野は携帯電話を取り出した。電波が通じないと知ると、また係員に言った。

「電話を貸してもらえませんか。急いでいます」

管理室から、彼は外に電話をかけた。

「鷹野です。樫村さん、ビルの外周を見張っていたメンバーから、情報を集めてもらえませんか。現金の所在がわからなくなったあと、地下駐車場から出ていった車がなかったかどうか。……ああ、いや、電波が通じない場所なので、このまま待ちます」

鷹野は受話器を耳に当てたまま、じっとしていた。ややあって、相手から回答があったようだ。

「……車は出ていかなかったんですね？　だとすると、何か別の……バイク便？　それです！　そのバイクはどこへ行きましたか。……え？　追わなかった？　なぜですか」

塔子にも、ようやく現金消失の仕掛けが理解できた。

犯人はあらかじめ、バイクでこのビルに入っていたのだ。電波の届くところから広瀬に電話をかけ、十九階に上らせた。そのフロアは工事中だったから、リサイクル設備の近くに邪魔者がやってくる心配はない。電話で指示を与え続け、シュート管に現金を投入させた。そのあとすぐ、犯人は地下三階のリサイクル室で現金を手に入れ、地下二階からバイク便業者を装って逃走したのだ。

——二億円が、奪われてしまった。

これだけの人数を揃え、万全の準備をしたつもりだったのに、まんまとやられた。

塔子は唇を嚙んだ。だが、彼女以上に悔しがっている人物が、目の前にいた。

鷹野は右手を額に押し当て、痛みをこらえるような顔をしていた。

3

桜田門で開かれた報告会は、大荒れに荒れた。

「どうしてこんなことになった？　なぜ駐車場の出入り口を見張っていなかったんだ」

冒頭から、神谷課長は樫村を責め立てた。

「いえ、見張っていなかったわけではないんです」樫村は釈明する口調になっている。「人員はきちんと配置していました。ですが、あのとき金はまだ十九階にあるという認識でしたし、ちょうど鷹野くんたちが上に行って、投入室を調べているところでしたから……」

「だから何だ？」

「それまで金はキャリーバッグに入っていましたから、車でなければ運べないという思い込みがありまして……。バイク便というのは盲点でした」

神谷は机を叩いた。

「何が盲点だ！　樫村、おまえは全体の指揮を執っていたんだろう？　十九階は鷹野たちに任せて、ほかのことに注意を払うべきじゃなかったのか。金がどこにあろうと関係ない。現場から出ていく車両があれば、追跡させるのが常識だ。なぜそれができなかった？」

「申し訳ありません」樫村は深く頭を下げた。

椅子の向きを変え、神谷はデスク担当者に尋ねた。

「バイク便の箱に、二億円は入るのか」

「標準的なトランクボックスは、縦五十センチ、横三十五センチ、高さ四十センチぐらいです。充分収まるはずです。重さの制限は二十キロだそうです」

「二十キロ？　そうか。だから二億にしたのか」

現金二億円は一旦キャリーバッグからシュート管用の容器に移された。そのあとまた、バイク便のトランクボックスに移し替えられていたのだ。

神谷は再び、樫村のほうを向いた。

「犯人が金を移し替えることぐらい考慮しておけよ。馬鹿正直にキャリーバッグを引いていくとでも思ったのか」

「金が奪われたあとに不審者が下りてくれれば、当然、逃走路をふさぐつもりでした。ですが、あんな方法で下に落とすとは予想できなかったもので……」

「常に一手、二手先を考えておくのが捜査のプロだろう。おまえには失望したぞ」

樫村は黙り込む。まだ怒りがおさまらないらしく、神谷は捜査員たちを見回した。

「外で見張っていた奴も、油断しすぎだ。こういうときに出入りするバイクがあれば、写真撮影するぐらいの機転が利かないのか」

神谷は腕組みをしながら、スクリーンの周辺をうろうろと歩いた。そのうち足を止め、塔子たちを睨んだ。

「鷹野も鷹野だ。おまえ、どうして外で待機なんかしていた？」

「えっ？」鷹野はまばたきをした。

「おまえが率先してビルに入っていれば、そのシュート管に気づいていたんじゃないのか」

「それは無理でしょう。追跡班は広瀬くんに近づけなかったんですから」

「だとしても、あの駐車場の出入り口が怪しいとか、そういうことをだな……」

「持ち場を離れるわけにはいきません。私は、樫村さんの指揮下にいたんですから」

「そんな消極的な態度じゃ駄目だ。樫村が頼りないというのなら、なぜ早くそう言わない」

「私は樫村さんが頼りないなどとは一言も……」

「嘘をつけ。最初からそう思っていたんじゃないのか？」

鷹野は口を閉ざした。小さくため息をついて、塔子のほうに目配せをした。

まるで八つ当たりだった。神谷自身も、それはよくわかっているはずだ。だが、それでも言わずにはいられないのだろう。

「神谷課長、怒鳴っていても仕方がない」吉富部長が口を挟んだ。「とにかく、捜査を続けるしかないんだ」

「……はい」

渋い表情のまま、神谷は腰を下ろした。

雰囲気は最悪だった。そんな中でも、樫村は司会を続けなければならない。彼は咳払いをした。

「現金を奪われたあとの状況ですが……付近で緊急配備を敷きましたが成果はありませんでした。ビルの防犯カメラでバイクのナンバーが特定されていますが、プレートの数字が加工されていたようで、所有者はわかっていません。ビル十九階で鑑識活動および聞き込みを行いましたが、ここでも手がかりはつかめませんでした。

一方、平野庸次の所在について。今日は現金受け渡しに多くの人員を投入したため、今のところ有効な情報は出ていません。ただ、平野の知人がひとり見つかっていますので、その人物から話を聞いて、行方を追っています。何かわかれば、すぐに報告したいと思います」

二億円を奪取した今、犯人が何を考えているかが問題だった。殺人と脅迫はこれで終わるのか。それとも彼は味を占めて、さらに要求を繰り返してくるのか。

塔子たちは前者を望んでいる。だが仮に殺人、脅迫が終わったとしても、それで事件が解決するわけではなかった。三人もの男性が殺害され、二億円という大金が奪われたのだ。犯人を捜し出さなければ、警視庁の立場がない。

重苦しい空気の中、報告会は終了した。

鷹野はしばらく腕組みをしていたが、何を思ったか、急に立ち上がった。塔子を伴い、スクリーンに近づいていく。

樫村係長の前に立ち、彼はこう話しかけた。

「平野に関する捜査資料を、見せてもらえませんか」

樫村はじっと鷹野を見つめた。それから、ゆっくりと首を振った。

「その件については我々特殊班に任せてほしい」

「神谷課長から言われているんです。十一係でも平野の行方を調べるようにと」

はっとして、塔子は鷹野の横顔を見た。たしかに神谷からそう言われているが、あれは水面下で捜査せよという意味だろう。資料を見せろなどと正面から切り込んだら、拒絶されるに決まっている。

樫村はうしろを振り返った。神谷は真剣な表情で、吉富と話し込んでいた。

「さっき報告しただろう？」樫村は鷹野に視線を戻した。「手がかりはつかめているんだ。引き続き、我々が調べる」

「ここまで事態が悪化しては、もうメンツがどうのと言っていられないでしょう。特殊班は特殊班で動いていただいてけっこうですが、資料だけは見せてほしいんです。その中に、何かヒントがあるかもしれません」

「我々が手がかりを見落としていると言うのか？」普段冷静な樫村が、珍しく気色《けしき》ばんだ。

「その可能性はあると思います」静かな口調で、鷹野は言った。「私や如月が見れば、何か別のことに気がつくかもしれない。さまざまな視点からチェックすべきです」

「ほかのチームの情報を見せろというのは、明らかな越権行為だ」

「樫村さん。あなたは優秀な交渉人だと聞いています。それなのに、ここでは交渉の余地なしですか？」

樫村は返事をしなかった。あくまで、資料を見せるつもりはないようだ。

軽く息をついて、鷹野は携帯電話を取り出した。メモを見ながら番号を押し、電話機を耳に当てる。

会議室の隅で、電話の着信音が聞こえた。驚いたことに、鷹野が架電した相手は神谷だった。

「ああ、課長。鷹野ですが、ちょっと助けていただけませんか」

「おい鷹野、おまえ何をふざけているんだ」

神谷が電話機を片手に、こちらへやってきた。

「樫村係長が、特殊班で調べた資料を見せてくれないんです。平野を追跡するためには、それが必要だと話したんですが」

「くだらないことで俺を呼ぶなよ」

「困ったことがあれば、直接携帯にかけていいと言われたもので」

神谷は顔をしかめた。咳払いをしてから、樫村に命じた。

「鷹野に資料を見せてやれ」

「しかし、中には部外秘の情報が……」

「いいから、鷹野が見たいという資料は全部用意しろ。これは命令だ」

「……わかりました」険しい表情のまま、樫村はうなずいた。

打ち合わせ用のスペースに、広瀬奈津美が捜査資料を運んできた。樫村はそれを指して、「どうぞ」と事務的な口調で言った。

鷹野は椅子に腰を下ろし、早速ページをめくり始める。

困ったな、と塔子は思った。樫村には、いつかまた世話になる場面もあるだろう。こんなことで、しこりを残したくはなかった。

塔子は小声で、樫村に言った。

「気を悪くしないでください。この事件を解決しようと、私たちも必死なんです」

「わかっているさ。十一係は優秀だ。じきに犯人を捕まえてきてくれるんだろう？」

「私たちだけですべて解決できるわけじゃありません。特殊班との協力が必要です」

「君は優しいんだな。……さあ、早く鷹野くんの手伝いをしないと、叱られるぞ」

今すぐ和解というわけにはいかないようだ。

塔子は鷹野の指示を得て、資料を調べ始めた。樫村はふたりの向かいに座り、作業の様子を観察している。鷹野が資料を撮影するのではないか、と警戒しているのかもしれない。広瀬は少し離れた場所で、不安げな顔をしていた。

気にはなるが、いつまでも樫村のことを考えているわけにはいかなかった。塔子は、目の前の仕事に集中した。

平野庸次に関して、特殊班はかなり細かいことまで調べていた。入庁後の経歴、取り扱った事件、賞罰、上司や同僚の証言。そして退職前に彼が調べていたという、遊糸会事件のこと。

平野の親戚、友人、知人などから聞いた情報も記されていた。しかし彼らはみな、平野の転居先については知らないと話している。

——手がかりになるのは、あのピルケースだ。

たぶん平野は、薬品を服用していたのだ。たまたま切らしていたようだが、普段あのケースには何が入っていたのだろう。それから、ケースに付着していたというカーボンブラック。その正体は何なのか。

「カーボンブラックのこと、何かお聞きになっていますか？」と樫村に訊いてみた。

彼はわずかに表情を動かしたが、抑揚のない声で答えた。

「我々は知らない。その件は十一係が調べているんだろう？」

「……そうですよね。すみません」

樫村の機嫌は直りそうになかった。

塔子はバッグから携帯電話を取り出し、早瀬に架電した。まずこちらの状況を報告し、そのあと、こう質問した。

「その後、カーボンブラックの調査はどうなっているでしょうか」

「最優先で調べている」早瀬は言った。「扱っているメーカーを順次訪問させているが、まだ当たりは出ていない」

「もしかしたら、現在稼働している工場ではないのかもしれません。廃工場をアジトにしているんじゃないでしょうか」

「もちろん、その線も調べさせている。何かわかったら連絡する」

電話を切って、塔子は考え込んだ。いったい、犯人はどこに隠れているのだろう。

横から鷹野が言った。

「今、平野が行ったことのある土地や、親戚、知人のいる町をピックアップしているところだ。如月は、地図で場所を確認してくれないか」

「その周辺に、カーボンブラックを扱う会社がないか、調べるわけですね」

「そうだ。早瀬さんたちはメーカーを訪ねて、平野の痕跡を見つけようとしている。俺たちはその逆をやる。平野の立ち回り先から、メーカーを探すんだ」

一般に、犯罪者は土地鑑のある場所にアジトを作ることが多い。今回も、自分の知っている町に潜伏している可能性がある、ということだ。

広瀬奈津美に頼んで、大きめの地図帳を貸してもらった。

何か手がかりが出てくることを期待したのだが、しばらく作業を続けても、条件に合致するメーカーはなかなか見つからない。

「ほかの工場なら、いくつかあるんですけど」塔子は、付箋を貼ったページを指差した。

菓子メーカー、肌着メーカー、化粧品メーカーの工場などだ。

「やはり、早瀬さんたちに頑張ってもらうしかないか」鷹野は腕組みをする。

その様子を見て、樫村が訊いてきた。

「そろそろ気が済んだかな」

「いえ、まだです」塔子は首を振った。「時間をかけて、じっくり見てみないと」

「……如月くん。我々特殊班を、もっと信用してくれてもいいんじゃないか？」

「信用していますよ。だから、みなさんが必死に集めてきてくれた情報を、こうして調べているんです」

黙ったまま、樫村は塔子を見た。それから、電話番をしていた広瀬を呼んで、コーヒーを淹れるよう命じた。

数分後、広瀬はコーヒーを運んできた。カップや砂糖を机に並べたあと、彼女は塔子に話しかけた。

「何かわかりました？」

「……まだ、見つかりませんね」

そうですか、とつぶやいたあと、広瀬はこんなことを言った。

「さっきインターネットで調べたんですけど、カーボンブラックって、意外なところで使われているんですね」

「意外な、というと？」

「コスメチック関係です。アイシャドウとかアイライナーとか」

「本当ですか？」

思わず、塔子は腰を浮かせていた。関連施設のリストを指で追う。

「化粧品メーカー！」塔子は鷹野のほうを向いた。「主任。この工場じゃないですか？　所在地は東京都府中市天神町《てんじんちょう》……」

「そのメーカーに電話してみろ。工場は稼働しているのか？」

パソコンを借りて、メーカーの代表番号をネット検索した。電話で問い合わせたところ、地図に載っている工場は昨年閉鎖され、無人のまま残っているという。

「つまり、廃墟になっているわけか」鷹野は椅子から立ち上がった。「これは、当たりを引いたかもしれないぞ」

「化粧品メーカーは捜査の対象になっていません。早瀬係長たちも調べていないはずです」

塔子たちの声を聞いて、神谷課長と吉富部長がやってきた。

「どうした。何かわかったのか」

そう尋ねた神谷に、塔子は状況を説明した。

「化粧品にカーボンブラックが使われているんです。府中市に平野の関係先があるんですが、その近くで化粧品メーカーの廃工場が見つかりました」

　神谷はリストと地図を比較したあと、顔を上げた。

「よし。大至急人員を集めて、その工場を捜索しろ。事前に周囲をしっかり固めるんだ。樫村、何人集められる？」

「二十人、いえ、三十人集めます」表情を引き締めて、樫村は言った。

「十一係からも何人か投入しよう。鷹野、おまえが現場の指揮を執れ」と神谷。

　だが、鷹野はこう答えた。

「その役目は、樫村係長が適任でしょう」

「この期《ご》に及んで何を言うんだ」神谷は声を荒らげた。「こうした現場は、おまえのほうが慣れている。今回は失敗できないんだ」

「わかっています」鷹野はうなずいた。「私は突入班に入ります。ですから、全体の指揮は樫村さんにお願いしたいんです」

　これを聞いて、神谷も納得したようだった。

「よし。それでいこう」

　樫村がみなを集めて、計画を練り始めた。特捜本部はにわかに活気づいてきた。

　準備を整え、塔子たちは警視庁本部を出た。

4

「こちら指揮車。各組、状況を報告せよ」

イヤホンから樫村の声が流れた。かすかな雑音のあと、捜査員たちの声が聞こえてきた。

「……一班一組から四組、正面入り口前で待機中」

「……こちら一班五組、駐車場の白い乗用車をチェックした。誰も乗っていません」

「……一班六組、配置完了。いつでもどうぞ」これは鷹野の声だった。

さらに、ほかの組からの報告が続く。

事前の打ち合わせで、一班は正面入り口から建物に進入、二班は裏口と搬入口を固め、三班はその他の窓を監視することになっている。塔子たち四班は状況を見て、被疑者が発見されたらその応援に、逃走するようなら追跡に回る役目だった。五班、六班として車両部隊も用意されている。今集められる人員を、すべて投入した布陣だ。

「午後一時三十分まで、あと二分です」

隣でささやく声がした。塔子とともに四班一組となったのは、特殊班の若い男性捜査員だった。

塔子は敷地の中を見回した。

府中市天神町にある、化粧品会社の廃工場だ。高い塀に囲まれているから、乗り越えて逃げるには手間がかかるだろう。敷地に出入りするルートはふたつしかない。正門と、西側にある通用門だ。どちらも工場閉鎖時に施錠されたはずだったが、塔子たちがやってきたとき、正門のほうは錠が壊されていた。

工場は三階建てで、学校の校舎に似た外観だ。駐車場には白い乗用車が停まっていた。先ほど報告されたが、中には誰も乗っていないらしい。

化粧品会社に確認した結果、この車は、社とは無関係だとわかっていた。つまり、外部の人間が建物に潜んでいる可能性が高い、ということだ。

その人物が事件の犯人だという確証はない。だが、もし犯人であったなら、絶対に逃がすわけにはいかなかった。万一取り逃がすようなことがあれば、もう二度とチャンスはやってこないかもしれない。指揮車の中にいる樫村や神谷は、緊張しながら成り行きを見守っていることだろう。

「一分前」樫村の声が聞こえた。

塔子のいる場所から、鷹野の背中が見えていた。彼の相棒は、鑑取り班の徳重だ。鷹野たちは今、建物の正面入り口から十メートルほど離れた物陰にいる。その左側には、門脇の大きなうしろ姿も見えた。

どこからか虫の声が聞こえた。まだ明るいのに、と塔子は驚いた。敷地の中には、もともと花壇があったらしい。今は雑草に覆われ、虫たちの住処《すみか》になっているようだ。

「十秒前」樫村がカウントダウンを始めた。「……四、三、二、一、今!」

鷹野たちが入り口のドアを開け、中に入っていく。

塔子はイヤホンに指先を当て、息をひそめた。進入した捜査員たちは、物音を立てないように行動している。当然、声を出して報告することはできない。樫村も、そして塔子たちも、屋内で何が起こっているのか知ることはできなかった。

また虫の声が聞こえた。遠くから車のクラクションが響いてきた。時折、強い風が吹く。頬にかかった髪を、塔子は指先ではらった。

イヤホンから声が流れ出た。

「一班六組より指揮車へ」鷹野だった。「被疑者を発見した。東側の部屋です」

「こちら指揮車・樫村。身柄確保ということか?」

「いえ、違います。被疑者は死亡しています」

塔子は息を呑んだ。犯人がすでに死亡している?

「今、建物の内部を確認しましたが、共犯者がいた形跡はありません。樫村さん、検視が必要です。それから、鑑識の手配をお願いします」

「了解。今からそちらに行く。……四班一組から四組は、建物に入ってくれ。その他の班は指示があるまで待機」

「行きましょう」塔子は若い刑事に声をかけ、立ち上がった。

正門を抜けて、神谷と樫村が敷地に入ってきた。脇目も振らず、急ぎ足で正面入り口に向かう。彼らに続いて、塔子たちも建物に足を踏み入れた。

廊下を進んでいくと、開放されたドアのそばに捜査員たちの姿が見えた。こちらです、と刑事のひとりが手を挙げる。神谷、樫村を先頭にして、四班のメンバーはその部屋に入っていった。

八畳ほどの広さがあった。ドアは一ヵ所だが、東側に窓がふたつあり、大きく開かれている。庭から、秋の風が吹き込んでいた。

どうやらそこは、倉庫代わりの部屋だったらしい。壁を埋めるようにスチールラックが設置され、薬品の容器がいくつか残されていた。部屋の中央にはテーブルと四つの椅子。黒い汚れが付いたテーブルの上に、メモ帳や文具、雑貨類が置いてある。

床には灰色のカーペットが敷かれていた。ラックから外された鉄板や、布きれ、ファイルケースなどが落ちている。

テーブルの脚のそばに、男性が倒れているのが見えた。スニーカーにジーンズ、薄いブルーのシャツ、その上に黒いジャンパーを着ている。徳重が白手袋を嵌めた手で、男性の衣服を調べていた。

「死後一、二時間はたっていますね」徳重は顔を上げた。「外傷は見当たりません。死因を調べる必要があります」

「この男の身元は？」神谷が尋ねた。

「ポケットに財布と免許証がありました。ほかに、サングラスとマスクも」

徳重は証拠品一式を差し出した。神谷は免許証の写真を見つめる。それから遺体のそばに近づき、顔を覗き込んだ。

「間違いない。平野庸次だ」

塔子もうしろから、遺体の顔を観察した。眉は細く、唇は薄い。カマキリを連想させる男だ。写真より少し痩せていたが、たしかに平野だった。

「日本橋ウエストタワーで金が消えたのが、午前十時半ごろ。そして今が、午後一時四十分か」腕組みをしながら、門脇が言った。「平野は金を奪ったあと、このアジトに戻ってきた。そして死んだ。なんらかの理由で、だ」

「自殺……だろうか」樫村は驚きを隠せないようだった。

彼はこれまで、特捜本部のリーダーとして平野を追い続けてきた。その平野が、まさかこんな姿になっているとは、思いもしなかったのだろう。

神谷課長は徳重を手招きした。

「この部屋で睡眠薬か何か、見つかっていないか」

「調べましたが、睡眠導入剤や毒物はありませんでした。ただ、医者から処方されたと思われる薬が残されています」

徳重はテーブルを指し示した。メモ帳の横に、調剤薬局などで使われる、白い紙袋がある。神谷は銀色のシートを取り出し、裏返した。

「名前が書いてあるが、何の薬だ？」

「確認してみます」樫村はポケットから携帯電話を取り出した。

すぐそばでフラッシュが光った。鷹野がデジタルカメラで撮影を始めたのだ。遺体の写真を何枚か撮ったあと、室内の様子を写し始めた。

ごみ箱の中には、弁当の容器や飲み物のペットボトルが捨ててあった。平野はここで食事をしていたのだろう。分量から、何日か滞在していたことがわかる。

スチールラックに、ボイスチェンジャーと携帯用のテレビが置かれていた。ニュースを見て、捜査の進展をチェックしていたのだと思われる。壁にメモ用紙が貼ってあった。そこには平野が警察を追われた当時の出来事が、克明に記されていた。彼は毎日これを見て、そのころの悔しさを思い出していたのかもしれない。

ふと見ると、鷹野が床にしゃがみ込んでいた。手袋を嵌めた指先で、カーペットに触れている。

「どうかしたんですか」

「何だろうな。ここに円《まる》い跡がある」

塔子は、彼が指差す場所を見た。重いものを置いたのだろうか。毛足の長いカーペットの上に、直径四十センチほどの、円形の跡があった。大鍋に水を入れて床に置いたら、こんなふうになるかもしれない。室内を見回してみたが、その跡に合うような品はどこにもなかった。

鷹野は辺りを調べていたが、そのうち、落ちていた鉄板に目を近づけた。

「少し濡れているな」

塔子も鉄板を観察した。たしかに、表面に水滴が付着している。

うしろから樫村の声が聞こえた。

「薬の正体がわかりました。あれは不整脈治療薬だそうです。心臓の薬です」

「奴は心臓が悪かったのか?」神谷が眉をひそめた。

「平野は普段、その薬を持ち歩いていたんじゃないでしょうか」塔子は神谷のほうを向いた。「昨夜は切らしていたようですけど」

「たしかに、ピルケースには平野の指紋が付いていたな」

「それから、このテーブルの汚れ……」塔子は黒い汚れを指差した。「たぶん、例のカーボンブラックだと思います」

「弁当のごみもあるし、平野はここをアジトにしていたんだな。ピルケースを出し入れしているうちに、カーボンブラックが付着したわけか」

門脇たちの捜索で、カーボンブラックの容器が見つかった。工場が稼働していたころには、頻繁に使われていたのだろう。

塔子は平野の遺体をじっと見つめた。

――ようやく、たどり着いたというのに。

あまりにもあっけない幕切れだった。平野はなぜ死亡したのだろう。彼はいったい、どこに金を隠したのか。その金を、これからどうするつもりだったのか。

悔しさが込み上げてきた。

もっと早くこの場所に来ていたら、平野の身柄を確保できたのではないか。彼が倒れたとき、自分たちがそばにいれば、適切な処置ができたのではないだろうか。

死んでしまっては、もう事情を聞き出すこともできない。

窓から入ってきた風が、遺体の髪を揺らした。平野は動かない。動くはずもない。

風はそのまま、薄暗い廊下へと吹き抜けていった。

5

桜田門に設けられた特捜本部で、臨時の会議が始まった。

捜査員たちの表情は複雑だった。犯人を見つけることができたのは喜ばしいことだ。だがその犯人が死亡してしまったせいで、真相の解明が難しくなった。できることなら平野本人から、事件の詳細を聞き出したかったという気持ちがある。

門脇、徳重らの応援人員も、府中市のアジトから桜田門に移動していた。事件の総括となる会議だから、ぜひ参加したいと門脇が申し入れたのだ。

樫村がみなの前に立った。

「本日午後一時四十分ごろ、府中市天神町の廃工場で平野庸次の遺体が発見されました。死亡推定時刻は、午前十一時から正午の間。検視の結果、外傷はなく、毒物を摂取した形跡もみられませんでした。現場に不整脈治療薬が残されており、薬局経由で、平野が通っていたクリニックがわかりました。医師に事情を訊いたところ、平野には不整脈があり、ここしばらく治療を続けていたそうです。このあと司法解剖を行いますが、現時点では、平野は心疾患により突然死したものと考えられます」

たしかに、と塔子は思った。平野の死は、まさに突然の死だった。本人はこの先のことについて、あれこれ計画を立てていたはずだ。だが、それらは実行されないまま終わってしまった。

「遺体のあった部屋には、弁当の容器や箸《はし》などのごみが残されており、平野の指紋が多数検出されました。それから、工場の駐車場に停めてあったのは盗難車で、ここからも平野の指紋が出ています。別の車からナンバープレートを盗んで取り付けるという、念の入れようでした。この車を使って平野は南砂団地をはじめ、各現場へ移動して殺人を繰り返していたんでしょう。……日本橋ウエストタワーで奪われた現金二億円は、まだ見つかっていません。廃工場にもありませんでしたから、日本橋から戻る途中で、どこかに隠したものと思われます」

吉富部長が樫村に話しかけた。

「このあとの捜査では、現金の捜索を最優先にしてくれ。できれば明日の午前中に行う記者発表で、そのことを話したい。犯人を発見し、金も取り戻したとなれば事件は解決だ」

「わかりました。全力を尽くします」

方針が決まったため、捜査員たちの表情も和《やわ》らいでいた。もう、脅迫電話がかかってくることはないのだ。平野の立ち回り先を調べれば、いずれ二億円も見つかるだろう。

「それにしても、たったひとりでこんな事件を起こすとはな」神谷が唸った。「二年前退職に追い込まれたことを恨んで、奴は警視庁を脅した。その一方で、菊池たちの生命保険ビジネスに義憤を感じ、メンバーをひとりずつ殺害した。どこかで、ためらうことはなかったんだろうか……」

「平野庸次は暴走したんだよ」吉富部長が言った。「組織が大きくなると、どうしても規格から、はみ出す者が出てくる。我々はそういう人物も認めて、能力を活かすよう努力すべきなのだろう。しかしルールを破り、限度を超えて暴走する人間を放置することはできない。平野には、警察官を名乗る資格はなかったんだ」

警察は身内に甘い、と批判されることがある。情報を隠蔽しがちだと言われることもある。警視庁に所属する塔子であっても、それを全面的に否定することは難しかった。

だが警察官は常に正しく、勇気ある存在でなければならない。その理想像を守るため、幹部たちはいつも建前を押し通すのだ。おそらくそれは、多くの警察官たちを守るために必要なことなのだろう。

消えた二億円については、特殊班が捜索することになった。今回、樫村は独力で犯人のアジトを見つけることができなかった。だから、せめて現金だけは自分たちの手で発見してみせる、と意気込んでいたようだ。

樫村の意を汲《く》んで、神谷課長はそれを許可した。所轄署から応援の人員を出せば、人手は足りるだろう。

神谷の指示で、十一係のメンバーは城東署に戻ることになった。

東陽町駅を出て、塔子たちは永代通りを歩きだした。

そろそろ辺りは暗くなり始めている。適当なところで左折し、住宅街に入った。小学生が自転車に乗って走っていく。レジ袋を提げた主婦がふたり、立ち話をしている。どこかの家から、鰹《かつお》だしの匂いが流れてきた。

「どうした如月。浮かない顔をしてるじゃないか」

門脇が話しかけてきた。歩きながら、塔子は相手の顔を見上げた。

「……平野が死亡して、真相は藪《やぶ》の中ですよね」

「そんなことはないだろう。これから裏付け捜査をしていけば、奴の行動は明らかになるはずだ」

「行動についてはわかると思うんです。でも、なぜそんなことをしたのか、動機の部分はわかりませんよね。できれば、本人から聞き出したかったんですけど」

「たしかに、元警察官だから普通の犯罪者とは性質が異なるだろう。俺も奴の内面には興味があった。でも、死んでしまったものはどうしようもない」

そのとおりだった。あとは周辺で聞き込みをして、犯人の心の闇に迫っていくしかない。本人に成り代わって、塔子たちが動機を組み立てていくのだ。

前方にＮＴＴの車が停まっていた。高く伸びたアームの上に、作業員が乗っている。電話線の工事をしているのだろう。

――犯人は電話一本で、二億もの金を動かしたんだ。

人質は東京都民、千三百万人。じつに巧妙な犯罪だった。今後、同様の事件が起こらないという保証はない。そうした事態に備えるためにも、平野の自供を聞きたかった。あと二時間、いや、一時間半早ければ彼の死を防げたのではないか。そんな気がして仕方がない。

「私、どうして間に合わなかったんだろうって、後悔しているんです」

「気にするなよ」門脇は励ましてくれた。「刑事をやっていれば、そんなことはいくらでもある。そうだよな、鷹野？」

え、と鷹野は言った。急に訊かれて、まばたきをしていた。

「何がですか？」

「……さすがの鷹野も、疲れているみたいだな」

「そうかもしれません」彼は右手で胃の辺りを撫でた。「腹が減ったな」

城東署でも臨時の会議が開かれた。

南砂事件、葛飾事件、南千住事件の犯人が遺体で発見されたのだ。こちらの特捜本部でも、捜査員たちはみな、ほっとした表情を浮かべていた。

「三つの事件は、被疑者死亡のまま書類送検という形になるでしょう」早瀬係長がみなに伝えた。「これでもう、あらたな被害者が出る心配はなくなりました。あとは、じっくり裏付け捜査をしていけばいい」

「じつに難しい事件だった」手代木管理官が、感慨深げに言った。「だが俺は、おまえたちを信じていた」

珍しく、手代木の機嫌がよかった。あれだけ大きな事件だったのだ。彼も不安を感じていたのだろう。

「この四日間、ご苦労だったな。一億のことは気になるが、それは特殊班に任せよう。みんな、今日ぐらいは早めに休んでいいぞ」

「……ということですが、明日からまた、ばりばり働いてもらうので、そのつもりで」

そう言って、早瀬は会議を締めくくった。


打ち合わせをしよう、と門脇が声をかけてきた。徳重、尾留川、そして鷹野と塔子。五人で城東署を出た。

前から目をつけていた店だと言って、門脇は日本料理屋に入っていった。奥に個室があるから、ほかの客が気にならないのだそうだ。

「生ビール五つね」

門脇がそう注文したので、塔子は驚いてしまった。

「大丈夫ですか。まだ事案は片づいていないのに」

「今日は休んでいいって、手代木さんも言ってただろう。一段落したんだ。少しぐらい飲んでも、ばちは当たらないさ」

そこへ電話がかかってきた。ちょっとすみません、と言って塔子は個室を出た。

相手は早瀬係長だった。報告書を読んでいて疑問に感じたことがあったらしい。塔子は店の外に出て、しばらく話をした。

そのうち、鷹野が様子を見にやってきた。電話が終わるのを待ってから、塔子にこう尋ねた。

「どうした？　何か問題があったのか」

「いえ、早瀬係長の質問に答えていただけです。難しい話じゃありませんでした」

「俺たちが飲みに来たことを、知っているのかな」

「係長が探りを入れてきたというんですか？　それはないでしょう」

ふたりは個室に戻った。

テーブルには生ビールのジョッキと、料理の皿が並んでいた。驚いたことに、マグロの刺身まで注文してあった。

「うわ、ずいぶん豪勢ですね」

塔子が言うと、尾留川は笑って、

「お祝いなんだってさ。事件が一段落したから」

「たまにはいいだろう」門脇も嬉しそうだ。「この店は魚が旨《うま》いって噂だぞ。特にこれ、マグロがな」

「どこで食べても、そう変わらないでしょう」鷹野は座布団の上に、あぐらをかいた。「どのみち冷凍ものですよ」

「おまえはわかってないね。マグロだってピンキリなんだよ。優れた料理人は、優れた食材を選んでくる」

言いながら、門脇は煙草に火を点けた。携帯電話をいじっていた徳重が、げほげほと咳き込んだ。

鷹野はカメラを取り出し、料理の皿を撮影し始めた。彼は記録魔だ。出先で何でも写真撮影し、整理して自分のコレクションに加えるという。ブツ捜査を好む鷹野にとっては、どれも貴重なデータなのだろう。

焼き鳥、モツ煮込み、マグロと撮影したところで、厨房のほうから大きな音がした。何だろう、と思って塔子は立ち上がった。尾留川もあとからついてくる。

のれんの間から様子をうかがうと、若い女性店員の姿が見えた。誤って、ビールサーバー用のビヤ樽を倒してしまったらしい。塔子たちに気がつくと、すみません、お騒がせしました、と彼女は詫びた。

「大丈夫？　無理しないで」

尾留川は倒れたビヤ樽を元に戻してやった。店員はぱっと顔を輝かせて、「ありがとうございます」と頭を下げた。

そのまま、尾留川は彼女と世間話を始めた。

「調子のいい奴だと思うだろう？」鷹野がやってきて、塔子に話しかけた。「だが本人に言わせれば、あれも情報収集の一環なんだそうだ」

「あ。メールアドレスを交換していますよ」塔子は顔をしかめた。「いいんですか、あんな情報収集をして」

鷹野はふと黙り込んだ。何を思ったか、ビヤ樽に近づいていく。フラッシュを焚いて何枚か写真を撮ったあと、女性店員に尋ねた。

「君、この樽にはどれぐらいビールが入っている？」

「……たしか二十リットルです」

「なるほど。底の直径はどれぐらいあるだろう」

「ええと……四十センチぐらいでしょうか」

鷹野はカメラを持ったまま、壁の一点をじっと見つめた。

「どうかしたんですか」

尾留川が尋ねたが、返事はない。鷹野の視線の先に、特別なものは見当たらなかった。彼は今、何かを考えているのだ。

「まさか、そういうことなのか？」突然、鷹野は言った。「……しかし、本当にできるんだろうか」

彼はデジカメを操作し、過去の写真をチェックし始めた。ある画像を見つけると、ボタンを押して拡大した。塔子は横から液晶画面を覗き込む。

そこに映っていたのは、平野が死亡していた廃工場だった。灰色のカーペットに、円い跡が残されている。

「直径四十センチ……。一致しそうですね」塔子は鷹野の横顔を見つめた。

「そう思うか？　たしかに、ビヤ樽はヒントになった。だが、おそらくあれは、ビヤ樽の跡じゃない」

「違うんですか？」

鷹野は深くうなずいた。カメラをしまって、塔子のほうを向いた。

「やっとわかった。我々は事件を解決したんじゃない。『解決させられていた』んだ」

6

午後六時。塔子と鷹野は、桜田門に戻ってきていた。

これほどめまぐるしく状況が変わる日も珍しかった。朝一番で会議に出席し、現金受け渡しのあと報告会を行い、府中市の廃工場から戻って総括の会議をした。そして今、塔子たちはまた警視庁本部にやってきた。

鷹野と塔子は、並んで腰を下ろした。その向かいには樫村と広瀬が座っている。

ここは、特捜本部とは別の小会議室だった。まだほかの捜査員には知らせたくないと言って、鷹野がこの部屋を希望したのだ。

「もう、捜査方針は決まったはずだ」樫村は怪訝そうな顔をしていた。「あらためて打ち合わせをする理由が、わからないんだが」

「非常に重要な話です。まずは樫村さんに伝えておかなくては、と思ったものですから」

塔子もまだ、その内容を聞かされていなかった。これから、どんな話が始まるというのだろう。

ドアをノックする音が聞こえた。顔を見せたのは、科捜研の河上だ。塔子を見つけると、彼は軽く会釈をした。

河上は台車を押して小会議室に入ってきた。荷物の上には白い布がかぶせてある。広瀬に椅子を勧められ、彼は腰を下ろした。

「みんな忙しい身だ」樫村は言った。「鷹野くん、できれば手短に頼みたい」

わかりました、と答えてから鷹野は話し始めた。

「本日午後、我々は府中市天神町の廃工場で被疑者・平野庸次の遺体を発見しました。あの現場について、何点か気がついたことがあります。まず、室内にはスチールラックから外れた鉄板が落ちていましたが、その表面が少し濡れていました。それから、遺体の近くのカーペットに直径四十センチほどの、円形の跡が残っていた。何か重いものを置いたような跡でした。ずっと気になっていたんですが、その正体は、おそらくこれです」

鷹野が促すと、河上は台車の荷物から布を取りのけた。

そこには銀色の容器があった。下のほうは円筒、上は径が狭まっていて、巨大なボトルのような形状だ。一番上には青い蓋が嵌めてあり、その横に運搬用の取っ手がふたつ付いていた。

「時間のない中、科捜研が用意してくれました。河上さん、説明をお願いできますか」

鷹野が丁寧に頭を下げた。一瞬、河上は意外そうな顔をしたが、黒縁眼鏡のフレームに手を添え、ひとつ咳払いをした。

「市販品から、直径三十九センチ、高さ六十四センチの容器を探してきました。現場でも、おそらくこのサイズのものが使われたのだと思います。……これはイギリスのデュワーという研究者が発明したもので、デュワー瓶と呼ばれています。内層と外層の間が真空に近い状態で、保温性に優れています。魔法瓶の原型ですね。これの使い道ですが、わかりやすい例を挙げると、液体窒素などの保管に用いられます」

「液体窒素……」樫村が眉をひそめた。

「みなさん、バナナを凍らせて釘を打つ映像を見たことがありませんか。あの実験で、バナナを瞬時に凍らせるのが液体窒素です。理科の授業でも、ときどき使われます」

「どういうことです？」樫村が尋ねた。「平野は液体窒素で冷やされて、心臓発作でも起こしたというんですか」

「そうではありません」鷹野は首を振った。「何者かがドアや窓を閉め切って、室内に液体窒素を撒《ま》いたんです。液体窒素の沸点は、一気圧下で摂氏マイナス百九十六度。瓶の外に出れば爆発的に気化して、体積は七百倍になります。そうですね、河上さん」

河上はうなずいた。

「この瓶は二十五リットル入りですから、気化した窒素はおよそ一万七千五百リットルになります。一般に、風呂の浴槽で使うお湯が二百リットルぐらいだと言われていますから、その八十七倍ほどです。空気中の酸素濃度は通常、約二十一パーセント。これが十二パーセントまで下がると、めまいや吐き気を感じ、筋力が低下して体の自由が利かなくなります。十パーセントで嘔吐《おうと》や意識喪失を起こし、六パーセントでは即座に失神、短時間で死亡します。実際、液体窒素が気化した部屋で、酸欠のため死亡したという事故は、過去にいくつも起こっています」

「平野は窒息死したというんですか……」樫村は、広瀬と顔を見合わせた。

「具体的にはこういうことでしょう」鷹野が説明した。「三日ほど前から、犯人は平野庸次を拉致《らち》していたと思われます。弁当を食べさせ、容器などに指紋を付着させた。そして今日、二億円を奪ったあと、午前十一時から正午までの間に、あの部屋にデュワー瓶を持ち込んだ。窓を閉め、平野をロープなどで縛ったまま床に転がす。それから犯人はデュワー瓶を傾け、室内に液体窒素を撒いた。安全のため、自分は酸素マスクなどを使っていたかもしれません。あとは部屋を出てドアを閉め、平野が死亡するまで待てばよかった。死亡後には、もちろんロープなどを回収したはずです。

我々が現場に到着したとき、窓とドアは開放されていました。平野が絶命したあと、犯人が換気を行ったんでしょう。室内の空気が入れ替われば、『凶器』である窒素の濃度が下がり、殺人の重要な証拠が消えるからです。

ただ、あの部屋にはいくつか犯罪の痕跡が残されていました。デュワー瓶を置いた、直径四十センチほどの跡。そして鉄板の表面に生じた結露《けつろ》。おそらくあの鉄板は、液体窒素で急激に冷やされたんです。そのあと換気が行われ、暖かい空気が冷たい鉄板に触れて、結露が起こったというわけです。犯人はかなり慎重な人物ですから、これらは珍しいミスだったと思いますね。時間がなくて、事を急いだせいでしょう」

――あの平野が、誰かに殺害されていた……。

塔子は、廃工場の様子を思い浮かべた。テーブルに不整脈治療薬が置かれていたため、心疾患で死亡したのだと思い込んでしまった。だが、あの薬をわかりやすい場所に残したのは、犯人だったということか。そうやって警察の考えを、突然死へと誘導したのか。

ここで塔子は、はっとした。隣にいる鷹野に質問した。

「ゆうべ、私が襲われた現場にピルケースが落ちていました。あれは、犯人がわざわざ残していったということですか？」

「そのとおり。……犯人はピルケースに平野の指紋を付けると同時に、カーボンブラックを付着させ、我々を府中市の廃工場に誘導したんです。この事件の犯人は、一連の犯行をすべて平野の仕業であるように見せかけていた、ということです。

今考えれば、南砂事件などの現場で見つかった足跡も、巧妙な罠だったとわかります。我々が『靴カバーを使うのは警察の人間だ』という結論に至るよう、わざわざ足跡を残していったわけです。葛飾事件で靴カバーに穴が開いたのは、さすがに計算外のことだったと思いますがね。

それから、葛飾事件の現場には、接着剤でべとべとになったボールペンが落ちていました。『ボールペンの指紋をごまかすため、苦し紛れに行った偽装だ』と私は推測しましたが、あれは犯人が仕掛けた『偽の偽装』だったんです。あらかじめボールペンに平野の指紋を付けておき、誤って床下に落としてしまったというトラブルを演出したわけです。

偽装はほかにもあります。犯人は警視庁に脅迫メールを送り、恨みがあることを臭わせました。通話が終わるとすぐに携帯電話の電源を切り、素早く移動した。こうした出来事を我々は、警察関係者なら当然のことだと思っていましたが、そうではありません。犯人は警察のことを詳しく調べて行動していたんです。また、彼はMH——マーダーホリックと名乗っていましたが、その情報はおそらく平野本人から聞き出したものだったんでしょう」

「犯人の狙いは、我々に平野の遺体を発見させ、被疑者死亡のまま事件を終わらせることだったのか」樫村は唸った。「そうなれば特捜本部は解散され、犯人は大手を振って町を歩けるようになる」

「そして平野が死んでしまえば、二億円は行方不明のままとなります。警察がどれほど平野の関係先を探しても、金を隠したのが彼でない以上、見つけることは困難でしょう」

塔子は頭を整理しようと努力した。だが、すぐには切り替えができそうになかった。

今までずっと、平野が犯人だという前提で筋読みを進めてきたのだ。それなのに、じつは「平野であるように振る舞ってきた人物」が本当の犯人だという。その人物はいったい、どんな意図でこの事件を起こしたのか。

金が目的だったことは、たしかだろう。だが、あそこまで執拗《しつよう》に警視庁を陥れようとしたのは、なぜなのか。犯人は、警察に恨みを持つ前歴者なのだろうか。

塔子は鷹野の顔をじっと見つめた。

「先ほど私は、犯人はかなり慎重な人物だと言いました」鷹野は続けた。「MHの行動を考えると、それがよくわかります。今回、犯人はさまざまな賭けをしました。しかし彼は非常に慎重な賭博師で、『自分が負ける確率』を最小にするよう、綿密に計算していたんです。……ご存じのように誘拐や脅迫、恐喝事件では、金の受け渡しで犯人逮捕となるケースが多い。そのリスクを減らす方法を、MHはふたつ考えました。まず、要求金額を二億円、すなわち約二十キロに抑えた」

「神谷課長から聞きました」河上が言った。「あれは、バイク便のトランクボックスに収納するためですよね？」

「それもありますが、もっと大きな理由があるんです。犯人は、ひとりの人間に運ばせるためには、三億では重すぎると考えた。だから二億を指定した。これがリスク低減のための第一の行動です。……そして第二の行動として、犯人はタカシマフーズの恐喝事件を起こした」

「え？」思わず、塔子は声を出してしまった。

「特殊班には、誘拐や脅迫事件の担当として第一係と第二係がありますね。今、脅迫事件を起こした場合、どちらの係が捜査を行うかはわかりません。だから犯人は、警視庁脅迫事件とタカシマフーズ恐喝事件を同時に起こしたんです。

　その結果、樫村さんたち第一係が、警視庁脅迫事件の担当となった。犯人は警視庁脅迫事件に本腰を入れ、タカシマフーズのほうは放置した。それで三田署の特捜本部には、あるタイミング以降、電話がかかってこなくなった。タカシマフーズの事件は、あの時点でもう終わっていたんです。最初からMHは、どちらか一方の事件は捨てるつもりだったわけです。

　そのあと犯人は、現金受け渡しについて指示してきましたが、一回目は金を受け取らなかった。如月を南千住まで誘導し、安斎の遺体を発見させた。あれは遺体を見せることだけが目的だったんでしょうか？　違うと思います。可能であれば、金は受け取りたかったに違いない。ではなぜそうしなかったかというと、あの日、犯人にとって想定外のことが起こってしまったからです。それは『如月が運搬係になったこと』でした」

「……私が原因？」塔子はまばたきをした。

「犯人は最初から、リスクのある勝負はしないと決めていた。それで、一回目は金の受け取りをやめてしまった。彼はすぐさま再挑戦を決意しました。二回目にはもう、同じことを繰り返したくなかった。だから彼は、その夜、如月を襲ったんです。もしあのとき如月が出かけなかったら、日をあらためて襲っていたでしょうね。たぶん、この襲撃が成功するまで、現金の受け渡しは延期されていたと思います。幸い軽い怪我で済みましたが、この襲撃は、部長や課長の意思決定に影響を与えました。その結果、二回目の受け渡しでは、如月は運搬役から外された。これが犯人の狙いだったんです」

鷹野はみなを見回した。

「先ほど言ったとおり、現金の重さを二十キロにしたのは、運搬役をひとりにするためです。犯人は最初から女性に運ばせるつもりだったから、二十キロが限度だと考えたんでしょう。そして、一回目は金を受け取る素振りさえ見せなかったのに、二回目はあっという間に奪っていった。これは、失敗のないよう、『協力者』から金を受け取る段取りになっていたからではないでしょうか」

鷹野はひとつ息をついた。それから、諭《さと》すような調子でこう言った。

「自分は直接手を下したわけではないし、酌量の余地があると思ったのかもしれない。だがそれは言い訳だ。君は警察の内部にいながら、犯罪者と手を組んだ。警察官として自分に恥じるところはないのか、広瀬さん？」

まさか、と塔子は思った。広瀬奈津美が犯人の協力者だったというのか。

河上も驚いた顔で、広瀬を見つめている。

「私は……」かすれた声で、彼女は言った。「私は関係ありません」

「二回目の受け渡しのとき、ビルの十九階で気になったことがあった」鷹野は説明を続けた。「君からは随時、無線連絡が入っていたが、肝心のところで情報がすっぽり抜け落ちていた。……君が現金を運んでいくよう指示された部屋は『リサイクルコーナー』と『投入室』だ。しかしこれらの言葉は、無線連絡には一度も出てこなかった。ドアにははっきり名前が書いてあったのに、君はそれを読み上げなかった。なぜだ？

それらの名前を読み上げてしまうと、我々が疑問に感じて、その機能を調べてしまうからだろう？　この計画のポイントは、地下三階で金を回収したあと、いかに短時間でビルから脱出できるかということだった。もし警察がシュート管の存在に気づいたら、金が地下室に落ちるとわかってしまう。そこに捜査員を差し向けられたら万事休すだ。だから犯人は、『リサイクルコーナー』や『投入室』という言葉を口にしないよう、君に命じていた。君はその命令を忠実に守ったんだ」

広瀬の顔が蒼白《そうはく》になっていた。肩が小さく震えだした。

「そしてもうひとつ。我々がカーボンブラック関連の施設を探していたとき、君はさりげない調子で言ったね。カーボンブラックはコスメチック関係にも使われている、と。君は、我々を廃工場に誘導するためのヒントを出したんだ。平野は死んだから、すぐに遺体を発見させるようにと、犯人から指示を受けていたんだろう。だからあのタイミングでコスメチックのことを口にした。そうだね？」

呻《うめ》くような声が聞こえた。広瀬奈津美は両手で顔を覆った。

「私……脅されていたんです」

しんとした小会議室に、彼女の嗚咽《おえつ》が広がっていった。

今になって、ようやく塔子は理解した。大勢の前で、彼女の罪状を暴くのは忍びない。そう考えて、鷹野はこの小さな会議室を選んだのだ。

やがて広瀬は、ぽつりぽつりと話し始めた。

「鷹野さんが言ったとおり、警視庁脅迫事件とタカシマフーズ恐喝事件を起こしたのは同じ人物です。望月喬《もちづきたかし》というフリーライターで、私は彼と交際していました。

私は四年前に夫を亡くしました。その後、実家に戻って母と同居し、娘を育てていたんです。望月は善良な市民という顔でスーパーや公園に現れ、母と、私の娘に近づきました。母は彼と世間話をするようになって、何度か喫茶店で飲み物を奢ってもらったそうです。いつも出してもらうのは悪いというので、母は望月をうちに招いて、夕食をご馳走しました。私は警戒したんですが、話してみるとたしかに優しそうな人に思えました。娘がなついていることもあって、つい心を許してしまい、彼と交際するようになったんです」

顔を伏せたまま、広瀬は話し続ける。か細い声を聞き逃さないよう、塔子は耳をそばだてた。

「でも今思えば、何もかもあの男が計算したことでした。しばらくして望月は、ある自動車の持ち主が知りたい、と言い出しました。何か、知人を交えた車のトラブルがあったということでした。彼は私が警察官だと知っていましたから、情報端末で調べればすぐにわかるんじゃないか、と尋ねてきました。

ずいぶん困っている様子だったので、私は彼に同情してしまいました。いえ、正直に言えば、望月の気を引きたいという思いがありました。私は車両の持ち主に関する情報を調べ、彼に伝えました。ただ一度だけのつもりだったんです。ですが、その一度が間違いの始まりでした」

「そこから脅されるようになったんだね」と鷹野。

広瀬はこくりとうなずいた。

「情報漏洩《ろうえい》の件を公表されたくなかったら、これからも協力するように、と望月は言いました。私は断ることができませんでした。そのうち望月は徐々に要求をエスカレートさせ、私は端末を使ってさまざまな情報を調べました。

私も警察官ですから、こんなことをずっと続けるわけにはいかない、という気持ちはありました。それで、望月の個人情報を調べてみたんです。でも彼は前歴者ではなかったし、自動車の登録情報は別人のもので、結局正体はわかりませんでした。府中市の廃工場で自動車が見つかっていますが、あれは望月が使っていた盗難車です。別の車から盗んだナンバープレートを付けて、乗っていたんです。……その後も情報調査の要求は何度も繰り返され、私はそれを断ることができませんでした」

「なぜなんだ」樫村が苛立った表情で訊いた。「どうして私に相談しなかった」

「彼に歯向かったりすれば、すべて公表されて私は警察をクビになってしまいます。いえ、それよりも、望月になついてしまった娘のことが心配でした。もし望月が娘を殺害するようなことがあれば、私は生きていけません。

私には仕事がありますから、娘のそばにずっとついているわけにはいかない。母も高齢で、とても頼りにはなりません。私は娘を守るためにも、望月の要求に応じて、警察の情報を流すしかありませんでした」

樫村は険しい表情になっていた。直属の部下が犯罪者と通じていたのだ。信じられない、という気持ちが強いのだろう。

「望月は私から引き出した情報を興信所に売り、見返りとして、自分が知りたいことを調査させていたようでした。そうやって菊池や横川、安斎の情報を集めていたんだと思います。もちろん自分でもいろいろ調べていたはずです。その結果、事件の計画が出来上がったわけです。

金を奪ってこの事件が終わったら、私たち親子の前から姿を消す、と望月は言いました。私は、その言葉を信じるしかなかったんです。だから、こんなことを……」

樫村はまだ納得がいかないようだった。強い調子で広瀬をなじった。

「警察官だという意識があったのなら、その男を止めるべきだろう？　現職の警察官が犯罪者に情報を漏らすなんて、とんでもない話だ。そんなことになる前に、なんとかできなかったのか」

追及され、広瀬は言葉に詰まった。消え入りそうな声で、こう言った。

「……そうですよね。言い訳にしかなりませんよね」

「君は私だけじゃなく、鷹野くんや如月くんを裏切った。いや、日本中の警察官を裏切ったんだ。たったひとりのせいで、真面目にやってきた警察官全員が批判を浴びるんだぞ。男に脅された？　そのきっかけを作ったのは君自身じゃないか。まったく、どうしようもないよ。これだから女は……」

「待ってください」塔子は言った。「たしかに、広瀬さんのしたことは、絶対に許されることではありません。でも、彼女の犯行に気がつかなかった私たちにも、非はあるんじゃないでしょうか。樫村係長だって、彼女とはずっと一緒に仕事をしてきたんですよね？」

「それはそうだが……」

「広瀬さんを責めることは簡単です」塔子は続けた。「でも、今我々が憎むべきなのは彼女ではなく、望月という男でしょう。事件を起こした張本人は、彼なんですから」

樫村は何か言おうとした。だが、その言葉を呑み込んで、渋い表情を浮かべた。

ややあって、鷹野が再び、広瀬に質問を始めた。

「確認したいんだが、望月は単独犯だね？」

「はい。私以外に協力者がいるという話はありませんでした」

「一回目の現金運搬のとき、如月は南千住へ誘導され、遺体を発見している。あの件について、君は何か知っているか」

「如月さんが運搬役に決まったので、私は急いで望月に連絡しました。その結果、彼は計画を変えたんです。……あの日の夜、電話で聞いたんですが、そのまま如月さんを帰らせるのは面白くないので南千住まで誘導した、と望月は話していました。前の晩、安斎さんを殺害して工務店に遺棄したそうですが、遺体はなかなか発見されませんでした。それで、如月さんに見つけさせようとしたんでしょう。警察を驚かせ、困らせてやろうという気持ちがあったんだと思います」

なるほど、と鷹野は言った。彼は樫村のほうを向いた。

「毎日ひとりずつ殺害すると予告したのは、警察にプレッシャーを与えるためだったと考えられます。切迫感を持たせ、きちんと二億円を払うよう仕向けたわけです。一日目、二日目に金の要求をしなかったのは、殺人の段取りがあったからでしょう。『三人殺害したあと、金を受け取った犯人・平野が病死した』というストーリーにしたかったんですよ」

樫村は厳しい目で広瀬を見つめた。

「今、望月はどこにいる？」

広瀬は申し訳なさそうに、ゆっくりと首を振った。

「わかりません。……今日、金の受け渡しが終わったあと、しばらくして電話がありました。廃工場に気づかせるためのヒントを出すよう、言われたんです。でも、自分の居場所は教えてくれませんでした」

「望月の家はどこだ？」

「……すみません。聞いていません」

樫村は舌打ちをした。

鷹野はやりとりを聞いていたが、やがて何かを思いついたようだ。

「望月に電話をかけて、呼び出してくれないか。奴を罠にかけるんだ。君たち親子には、絶対に危険が及ばないようにする」

「それが……さっきも電話してみたんですが、もう通じなくなっているんです」

あらためて広瀬に電話させてみたが、先方の電源が切られているらしい。腕組みをして、鷹野は唸った。

このまま犯人に逃げられてしまうのだろうか。何か手はないのか。

塔子は考えた。この四日間、自分は犯人を追い続けてきた。昨夜は格闘する場面さえあった。これまで自分が見てきたもの、聞いてきたものの中に、何か犯人の痕跡はなかっただろうか。

どこか遠くから、携帯電話の音が聞こえてきた。廊下からだろうか、それとも隣の部屋からか。呼び出し音はなかなか鳴りやまない。河上が気にして、辺りを見回している。

その音を聞いているうち、塔子は東陽町で見た、電話の工事を思い出した。

そこから先、どういう経緯で考えがつながったのか、自分でもよくわからない。だが数秒後、塔子は予想もしなかった結論に行き着いていた。

「あの……私、大変なことに気がつきました」

立ち上がりながら、塔子は言った。

7

建物の外で確認作業をしたあと、塔子と鷹野は入り口に向かった。

小会議室を出てから、二時間ほどが経過していた。逮捕状を取るのはまだ無理だ。しかし、このまま被疑者を放置すれば高飛びされるおそれがある。吉富部長の判断で、任意同行を求めることになったのだ。

建物に入ってから数分後、塔子たちは応接室に通されていた。四人掛けの応接セットに、塔子と鷹野は並んで腰を下ろした。

目の前の人物に向かって、鷹野は頭を下げた。

「お忙しいところ申し訳ありません。菊池康久さん、横川直弥さん、安斎隆伸さんが殺害された件で、少しお話ししたいことがあります」

鷹野は事件の経緯を説明した。今日、二億円が持ち去られたこと、平野庸次が遺体で発見されたこと、彼は液体窒素を使って殺害された可能性があることなども話した。

「ここで犯人について考えてみます。彼は事前に詳細な調査を行い、連日、深夜に殺人を行っている。警察に何度も脅迫電話をかけ、昨日と今日は、平日だというのに現金受け渡しに時間を割《さ》いています。このことから、犯人は内勤の会社員などではなく、時間に余裕のある人物だと推測できます」

相手は困惑した表情を浮かべた。

「そんな人は、世の中にたくさんいるでしょう」

「ええ。しかし、絞り込んでいく方法があるんです」鷹野は塔子のほうを向いた。「如月。あの話を」

うなずいて、塔子は口を開いた。

「十一月七日の午後七時過ぎ、警視庁に最初の脅迫電話がかかってきました。その通話の途中、電話の向こうから大きな騒音が聞こえてきたんです。たとえるなら、ごみの収集車が作業をしているような音でした。じきに小さくなりましたが、それでもずっと聞こえていました。音に驚いた犯人が、慌ててドアか窓を閉めたのだと思いますが、完全に消すことはできなかったわけです。

ここで疑問が生じます。犯人が使っていたのは携帯電話だとわかっている。もし家の中にいたのなら、別の部屋に行くなどして騒音を避けることができたんじゃないでしょうか。それができなかったとすると、状況はかなり限定されてきます。条件を組み合わせれば、導き出される答えはこうです。

おそらく犯人は自動車に乗っていたんです。車の運転席にいたから、窓を閉めることしかできなかった。そして携帯電話を使っていたから、車を走らせるわけにはいかなかった。犯人は現金二億円を奪取する計画を進めていました。その大事なときに、電話をかけながら運転して、道路交通法違反で捕まったりすることは避けたかったんでしょう。

では次に、その場所はどこだったのか。電話の発信元探知を行った結果、墨田区押上一丁目だとわかりました。しかし墨田区役所に問い合わせた結果、七日の午後七時過ぎにごみの収集などはしていないというんです。ごみの収集車でないとすると、あの音の正体はいったい何だったんでしょうか。

ここでしばらく行き詰まっていたんですが、今日になって私は、あれとよく似た音があることに気がつきました。NTTの電話工事に使われる、高所作業車の音です」

相手の表情がわずかに動いた。一呼吸おいてから、塔子は話を続けた。

「作業員の乗ったかごをアームで上げ下げするとき、かなり大きな音がします。先ほど科捜研で比較してもらいましたが、電話のときに聞こえた騒音は、高所作業車の音と同一だと判明しました。

NTTに確認したところ、七日の午後七時ごろ、押上一丁目で電話工事を行ったという記録がありました。普段はこんなに遅くならないんですが、この日は事情があって午後七時過ぎまでかかってしまったそうです。作業をした場所は、公園のすぐ近くでした。……犯人は交通量の少ない公園のそばに車を停め、脅迫電話をかけたのだと思われます。ところが、付近でNTTの工事が始まってしまった。予想外の出来事だったわけです。

この日、なぜ犯人は押上一丁目にいたんでしょうか。そのヒントは、公園のそばの賃貸マンションにありました。私たちは捜査の途中で、ある主婦から話を聞きました。彼女は数日前に引っ越してきたばかりで、七日の午後七時ごろには、新しいテレビを箱から出し、設定をしていたんです。私は彼女に電話をかけ、そのテレビをどこで買ったのか質問しました。

あのテレビはここ、オダギリテクノスで買ったものでした。配達されたのは七日の夕方です。この住吉までは少し距離がありますが、駅に貼ってあった広告を見て、夫婦で買い物に来たそうです。押上一丁目に住む村越さんという方ですが、覚えていますか、小田切さん？」

塔子は目の前に座った人物――小田切洋和を見つめた。

小田切は眉間に皺を寄せていた。口の中で何かつぶやき、ひとつ咳払いをしてから塔子に問いかけた。

「刑事さん、どうも話がよくわからないんですが……」

塔子は隣に目をやった。ここから先は、鷹野に任せることになっている。

小田切に向かって、鷹野は言った。

「そういう事情ですので、彼はもうこの店で働くことはできないんですよ。それをご了承いただきたいんです」

鷹野は体の向きを変えた。

「では望月喬さん――いや、本名はこちらで名乗っていた、後藤勝典さんですね。署までご同行願えますか」

四人掛けの応接セットで、最後に残ったひとつの席。そこに座っていたのは、配送業者の後藤だった。

詳しいことは伏せていたが、鷹野は事前に電話をかけ、小田切に協力を求めていたのだ。明日の午前中配達するものがあるという理由で、後藤を呼び出してもらった。後藤は今日、配送予定を入れていなかったが、仕事の話なら行きますと、すぐに応じたらしい。まさか警察に目をつけられているとは、思いもしなかったはずだ。

今、後藤の顔からは血の気が失《う》せていた。

「一連の事件の犯人は、あなたですね」相手の様子を観察しながら、鷹野は言った。「情報を得るため、菊池さんと親しかった小田切社長の店で働くのは、理にかなっている。あなたは正体を隠して、ここで配送の仕事を始めた。ターゲットを詳しく調べ、殺人計画を実行するためにも、時間が自由になるこの仕事は最適だったんでしょう。……一方であなたは、警察官である広瀬奈津美と会うときには、望月という偽名を使っていた」

後藤はゆっくりと首を振った。

「何のことだか、さっぱりわかりませんね。配達で押上に行ったのは偶然ですよ。言いがかりをつけるのはやめてください」

「残念ですが、これは言いがかりではありません。……あなたが犯人だと断定した理由を説明しましょうか。先ほど如月が話したとおり、村越さんはオダギリテクノスからテレビを買っている。NTTの工事車両の近くで脅迫電話をかけたのは、配送のトラックに乗っていた人物ではないか、と如月は直感しました。配送後、人通りの少ない公園付近で架電したと考えれば、矛盾はありません。

この時点で考えられるのは、後藤さんが単独で犯罪を行ったか、そこに小田切さんが共犯として加わっていたかの二通りでした。しかしこれまでの経緯を見ると、犯行はひとつずつ進められているから、MHは単独犯である可能性が高い。金の受け取りも、小田切さんが協力していたのならシュート管など使わず、もっと安全な方法をとっていたでしょう。広瀬に確認しても、自分以外に協力者はいないだろうという話でした。これで後藤さんの単独犯行説がかなり濃くなった。

それからもうひとつ。この犯人には、別の角度からアプローチすることができたんです。平野が液体窒素を使った方法で殺害されたとすると、犯人は液体窒素の扱いに通じていなければならない。その条件に一致する人物は誰か、ということです。……じつは今日、食事のときにたまたまマグロの刺身が出たんですよ。それを見て何かが気になっていたんですが、あとでその理由がわかりました」

塔子は居酒屋のテーブルを思い出した。結局あの店で飲食はせず、代金だけ払う羽目になってしまった。

「あなたは非常に頭の切れる人です」鷹野は続けた。「平野庸次に罪をかぶせて、自分はずっと安全圏にいた。しかし、ふたつだけミスを犯しましたね。ひとつは廃工場に、液体窒素を使った痕跡を残してしまったこと。そしてもうひとつは、うっかり自分の経歴を明かしてしまったことです」

後藤は黙ったまま鷹野を見つめた。何を言い出すのかと、警戒しているのだろう。

「あなたは以前、冷凍車の運転をしていたそうですね。あの話が出たとき、自分が何と言ったか覚えていますか。うちの如月が『夏は涼しくてよさそうですね』と話しかけると、あなたは『マイナス六十度じゃ、汗も涙も凍ります』と答えた。あのときは聞き過ごしてしまいましたが、今日になって急にそのことが気になりました。

調べてみると、意外なことがわかりました。中古の冷凍車を販売しているウェブサイトでは、どの車も『マイナス三十度設定』と説明されているんです。マイナス六十度というのは、あなたの勘違いだったんでしょうか。しかし別のトラック販売会社を当たってみて、後藤さんは勘違いなどしていないことがわかりました。ある種類の冷凍車だけは、マイナス六十度まで温度を下げることができるんですね。それは『液化窒素式低温冷凍車』でした。液化窒素——すなわち液体窒素のボンベを積み、気化した窒素で荷室を冷やす構造です。以前あなたが使っていたのは、この液化窒素式冷凍車だったと考えられます。基本設定はマイナス六十度で、このトラックはマグロを長距離輸送するときなどに使われてきました。それに対して『電気式冷凍車』の基本仕様はマイナス三十度というのが普通だった。しかし、ここ十年ほどで電気式の性能が上がって、マグロの輸送はマイナス五十度で行うようになったそうです。

現在、ほとんどが電気式になったので、一般的な冷凍車の温度設定はマイナス三十度、マグロを運ぶときでもマイナス五十度と認識している人がほとんどです。もし、マイナス六十度だと言う人がいたら、それは液化窒素式冷凍車の利用経験がある人だと考えられます。実際、今となっては液化窒素式の冷凍車はかなり少数ですよ。今回情報を提供してくれた販売会社でも、百三十台ほどあるトラックのうち、液化窒素式はわずかに一台だけでした」

広瀬の告白を聞いたあと、鷹野はあちこちに電話をかけていた。そのとき、冷凍車のことも調べたのだろう。

「ところで、この液化窒素式の冷凍車を使うには注意が必要です。荷室には窒素が充満しますから、いきなり踏み込んだら酸欠で意識を失ってしまう。だから、空気を入れ替えてからでないと、荷物の積み下ろしはできないんです。

あなたが液化窒素式のトラックを使っていたのなら、当然このことは知っていたはずです。その経験から、突然死のように見せかけて人を殺害する方法を思いついたんじゃありませんか？　以前、液化窒素式冷凍車を運転していた人なら、液体窒素を販売している会社も知っていたでしょう。そして、液体窒素を購入するのに特別な資格は必要ありません。使用目的が殺人だったとしても、簡単に手に入れることができるんです」

後藤は笑いだした。隣に座った小田切が、困惑した表情を浮かべている。

「まいったな」首をすくめながら、後藤は言った。「冷凍車に乗っていたというだけで、犯人扱いされるとはね」

「まだ自分が犯人でないと言い張るのなら、ひとつ訊きたいことがあります。あなたのトラックに積んであった『あれ』は何ですか？」

応接室のドアが開いて、尾留川と所轄の刑事が入ってきた。彼らが台車に載せてきたのは、トラックの荷室にあった品だ。木製の「すのこ」を二枚重ねたような形状になっている。

「これは物流に使われるパレットですね」鷹野は言った。「JIS規格では縦百十センチ、横百十センチ、高さ十四・四センチ。この上に荷物を載せて、フォークリフトで運べるようになっている。上下の面の間にフォークをさし込んで、持ち上げるわけです。……しかし考えてみれば、妙な話ですよね。あなたは商品を運ぶのに、フォークリフトなどは使っていません。なぜトラックの荷室に、こんなものを積んでおく必要があったのか。

よく見ると、もっとおかしなことがわかります。このパレットは、脇の部分に防水シートが貼ってあって、隙間が見えないようになっている。これではフォークをさすことができません。いったいこの中はどうなっているんでしょうか」

尾留川がパレットを分解した。上の面が取り外せるよう、加工されていたのだ。

パレットの中には、一万円札の束がぎっしり詰まっていた。

「何枚かの紙幣を調べたところ、我々が控えておいたナンバーと一致しました。これは間違いなく、警視庁が用意した『千三百万人の身代金』です。……一万円札のサイズは、縦七・六センチ、横十六センチ。百枚の束にしたときの厚さは約一センチ。二億円なら、その束が二百個ですから、三層に重ねればパレットの中に収まります。これは、なかなかいい思いつきでしたね」

この建物に入る前、鷹野は小田切の許可を得て、ひそかにトラックの荷室を調べていた。その間、後藤と打ち合わせをしているよう、小田切には依頼してあった。厳密に言えば、トラックの捜索には令状が必要だ。そこで鷹野は、店員に立ち会ってもらうことにした。トラックは後藤のものだが、荷室の家電製品はオダギリテクノスが管理する商品だ。それを確認するという名目で、鷹野や尾留川は荷室に上がったのだった。

「日本橋ウエストタワーで、現金二億円はキャリーバッグからシュート管用の容器に詰め替えられた。あなたはそれをバイク便のトランクボックスへ移して、ビルから逃走した。人目につかない場所に停めておいたこのトラックに戻ると、今度はパレットの中に金を隠した。現金は三回、移し替えられたわけです。

わざわざパレットに収納したのは、暫定的な隠し場所として、そこが最適だったからでしょう。今日は休みでしたが、明日からはまた配送の仕事が入っていますよね。留守の間、大金を家に置いておくことには不安がある。それならいっそ、トラックの荷室に積んでおこうと、あなたは考えた。もちろん、いつまでもトラックに隠しておくつもりではなかったはずです。どこかのタイミングで安全な場所に移すなり、マネーロンダリングするなり、方法は検討していたと思います。

現金奪取後、すぐに高飛びしなかったのは、周囲に疑われないためでしょう。たぶんあなたには、この計画は絶対に失敗しないという、強い自信があった。……それが敗因ですよ。もしあなたが、金を奪った直後に行方をくらましていたら、我々はあなたを捕らえることができなかったかもしれない」

「ふざけるな！」

突然、後藤は立ち上がった。止める間もなく、尾留川に体当たりをして、廊下に飛び出した。

小田切が腰を浮かせた。戸惑った表情で、鷹野のほうを見ている。

「大丈夫です」鷹野はうなずいた。

廊下のほうで大きな音がした。壁を叩くような振動が二度、三度と伝わってくる。

やがて、喚き散らす声が聞こえてきた。

「おい。この手を放せ。放せって言ってるだろう！」

門脇の大きな体が見えた。彼と若手刑事に腕をつかまれ、後藤が引き立てられてきた。

「公務執行妨害で緊急逮捕する」門脇が、後藤の両手に手錠をかけた。「そこに座れ」

「おまえの指図なんか受けるかよ」

「いいからそこに座れ」と門脇。

後藤は舌打ちをして、丸椅子にどかりと腰を下ろした。

「……後藤さん。本当に君が犯人なのかい」動揺した様子で、小田切が尋ねた。

鷹野に協力した時点で、彼はうすうす勘づいていたはずだ。だがそれでも、信じたくないという気持ちがあるのだろう。

小田切を無視して、後藤は言った。

「くそ。あと少しだったのに。おまえらのせいで計画がめちゃくちゃだ」後藤は塔子のほうを向いた。「こんなことなら、あのときおまえを殺しておけばよかった。おまえら警察に、もっとダメージを与えておけばよかった！」

塔子は身じろぎをした。無意識のうちに、左肘を右手でかばっていた。この男は、なぜこれほど攻撃的なのだろう。彼にはもはや、常識も何も通じないのだろうか。

圧倒的な悪意の前に、塔子は言葉を失っていた。

五分ほどたつと、後藤も少し落ち着いたようだった。彼の目を覗き込みながら、鷹野は質問した。

「後藤さん。あなたはどうして殺人を繰り返したんですか。平野庸次については、最終的に罪をかぶせる目的だったとわかる。しかし菊池さんや横川さん、安斎さんを手にかけたのはなぜです？」

後藤は答えない。目を伏せたまま、沈黙を守っている。

「……遊糸会」塔子はつぶやいた。それから後藤を見つめた。「あなたは、あの会に恨みを持っていたんじゃないですか？　平野庸次は警官としての正義感から、遊糸会を摘発しようとしていました。何かのきっかけであなたはそのことを知り、平野だったらこんなふうに行動するだろうと、シミュレーションを重ねたんでしょう。その結果、平野に成り代わって警視庁脅迫という大事件を計画し、それを隠れ蓑《みの》にして、恨みのある菊池さんたちを殺害した。……発端は、きわめて個人的な怨恨だったんじゃありませんか？」

「ああ、そうだよ」後藤は顔を上げ、塔子を見据えた。「三年前、俺の父は薬を飲んで自殺を図ったんだ。だが死にきれず、意識が戻らないままベッドの上で一年間生き続けた。自殺未遂だから保険金は下りず、その一方で馬鹿みたいに高い医療費を請求された。母と俺と妹は、大変な苦労をした。こんなことなら、あのままきれいに死んでくれればよかったのに、と俺は思った。……そして、そんなことを思ってしまった自分に腹が立った」

後藤は、左右の拳を握り締めた。そうやって、高ぶる気持ちを抑えているようだった。

「父のせいで家族は崩壊した。人間のずるさ、汚さを見せつけられて、俺は他人が信じられなくなった。もう死んでしまおう、と思った。ただ、死ぬのなら父のようなことになってはいけない。思い切ってビルの高層階から飛び降りなければ、と考えた。

ところが、今から四ヵ月前、父が残したメモを見つけたんだ。そこには驚くようなことが書かれていた。……父は事業に失敗し、大きな借金を抱えていた。まともに働いて返すことは困難だ。いっそ死んでしまえば生命保険金が下りて、すぐに返済できるだろうと考えた。だがそのためには、自殺を事故死に見せかけなくてはいけない。それで遊糸会と契約を交わした、ということだった。

しかし、契約の中にはこんな項目があったらしい。仮に会員が自殺に失敗しても、遊糸会は死の手助けは行わない。たとえるなら、侍が切腹に失敗して苦しんでいても、介錯《かいしゃく》はしないということだ。要するに連中は、殺人の罪だけは負いたくなかったわけだ。

俺は事情を理解した。……父は自殺に失敗した。しかし事前の約束で、安斎や横川は一切手を出さないことになっている。奴らはおそらく、父のそばでずっと様子を見ていたんだろう。だが、一定の時間がたっても死なないのを見て、そのまま立ち去ったんだ。前金で報酬を受け取っていたにもかかわらず、何もしなかったということだ。

俺は菊池たちを憎んだ。連中が妙な契約を持ちかけたせいで、父は自殺を図り、あんな目に遭ったんだ。……俺は奴らについて調べ始めた。そして、父のほかにも多くの会員がいたことを知った。人の弱みに付け込んだビジネスなんて、絶対に許せな

る。

そのとおりだ。一ヵ月ほど前にも、横川の家のそばで、平野の姿が目撃されてい

察を辞めてからも、ずっと会のことを追っていたらしい」

「調べを続けるうち、平野という刑事が、遊糸会を内偵していたことがわかった。警

逆で、彼らが何もしなかったことが原因だったのだ。

後藤が遊糸会を恨んでいたのは、彼らが何かミスをしたからではなかった。むしろ

「そういうことだったんですか……」塔子はつぶやいた。

い。だから俺は、菊池たち三人を殺害することにした」

「情報屋を使って調べさせたんだが、以前、平野の部下に広瀬という女性警官がい

た。彼女は今、特殊班に所属している。面白い、と思った。……俺は偶然を装って広

瀬の母や娘に接近し、取り入った。やがて広瀬と親密な関係になったところで、警察

の情報を漏らしてくれるよう依頼した。あとはアメとムチを使い分け、さまざまなこ

とを聞き出した」

その後、俺は刺激的な計画を立てた。菊池たちを殺害すると同時に、大金を手に入

れるというものだ。しかも自分は、まったく捜査線上に浮かぶことがない。罪はすべ

て平野という元警察官にかぶせてしまえばいい」

「平野庸次に、直接の恨みはなかったわけですね？」塔子は尋ねた。

「恨みはなかった。だが、奴には非があった。平野がうまく立ち回っていれば、遊糸会は摘発され、父は死なずに済んだ可能性がある。組織の力を活かさず、ひとりで捜査を続けていたせいで、被害が拡大したんだ。だから俺は、平野に責任をとってもらうことにした。『警視庁を脅迫した男』という大役を与え、最後は悲劇の突然死で幕を下ろす。俺は四人を殺害し、二億円を奪取するプランを作り上げた」

「その後あなたは、菊池さんが小田切さんと懇意にしていることを知り、情報収集のためオダギリテクノスで配送の仕事を始めた。……犯行を実行する順序としては、最初に平野庸次を捕らえたんですね？」

「そうだ」後藤はうなずいた。「あらかじめ目をつけておいた廃工場に監禁した。それから菊池、横川、安斎の順に殺害していき、最後に平野を窒息死させた。あいつには持病があったから、病死ということにも説得力が出ると思った。

遊糸会の連中は、会員を集めて『自殺』を『事故死』に偽装していた。その事実への憤りもあって、俺は菊池たちの遺体に細工を施し、『他殺』を『自殺』に見せかけた。子供にもわかるような偽装をしてやったよな。あれはあんたたち警察へのヒントでもあった。早く遊糸会のことに気づけよ、そして平野のことを調べろよ、というメッセージだ。ほかに、菊池がパソコンで中高年者と関わっていたことを臭わせたり、消費者金融の話を持ち出したりしたのも、大きな手がかりになっただろう？」

悔しいが、そうしたヒントによって筋読みが進んだのは事実だった。

「そして最後の事件だ。平野の遺体では『殺人』を『病死』に偽装してやった。うまく死んでくれてよかったよ。これで四人の殺害計画は完了した。二億という金も手に入った。あとは……そうだよ、あとは……」

後藤は言葉を切った。目を閉じ、肩を震わせている。

と、突然、彼の体が大きく跳ねた。手錠のかかった手で、後藤は塔子の首を絞め上げた。

「あとは、ただ逃げるだけだったんだよ！」

息ができない。塔子は相手の両手首をつかんだ。

鷹野が後藤を引き離そうとした。だが後藤は踏ん張り、まだ塔子につかみかかろうとする。顔の前に、再び彼の腕が迫ってきた。塔子は目を見張った。

門脇と尾留川が、両側から後藤をがっちり押さえ込んだ。彼は椅子の上に引き戻された。

「大丈夫か」鷹野が駆け寄ってきた。

塔子は何度か咳をした。それが落ち着くと、後藤の顔を睨んだ。

後藤もまた荒い息をついていた。だが塔子と目が合うと、彼はにやりと笑った。塔子の心にさざ波が立った。それは恐怖につながる感情だ。

——この人にはもう、何を言っても通じないんだろうか。

なぜ後藤はこんなふうになってしまったのだろう。菊池たちに恨みがあったことはわかる。父親のせいで家族が崩壊してしまったことも同情に値する。しかし、だからといって法を破り、勝手な論理で私刑を行うのは間違っている。

「後藤さん」呼吸を整えてから、塔子は話しかけた。「最初あなたは、十一月九日の午後一時までに金を用意しろ、と言いましたよね。結果的に金の奪取は十日になったけれど、十一月九日は、あなたにとって何か意味のある日だったんじゃありませんか」

わずかに後藤の表情が変わった。ふん、と彼は言った。

「俺の父親には命日がふたつある。ひとつ目は十一月四日、三年前に自殺を図った日だ。そして二年前の十一月九日、これがふたつ目の命日だ。昏睡状態になってから、もう一年がたっていた。

季節はどんどん変わるのに、父にはまったく変化がなかった。俺たち家族は疲れ果てていた。だからだ！　だから俺は、父の人工呼吸器を外した。俺たちが食事に行っている隙に外れてしまった、という事故に見せかけた。……これでいい、と思った。母や妹があの苦しみから解放されるなら、すべての罪は俺が引き受ける。そう決めたんだ」

後藤の顔には歪んだ笑いがあった。

どうして、と塔子は思った。なぜ後藤は、堂々と過去の罪を口にするのだろう。彼は自暴自棄になっているのか。自分を非道な人間であるように見せかけ、虚勢を張っているのだろうか。

そのとき、塔子ははっとした。つい先ほど、塔子の首を絞め上げた後藤の腕。手錠でつながれたその腕には、ある特徴があった。もしかしたら、あれが答えなのではないか。

塔子は言った。

「事件の間、あなたはMHと名乗っていましたね。これは平野庸次のあだ名、マーダーホリックを真似たものだった。あなたには、平野に罪をかぶせるという大きな目的がありました。でも、それだけじゃなかったんでしょう？　平野のことを調べているうち、あなたは彼の生き方に影響を受けたんじゃありませんか。周囲に遠慮せず、上司に反発して自分の考えを押し通そうとする。部下を腕力で抑えつけ、自分に服従させようとする。そんなやり方に、あこがれていたんじゃありませんか」

「……おまえ、何を言ってるんだ？」後藤が眉間に皺を寄せた。

「あなたは強い人格を欲していたんですよね？　なぜかといえば、本当のあなたは、脆くて弱い存在だったから。……だから平野の無軌道さにあこがれ、それを真似ようとした」

「黙れ！　俺は弱くなんかない」

「じゃあ、その傷は何なんです？」

塔子は後藤に近づき、手錠の嵌った両腕をつかんだ。めくれた袖の下に、刃物の傷がいくつも付いている。古いかさぶたに交じって、まだ新しい傷痕も認められた。

「どんなに強がってみても、罪の意識は消せなかった。お父さんを死なせてしまったことを、あなたは後悔していたんでしょう。その気持ちをごまかすために、こうして自分を傷つけていた。……でも、大きな犯罪を実行するに当たって、弱い自分を認めるわけにはいかなかった。だからあなたは、無軌道な平野庸次の性格を模倣したんです。廃工場の壁には、メモ用紙が貼ってありました。そこには平野が退職するまでの出来事が、克明に記されていた。あれを見て、あなたは彼の経歴を覚えると同時に、『強い存在』である平野に成り代わろうとしたんじゃありませんか？　あなたは平野の殺害を計画しながらも、じつは彼にあこがれていたんです」

「勝手なことを言うな」後藤は吐き捨てるように言った。「俺はすべてを利用したんだ。平野だって、罪をなすりつけたあと始末してやった。俺があの男にあこがれていた？　そんなこと、あるわけがない。おまえなんかに何がわかるって言うんだ」

そうだ、わかるわけがない。だが、と塔子は思う。

「あなたと私とでは立場も違うし、これまで生きてきた環境も違います。だから、あなたの考えをすべて理解できるとは思っていません。でも、私たちは同じ言葉を話して、同じ東京に住んで、同じ季節を感じていますよね。必ず、共通するものはあるはずです。

たとえば、あなたがお父さんに対して感じたであろう罪の意識。それは私にも充分理解できます。あなたは否定するかもしれないけれど、でも、その気持ちをなかったことにするなんて無理です。私はそう思います」

後藤は口を閉ざした。悔しそうな表情で、手錠のかかった両手を見つめていた。

門脇たちは後藤を警察車両に乗せ、住所、氏名など個人情報の確認を始めた。塔子と鷹野は建物のそばに佇《たたず》み、その様子を見守った。

少し離れた場所に、覆面パトカーが停まっていた。後部座席に座っているのは広瀬奈津美だ。鷹野は、状況によっては彼女に証言をさせるつもりだったらしい。

広瀬は今、どんな気持ちでいるのだろう、と塔子は考えた。最後に何か、後藤に言いたいことがあったのではないか。いや、むしろ会わずに済んでほっとしているだろうか。

何かを感じたかのように、広瀬がこちらを向いた。塔子の視線に気づくと、彼女はわずかに頭を下げ、そして目を伏せた。

サイレンの吹鳴《すいめい》が始まり、後藤の乗った車が動きだした。

8

昨日は少し肌寒かったが、今日は朝からよく晴れた。

被疑者が逮捕され、塔子たちは南砂事件、葛飾事件、南千住事件の裏付け捜査を進めていた。樫村たち警視庁脅迫事件の特捜本部とも、毎日情報交換を行っている。

午前八時半、城東警察署の講堂で朝の会議が始まった。司会は早瀬係長だ。

「尾留川巡査部長が菊池康久宅のパソコンを調べていましたが、意外なところからメモが出てきたということです。……報告を」

はい、と答えて尾留川は立ち上がった。

「菊池が使っていたメインパソコンから、あるメモが出てきました」

「そうか。ついに重要なファイルを見つけたんだな」

神谷課長が尋ねると、尾留川は困ったような顔をした。

「それが……じつはメモ用紙だったんです」

「今、パソコンから出てきたと言ったじゃないか」

「はい。パソコンのハードウエアを確認するため、鑑識課の綿引巡査がカバーを外して、中を調べてくれたんです。そうしたら、DVD装置の下に畳んだ紙が挟まれていまして」

尾留川は今まで、内部のデータばかり調べていた。しかし重要なことは紙に記され、機械の間に隠されていたのだ。以前門脇は、「ぱかっと開けたら、すぐに答えが出てくりゃいいのに」などと言っていた。まさにそのとおりだったわけだ。

「綿引はどこにいる？」

神谷が尋ねると、隅のほうで当人が手を挙げた。

「はい、ここです」

「おまえか。よく見つけたな」

「ありがとうございます」綿引は立ち上がって一礼した。「十一係のみなさんに助けていただいたおかげです。今回の経験を活かして、これからも精一杯頑張ります」

うん、と神谷はうなずいた。手代木は、何か不思議なものを見るような目を、綿引に向けていた。

尾留川は報告を続けた。

「菊池は小田切の店で型落ちのパソコンを買い、遊糸会の会員宅に発送していました。メールをやりとりすることで、精神面のサポートをしていたようです。携帯電話のメールでもよさそうな気がしますが、菊池は慎重でした。携帯だと、落としたり誰かに見られたりするおそれがあります。また、会員が賑やかな町に出かけたりすると、自殺の意志が変わってしまうこともあり得ますよね。なるべく家にいてもらおうということで、パソコンにしたわけです。

これに対して菊池のほうは、インターネット上のウェブメールを利用していました。自宅のパソコンに会員とのやりとりが残らないよう、注意していたものと思われます。

遊糸会の設立について、菊池はこう書き残していました。……我々は、会員たちの精神的な支えとなっていた。インターネットを表す『Ｗｅｂ』は蜘蛛の巣のこと、そして遊糸会の『遊糸』は空を飛ぶ蜘蛛の糸のこと。人生に絶望した会員たちの命を、我々はかろうじてつなぎとめていた。それは会員たちにとって、救済の糸だったはずだ。そういう内容でした」

救済、という言葉に、塔子は強い違和感を抱いた。言葉は美しいが、事実とは大きくかけ離れている。菊池は自分たちの行いを、正当化しようとしただけではないのか。罪の意識を感じていたからこそ、そのようなメモを書き残したのではないだろうか。

遊糸会については、塔子たちとは別の特捜本部が設置され、そちらの主導で捜査が進んでいた。運営者は菊池、横川、安斎の三名のみ。契約を行い、すでに自殺を遂げた者は、かなりの数に上るらしい。そして、この先自殺を計画中だった者も各地にいた。これらの自殺志願者には捜査員が接触し、早まったことをしないよう説得しているという。

可能であれば塔子も遊糸会事件を調べたかったのだが、その希望は叶わなかった。警察組織には明確な役割分担というものがある。今は目の前の仕事に集中しなくてはならなかった。

一方、神谷捜査一課長は、警視庁脅迫事件の概要をマスコミに公表していた。一度は二億円が奪われたこと、現職の警察官が犯行に協力していたこと、そしてその事実が伏せられていたことを知ると、マスコミは一斉に警察批判を行った。警視庁幹部は釈明に追われたが、じきに政治家の大きなスキャンダルが発覚し、世間の興味はそちらに移っていった。

「後藤勝典と広瀬奈津美の取調べですが、予想どおりの展開となっています」早瀬係長は資料のページをめくった。「後藤のほうは答えをはぐらかしたり、肝心なところでは黙り込んだりと、なかなか厄介です。あれだけの犯罪計画を立てた男ですから、簡単には落とせないでしょう。ただ、後藤が曖昧な供述を繰り返しても、今回の事件には広瀬という共犯者がいます」

「広瀬の自供を後藤にぶつければ、話の矛盾点を突くことができる。そういうことだな」手代木管理官が言った。

ええ、と早瀬はうなずく。

「その広瀬ですが、後藤に流した情報について、具体的な供述を始めています。最初は小さな情報漏洩だったため、罪の意識は少なかった。しかしそのことをネタに、後藤——偽名では望月ですね、彼に脅されるようになりました。

広瀬から出た話ですが、平野庸次についても詳しいことがわかってきました。広瀬は以前、別の署で平野の部下でしたが、かなり理不尽な目に遭わされていたようです。当時の同僚たちに確認したところ、指導というより、しごきに近いものがあったとか。逃げ場のない職場で、広瀬は日々パワハラ、セクハラを受けていました。一度、酔った平野から屈辱的なことを命じられ、それがきっかけで強く憎み始めたと広瀬は説明しています」

塔子は、前に広瀬が話していたことを思い出した。「上司とうまくいかなくて苦労した」と言ったのは、平野との関係を指していたのだろう。

「その後、それぞれ別の署に移って、最後に平野は不祥事で退職したわけですが、広瀬は恨みを忘れることができなかった。それで後藤と交際するようになったとき、パワハラ、セクハラのことを話してしまったんですね。もともと後藤は平野のことを調べていて、その過程で広瀬のことを知ったわけですから、事情はすぐに呑み込めた。同情し、一緒に平野を批判することで、彼女の気持ちをつかんでいきました。

のちに詳細な犯罪計画を立てたとき、後藤は広瀬にこう言ったそうです。『君は平野という男を、殺したいほど憎んでいるんだろう？　だったらこの計画に協力してくれ。僕が君の代わりに、平野を始末してあげるから』と。

広瀬はここで後藤を止めるべきでした。しかし、そうしなかった理由が三つありました。第一に、このときにはもう多くの弱みを握られていて、後藤に逆らうことができなかった。

第二に、ときどき後藤が見せる弱さに、広瀬は同情していた。普段からそうしていたのか、あるとき後藤は、広瀬の前で特殊警棒を取り出し、壁を何度も殴りました。ところがそのあと、急にふさぎ込んで、自分の左腕をナイフで傷つけ始めた。慌てて広瀬が止めると、彼は震えながら礼を言ったそうです。如月が推測したように、後藤は平野という強い人格にあこがれ、本当の自分とのギャップに苦しんでいたのかもしれません。そこに広瀬は同情してしまったんでしょう。

そして第三に、これが一番大きな理由ですが、広瀬は平野のことを激しく憎んでいました。『平野には、これ以上ないぐらいの屈辱を味わわされた』と彼女は話しています。『平野を殺してくれるのなら、犯罪に協力してもいいと思ってしまった』とも……。あの広瀬がそんなことを言うぐらいですから、かなりの恨みがあったと考えられます」

塔子の中に、やりきれない思いが広がった。男性優位の警察組織で、女性が嫌な目に遭うことは少なくない。塔子もかつて、上司との関係に悩んだことがあった。問題の根は深いという気がする。

「そこまで恨みを買っていた平野でしたが、捜査に注《そそ》ぐ執念は人一倍強かった。彼は遊糸会事件をひとりで追っていました。その途中で、捜査を中止するよう上司から命じられ、猛反発したというわけです」

説明を終えると、早瀬は手元の資料を閉じた。

「宮本課長が、遊糸会の捜査をやめるよう命じたのは、なぜだったんですか」

質問したのは、地取り班の門脇だった。彼は曲がったことが大嫌いだ。そういう意味では、平野の性格に少し近いのかもしれない。

「その件は気にしなくていい」幹部席から、神谷課長が言った。

「……課長は何かご存じなんじゃありませんか。あらぬ方向から圧力がかかったとか、そういう話を」

「おい門脇、おかしなことを言うな」手代木管理官が口を挟んだ。

神谷課長は、隣の吉富部長をちらりと見た。それから門脇のほうに視線を戻した。

「我々が適切に処理すると言っているんだ。おまえは自分の仕事に専念しろ」

「待ってくださいよ。それじゃあ平野も浮かばれないでしょう」門脇は声を強める。

「ちょっと門脇さん……」徳重と尾留川が彼を宥めた。

門脇は仏頂面《ぶっちょうづら》で、椅子に体を預けた。腕を組み、ふん、と鼻を鳴らした。

連絡事項を伝達したところで、早瀬は会議の終了を告げた。


捜査員たちはみな、外出の準備を始めた。

資料を整理しているところへ、吉富部長がやってきた。塔子は慌てて立ち上がる。

「如月くん、今回もよくやってくれたな」事件のプレッシャーから解放されたのだろう、吉富は機嫌がよさそうだ。「やはり十一係は信頼できる」

「私が捜査に貢献できたとしたら、それは鷹野主任のおかげだと思います」背筋を伸ばして、塔子は言った。

「そうだな。鷹野くんも、ありがとう。これからも彼女をよろしく頼む」

はい、と答えて鷹野は一礼した。

吉富が立ち去ったのを確認すると、彼は塔子のほうを向いた。

「聞いただろう。鷹野くん『も』だ」

「特に意味はないと思いますけど」

「それにしても、如月はずいぶん気に入られたものだな。吉富部長は、そのうち直属の部隊でも作るつもりなんだろうか」

「というと……」塔子は首をかしげた。「何でしょうね。たとえば、女性ばかりのセクションとか？」

「なるほど、くノ一《いち》か。諜報活動専門の部隊だな」

「刑事部で、そんなことはしないでしょう」塔子は苦笑した。

鷹野とふたり、裏付け捜査に出かけた。今日は南砂団地で情報収集を行う予定だ。

警察署のロビーを抜け、玄関の外に出ると、塔子は深呼吸をした。すっきりと晴れて、気持ちのいい朝だった。

署の前には駐車場がある。城東署員らしいふたり組が、車のそばで立ち話をしていた。何か失言でもしたのだろう、若い刑事が、中年の刑事に頭を小突かれている。警察の仕事はいつもシビアだ。こうした指導風景はごく当たり前のものだと言える。

その様子を見ながら、塔子はつぶやいた。

「平野庸次と広瀬奈津美。ふたりはどんなコンビだったんでしょうね」

「平野のことだから、たぶん周りから見ても、ちょっとやりすぎだという感じだったんじゃないだろうか。……ただ、それが悪いとばかりも言えない。新米警官の中には、厳しくしないと伸びないタイプの人間もいる」

「それにしても、パワハラだ、セクハラだというのは問題ですよ。上司と部下の間でそんなことが起こるなんて、本当に情けないと思います」

駐車場に目を戻すと、若い刑事が何か言い訳をしているようだった。中年の刑事は、やれやれ、という顔をしている。ふたりの間に険悪な空気は感じられなかった。ああいうやりとりを経て、やがてはいいコンビが出来上がるのかもしれない。

塔子たちは、団地のほうへと歩きだした。

「私は恵まれていますね。鷹野主任のような人から、直接指導を受けられるんですから」

塔子がそう言うと、鷹野は眉をひそめた。

「どうも妙だな。おまえ、さっきも部長の前で俺を立てていただろう。いったい何を企んでいる？」

「何も企んでなんかいませんよ」塔子は首を振った。「それより主任、この前、喫茶室で訊かれましたよね。『この先までコンビを続ける気があるか』って」

「ああ、すっかり忘れていたな」

「その答えですけど……イエス、とは言えません」

「え？」鷹野はまばたきをした。「それは、どういう……」

塔子は相手を見上げて微笑《ほほえ》んだ。

「いえ、すみません。コンビだなんて言うのは、おこがましいと思って。まだまだ私が足を引っ張っていますから」

「なんだ、そういうことか」

「私、鷹野主任が平野のような人でなくて、よかったと思っているんです。これからも、よろしくお願いします」

鷹野は何か考える様子だったが、やがて口を開いた。

「組織というのは、ときに残酷だ。俺だって、追い詰められたら何をするかわからない。如月に責任を押しつけて、自分の身を守ろうとするかもしれないぞ。どうする?」

「そのときは上の人に相談しますよ。神谷課長に……いえ、いっそ吉富部長に」

「一介の捜査員が、刑事部長に直訴《じきそ》するのか」

「そうですよ。だって私、気に入られていますから」

「おまえの場合、本当にやりそうだから怖いよ」

そう言って、鷹野は顔をしかめた。

前方に、南砂団地の大きな建物が見えてきた。高い壁、布団の並ぶベランダ、住民の行き交う共用通路。事件が解決した今、団地の人々は落ち着きを取り戻しつつある。

ふと、塔子は足を止めた。空中で何かがきらりと光ったのだ。一瞬のことだったが、細く、儚《はかな》いものを見たような気がした。

あれは蜘蛛の糸ではなかったか。蜘蛛が糸を吐き、風に煽られ、虚空に舞い上がっていく姿ではなかったか。

秋の日差しの下、塔子は目を細めて、ひとり青い空を見上げていた。

◆参考文献およびウェブサイト
『警視庁捜査一課殺人班』毛利文彦　角川文庫
『警視庁捜査一課特殊班』毛利文彦　角川文庫
『警視庁捜査一課刑事』飯田裕久　朝日文庫
『ミステリーファンのための警察学読本』斉藤直隆編著　アスペクト
〈新明和工業株式会社〉http://www.shinmaywa.co.jp/index.htm

解説

千街晶之（文芸評論家）

小説をどのように売るか、どのように読者の手に届けるか……ということを考える際、ミステリやSFや純文学といったジャンル分けはどうしても必要になってくる。また、例えばミステリならミステリの中に、本格やハードボイルドやサイコ・サスペンスや警察小説といったサブジャンルが生じることがあるけれども、これも便宜的に必要だろう。しかしこうした分類には諸刃の剣《つるぎ》の側面があって、複数のジャンルにまたがる要素を持つ小説が、ひとつのジャンルに括《くく》られることで特定の読者にしか読まれなくなる危険性と、複数のジャンルのファンに読まれてヒットする可能性の両方が存在している。

何故こんなことを書いたかといえば、麻見和史の「警視庁殺人分析班」シリーズ（ノベルスでは「警視庁捜査一課十一係」シリーズ）が、後者にあたる成功例――つまり、警察小説と本格ミステリの両サブジャンルを架橋しつつ、どちらのファンからも好意的に迎えられてヒットしたシリーズであるからだ。

一九六五年、千葉県に生まれた麻見和史は、二〇〇六年、『ヴェサリウスの柩《ひつぎ》』で第十六回鮎川哲也賞を受賞した。このデビュー作と、続く第二作『真夜中のタランテラ』(二〇〇八年)は、どちらかといえば古風に「探偵小説」と呼びたくなる印象の本格ミステリであり、この時点で、著者が警察小説の方面に進むとは誰も予想していなかった筈だ。

しかし、亡父の遺志を継いで警察官となった如月塔子《きさらぎとうこ》と、彼女が属する警視庁捜査一課十一係、通称・殺人分析班の面々が凶悪犯罪に挑む『石の繭《まゆ》　警視庁捜査一課十一係』(二〇一一年)で、著者は新境地を開拓した。リアリティのある捜査の描写と、謎解きの魅力を兼ね備えた新シリーズがスタートしたのである。

二〇一五年三月現在、シリーズは次の六作が発表されている。

①『石の繭　警視庁捜査一課十一係』(二〇一一年五月、講談社ノベルス)講談社文庫版では『石の繭　警視庁殺人分析班』と改題
②『蟻の階段　警視庁捜査一課十一係』(二〇一一年十月、講談社ノベルス)講談社文庫版では『蟻の階段　警視庁殺人分析班』と改題
③『水晶の鼓動　警視庁捜査一課十一係』(二〇一二年五月、講談社ノベルス)講談社文庫版では『水晶の鼓動　警視庁殺人分析班』と改題

④『虚空の糸　警視庁捜査一課十一係』（二〇一三年四月、講談社ノベルス）講談社文庫版では『虚空の糸　警視庁殺人分析班』と改題　※本書
⑤『聖者の凶数　警視庁捜査一課十一係』（二〇一三年十二月、講談社ノベルス）
⑥『女神の骨格　警視庁捜査一課十一係』（二〇一四年十二月、講談社ノベルス）

これらの作品では、例えば『石の繭』ではモルタルで固められた死体、『蟻の階段』では周囲に謎めいた品々が置かれている死体、『水晶の鼓動』ではラッカースプレーで赤く塗られた殺人現場……と、必ず不可解で猟奇的な犯罪が描かれる。これは、それまでに著者が発表した作品の猟奇趣味とも共通するものであり、読者の興味を引きつける効果は抜群である。警察小説のフォーマットに則《のっと》りつつ謎解きの面白さを前面に出した試みには幾つか先例があるけれども、意表を衝《つ》く不可解な謎の魅力という点では、山田正紀の「女囮《おんなおとり》捜査官」シリーズ（一九九六年。朝日文庫版では「おとり捜査官」シリーズと改称）との共通性が感じられる。また、作中で描かれる事件が必ず連続殺人であり、『水晶の鼓動』では連続爆破事件も絡《から》んでくるなど、事件としてのスケールが大きく、犯人が自信満々で警察に挑戦してくることが多いのもシリーズの特色だ。

第四作である本書『虚空の糸』は、そういった特色を備えつつ、今までで最もトリ

ッキーな趣向が炸裂した意欲作に仕上がっている。

江東区のマンモス団地で、胸に傷のある男性の遺体が発見され、塔子たち捜査一課十一係の面々が現場に急行した。遺体は右手にナイフを握っていたものの、犯人が他殺を稚拙な手段で自殺に偽装したのは明らかだった。被害者は、団地に住むシステムエンジニアの菊池康久と判明する。そして犯人から、二億円を支払わなければ一日にひとりずつ東京都民を殺すという脅迫のメールが警察に届く。菊池殺害はその最初の犯行だったのだ。十一係は特殊班（SIT）と協力態勢を組み、必死で真犯人に迫ろうとするが、新たな犠牲者が出てしまう。やがて、警察に遺恨を抱くある人物が捜査線上に浮上する……。

約千三百万人の東京都民のうち、次に誰が狙われるのか全く予想できないため、警察側が圧倒的に不利な立場なのが今回の事件である。東京都民を無差別に人質に取った犯罪を描いたミステリといえば、西村京太郎の短篇集『一千万人誘拐計画』（初出「小説現代」一九七五年十二月号。一九七九年に同題短篇集に収録）の表題作と、そのアイディアをもとに長篇化した『華麗なる誘拐』（一九七七年）が思い浮かぶが、本書はそれらとは異なるアプローチで無差別殺人モチーフを扱っている。犯人との心理戦、二億円の受け渡しが成功するかどうかという中盤のサスペンスなど、見せ場を次々と提供して緊迫感を途切れさせない工夫が読みどころだ。

このシリーズの大きな特色は、フェアに手掛かりを提示して読者に知恵比べを挑んでいることである。どの作品でも作中で一度か二度、事件に関する疑問点が箇条書きで列挙されるけれども、これは謎解きの必要条件について読者に確認させる役目を果たしている。このスタイルは、例えばS・S・ヴァン・ダインの『グリーン家殺人事件』（一九二八年）で探偵のファイロ・ヴァンスが百近い手掛かりを列挙するなど、古典的な本格ミステリではお馴染《なじ》みであり、近年の国産ミステリでも三津田信三の『山魔《やまんま》の如き嗤《わら》うもの』（二〇〇八年）や『水魑《みづち》の如き沈むもの』（二〇〇九年）、岡田秀文の『黒龍荘の惨劇』（二〇一四年）などに似た例が見られる。著者も当然、古典的な作例を意識してこのスタイルを導入したのだろう。もし読んでいて謎の複雑さに混乱することがあれば、箇条書きの部分まで戻って頭を整理できる仕組みである。またこのシリーズのお約束で、塔子たち警察側の視点のみならず、犯人の視点で描かれた部分が挟《はさ》み込まれているのは、犯人の思考を読者に知らせることで、作中の警察よりも読者が謎解きにおいて有利となるように計らっているものと考えられる。その点は本書も同じだが、ただし犯人視点の記述に巧妙なミスリードが仕掛けられており、結末にはシリーズ屈指のサプライズが待ち構えているので要注意だ。それぞれ独立した事件を扱っているので、シリーズのどの作品から読んでも問題はないが、本書の場合はそれまでの作品を読んでいる読者のほうが、かえって著者の企みにひっかかりやすいかも知れない。

警察小説としても、主人公である如月塔子の成長という面を考えれば、このシリーズを順に読むことをお薦めしたい。登場したばかりの頃の塔子にはまだ頼りない面もあったが、第四作の本書になると、三つの難事件を潜《くぐ》り抜けてきたため、かなりしっかりした印象の主人公になってきた。また警察小説の場合、セクション同士の対立が描かれることが多いけれども、このシリーズの場合、時に捜査方針をめぐって警察官同士が感情的になる場合はあっても、組織的な確執はさほど重視されず、十一係の面々が互いの長所を生かしあう協力態勢がメインとなっている。その点が、事件が猟奇的なわりに意外と爽《さわ》やかな読後感につながり、このシリーズの好感度をアップしている筈である。

本書に続く『聖者の凶数』と『女神の骨格』も、同様に奇怪でスケールの大きな謎が扱われている。本格ミステリと警察小説の面白さを兼備したこのシリーズがますます快調であることを最後に付言しておきたい。

本書は、二〇一三年四月に小社より『虚空の糸　警視庁捜査一課十一係』として刊行された作品を改題したものです。

この作品はフィクションであり、実在する個人や団体などは一切関係ありません。

|著者|麻見和史　1965年千葉県生まれ。2006年『ヴェサリウスの柩』で第16回鮎川哲也賞を受賞しデビュー。『石の繭《まゆ》』から始まる「警視庁殺人分析班」シリーズはドラマ化されて人気を博し、累計85万部を超える大ヒットとなっている。また、『邪神の天秤』『偽神の審判』と続く「警視庁公安分析班」シリーズもドラマ化された。その他の著作に「警視庁文書捜査官」シリーズや、『水葬の迷宮』『死者の盟約』と続く「警視庁特捜7」シリーズ、『時の呪縛』『時の残像』と続く「凍結事案捜査班《コールドケース》」シリーズ、『殺意の輪郭　猟奇殺人捜査ファイル』などがある。

虚空《こくう》の糸《いと》　警視庁殺人分析班《けいしちょうさつじんぶんせきはん》

麻見和史《あさみかずし》

2015年5月15日第1刷発行
2025年3月4日第18刷発行

発行者——篠木和久
発行所——株式会社　講談社
東京都文京区音羽2-12-21　〒112-8001
電話　出版（03）5395-3510
　　　販売（03）5395-5817
　　　業務（03）5395-3615

Printed in Japan

講談社文庫

定価はカバーに
表示してあります

KODANSHA

デザイン—菊地信義
本文データ制作—講談社デジタル製作
印刷———株式会社KPSプロダクツ
製本———株式会社KPSプロダクツ

ISBN978-4-06-293117-5

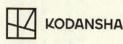

講談社文庫刊行の辞

二十一世紀の到来を目睫に望みながら、われわれはいま、人類史上かつて例を見ない巨大な転換期をむかえようとしている。

世界も、日本も、激動の予兆に対する期待とおののきを内に蔵して、未知の時代に歩み入ろうとしている。このときにあたり、創業の人野間清治の「ナショナル・エデュケイター」への志を現代に甦らせようと意図して、われわれはここに古今の文芸作品はいうまでもなく、ひろく人文・社会・自然の諸科学から東西の名著を網羅する、新しい綜合文庫の発刊を決意した。

激動の転換期はまた断絶の時代である。われわれは戦後二十五年間の出版文化のありかたへの深い反省をこめて、この断絶の時代にあえて人間的な持続を求めようとする。いたずらに浮薄な商業主義のあだ花を追い求めることなく、長期にわたって良書に生命をあたえようとつとめるところにしか、今後の出版文化の真の繁栄はあり得ないと信じるからである。

同時にわれわれはこの綜合文庫の刊行を通じて、人文・社会・自然の諸科学が、結局人間の学にほかならないことを立証しようと願っている。かつて知識とは、「汝自身を知る」ことにつきていた。現代社会の瑣末な情報の氾濫のなかから、力強い知識の源泉を掘り起し、技術文明のただなかに、生きた人間の姿を復活させること。それこそわれわれの切なる希求である。

われわれは権威に盲従せず、俗流に媚びることなく、渾然一体となって日本の「草の根」をかたちづくる若く新しい世代の人々に、心をこめてこの新しい綜合文庫をおくり届けたい。それは知識の泉であるとともに感受性のふるさとであり、もっとも有機的に組織され、社会に開かれた万人のための大学をめざしている。大方の支援と協力を衷心より切望してやまない。

一九七一年七月

野間省一

講談社文庫　目録

麻見和史　虚空の糸〈警視庁殺人分析班〉
麻見和史　聖者の凶数〈警視庁殺人分析班〉
麻見和史　女神の骨格〈警視庁殺人分析班〉
麻見和史　蝶の力学〈警視庁殺人分析班〉
麻見和史　雨色の仔羊〈警視庁殺人分析班〉
麻見和史　奈落の偶像〈警視庁殺人分析班〉
麻見和史　鷹《たか》の砦《とりで》〈警視庁殺人分析班〉
麻見和史　凪《なぎ》の残響〈警視庁殺人分析班〉
麻見和史　天空の鏡〈警視庁殺人分析班〉
麻見和史　賢者の棘《とげ》〈警視庁殺人分析班〉
麻見和史　深紅の断片〈警防課救命チーム〉
麻見和史　邪神の天秤〈警視庁公安分析班〉
麻見和史　偽神の審判〈警視庁公安分析班〉
有川　浩　三匹のおっさん
有川　浩　三匹のおっさん　ふたたび
有川　浩　ヒア・カムズ・ザ・サン
有川　浩　旅猫リポート
有川ひろ　アンマーとぼくら
有川ひろ　みとりねこ
有川ひろ ほか　ニャンニャンにゃんそろじー
荒崎一海　門前仲町〈九頭竜覚山　浮世綴㈠〉
荒崎一海　蓬萊橋雨景〈九頭竜覚山　浮世綴㈡〉
荒崎一海　寺町哀感〈九頭竜覚山　浮世綴㈢〉
荒崎一海　小《お》名《な》木《き》川《がわ》〈九頭竜覚山　浮世綴㈣〉
荒崎一海　一色町雪花〈九頭竜覚山　浮世綴㈤〉
朱野帰《かえる》子《こ》　駅物語
朱野帰子　対岸の家事
東　浩紀　一般意志2・0〈ルソー、フロイト、グーグル〉
朝倉宏景　白球アフロ
朝倉宏景　野球部ひとり
朝倉宏景　つよく結べ、ポニーテール
朝倉宏景　あめつちのうた
朝倉宏景　エール〈夕暮れサウスポー〉
朝倉宏景　風が吹いたり、花が散ったり
朝井リョウ　スペードの3
朝井リョウ　世にも奇妙な君物語
有沢ゆう希　末次由紀 原作　〈小説〉ちはやふる　上の句
有沢ゆう希　末次由紀 原作　〈小説〉ちはやふる　下の句
有沢ゆう希　末次由紀 原作　〈小説〉ちはやふる　結び
有沢ゆう希　小説　パーフェクトワールド〈君といる奇跡〉
有沢ゆう希　原作：金田一蓮十郎　脚本：徳永友一　小説　ライアー×ライアー
秋川滝美　幸《こう》腹《ふく》な百貨店
秋川滝美　幸腹な百貨店〈デパ地下おにぎり騒動〉
秋川滝美　幸腹な百貨店〈催事場で蕎麦屋呑み〉
秋川滝美　マチのお気楽料理教室
秋川滝美　ヒソップ亭〈湯けむり食事処〉
秋川滝美　ヒソップ亭2〈湯けむり食事処〉
秋川滝美　ヒソップ亭3〈湯けむり食事処〉
赤神　諒　神遊の城
赤神　諒　大友二階崩れ
赤神　諒　大友落月記
赤神　諒　酔象の流儀　朝倉盛衰記
赤神　諒　空《うつせ》貝《がい》〈村上水軍の神姫《しんき》〉
赤神　諒　立花三将伝
彩瀬まる　やがて海へと届く
浅生　鴨　伴走者
天野純希　有楽斎の戦

2024年12月13日現在